우주전쟁

The War of the Worlds

초판 1쇄 펴낸날 2003년 4월 30일
개정 1판 1쇄 펴낸날 2023년 2월 22일
개정 1판 4쇄 펴낸날 2024년 8월 30일

지은이 허버트 조지 웰스
옮긴이 임종기

펴낸이 김준성
펴낸곳 책세상
등   록 1975년 5월 21일 제2017-000226호
주   소 서울시 마포구 동교로23길 27, 3층 (03992)
전   화 02-704-1251
팩   스 02-719-1258
이메일 editor@chaeksesang.com
광고·제휴 문의 creator@chaeksesang.com
홈페이지 chaeksesang.com
페이스북 /chaeksesang   **트위터** @chaeksesang
인스타그램 @chaeksesang   **네이버포스트** bkworldpub

ISBN 979-11-5931-897-9 04800
      979-11-5931-896-2 (세트)

H. G. WELLS
THE WAR OF THE WORLDS

PANIC ROOM

우주전쟁

허버트 조지 웰스 지음 | 임종기 옮김

책세상

차례

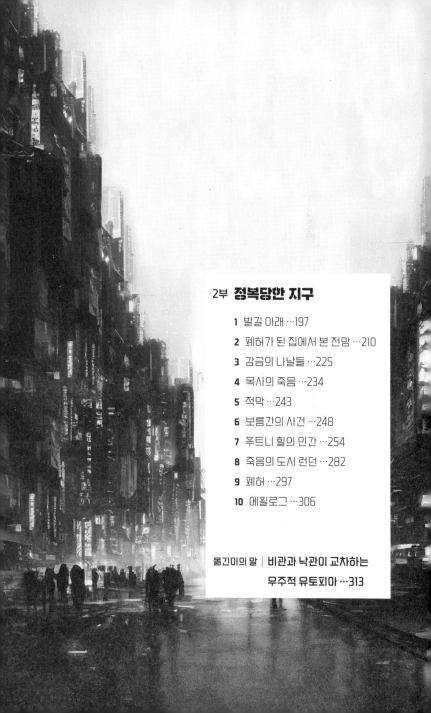

그러나 만일 그들이 존재한다면

이 세상에 누가 살아남을 수 있을까?

이 세상의 주인은 우리일까 아니면 그들일까?

… 과연 이 모든 것이 인간을 위해 창조된 것일까?

—케플러(로버트 버튼의 《우울증의 해부》에서)

1부

화성인의 침공

1
전쟁 전야

십구 세기 말에는 인간처럼 죽지만 지능이 훨씬 높은 존재가 이 세상을 주도면밀히 감시한단 걸 믿지 않았다.

자기만족에 빠진 인간은 모든 걸 지배한다는 확신에 빠져 사소한 일에만 관심을 쏟으며 지구 곳곳을 돌아다녔다. 마치 현미경 아래에 놓인 미생물처럼. 누구도 지구보다 오래된 세계의 존재가 인간을 위험에 빠트리거나 그런 세계에 생명체가 존재하리라고는 상상도 못했다. 과거 인간의 습관적 관념을 떠올리는 것만으로도 무척 흥미롭다. 기껏해야 인간은 자신과는 다른 존재가 화성에 있더라도 분명 열등할테고, 사절단이 가면 환영받을 거란 공상에 빠져 있었다. 그러나 광활한 우주 저 너머에는 지능이 월등히 뛰어나며 냉혹하고 동정심도 없는, 인간처럼 정신을 가졌으나 짐승처럼 피폐한 생명체가 존재했다. 그들은 탐욕스런 질투의 시선으로 지구를 주시하며 지구 정복의 계획을 천천히 확실하게 세웠다. 그리고 이십 세기 초에 인간의 미몽을 깨우는 엄청난 사건이 터졌다.

누구나 알다시피 태양에서 이억 이천오백만 킬로미터 떨어진 곳에서 공전하는 화성은 태양에서 받는 빛과 열이 지구의 절반에도 못 미친다. 성운설*이 사실이라면 화성은 우리가 사는 지구가 형성되기 전부터 존재했으며, 일찍부터 생명체가 싹트기 시작했을 것이다. 크기가 지구의 칠분의 일 정도밖에 안 되기 때문에 생명체가 태동할 수 있는 온도까지 더 쉽게 내려갈 수 있었을 테고, 생존에 필요한 공기와 물이 있을 것이다.

그러나 인간은 자만에 가득 차 얼마나 허황되고 맹목적인가. 십구 세기 말까지 어느 작가도 저 멀리 떨어진 행성에 진화한 생명체가 존재할 거란 상상조차 못하지 않았던가. 그뿐만 아니라 화성이 지구보다 작고 태양에서 더 떨어져 있어 훨씬 이전부터 존재했단 것과 그래서 종말이 더 가깝단 사실을 아무도 이해하지 못했다.

언젠가 지구에도 닥칠 혹독한 냉기가 이미 이웃 행성을 뒤덮고 여전히 그 환경은 미스터리라도, 그곳의 적도가 지구 가장 추운 곳의 겨울 기온에도 못 미친단 것은 알고 있다. 공기 밀도는 지구보다 희박하며, 바다는 점차 줄어들어 표면적의 삼분의 일밖에 되지 않고 계절의 변화 때문에 거대한 빙산이 변하고 극지방이 녹아 정기적으로 온화한 지대가 물에 잠기리라는 것도 알고 있다. 종말은 우리에게 믿을 수 없을 만큼 아득히 먼 일처럼 여겨지지만 화성인들에게는 코앞에 닥친 문제였다. 그 난제를 풀어야 한다는 조급함 때문에 지능 발달이 촉진되었을 것이고 힘은 커지고 마음은 잔인해졌을 것이다. 그들은 상상 이상의 첨단 기구와 지능으로 이 광대한 우주를 관찰하다 마침내 태양에서 오천육백만 킬로미터 떨어진 비교적 가까운 거리의 온화한 지구를 희망의 샛별로 바라보게 된 것이다. 지구에는 녹색 식물이 무성하고 흐르는 물도 풍부했다. 땅은 사람으로 붐볐고, 혼잡한 배들 때문에 가려진 바다 위의 구름 사이 비치는 흐릿한 대기는 풍요로워 보였을 것이다.

원숭이가 우리에게 하등동물로 비치는 것처럼 지구에 사는 인간도 외계인에게는 그렇게 비쳤으리라. 몇몇 지혜로운 인간은 삶이 생존을 위한 끊임없는 투쟁이라는 사실을 인정했으며, 화성인도 그렇게 믿는 것 같았다. 화성의 냉각화는 오래전부터 진행됐지만 지구는 생명체로 넘쳐난다. 그러나 우리는 열등한 동물로 보일 뿐이다. 이제 그들은 세대를 거듭하며 서서히 다가오는 파멸을 피하기 위한 유일한 탈출구로 태양에 접근하기 위한 전투를 벌였다.

화성인을 지나치게 무자비한 종족이라고 판단하기 전에 인간이 멸종시킨 아메리카들소와 도도새, 그리고 지능이 열등한 종에 가했던 잔인한 살생을 기억해야 한다. 심지어 태즈메이니아인은 유럽 이민자들의 인종 멸종 전쟁으로 오십 년도 되지 않아 지구에서 자취를 감추었다. 그런 우리에게 화성인이 똑같은 방식으로 공세를 가한다고 자비를 구할 수 있을까?

화성인은 인간보다 월등히 앞선 수학 능력으로 멸망 시간을 놀랄 만큼 정확히 계산하고, 합심해서 그 위기에서 탈출할 묘안을 강구해왔다. 우리에게 좀더 정교한 관측도구만 있었어도 이 불운을 감지할 수 있었을지도 모른다. 스키아파렐리 같은 천문학자들이 붉은 행성(여담이지만 기묘하게도 화성은 아주 오랫동안 전쟁을 상징하는 별이었다)을 관찰했지만 변화를 정확히 해석해내지 못했다. 화성인은 언제나 전쟁 준비를 해왔음에 틀림없다.

1894년 화성이 지구를 가운데 두고 태양과 정반대 지점에 있을 때, 화성 표면에서 강력한 빛이 나타났다. 빛은 미국 캘리포니아 주의 릭 천문대에서 관측되었고, 이후 니스를 비롯한 다른 관측자들에게도 목격되었다. 영국인들은 팔월 이일 자《네이처》기사를 보고 처음으로 그 사실을 알게 되었다. 나는 그 섬광이 화성의 광대한 심연 속에 잠겨 있는 거대한 대포가 우리에게 발포

될 때 발생한 것이 아닌가 한다. 이후 두 번 더 화성이 태양과 정반대 지점에 있는 동안 폭발했고, 그 주변에서 아직 설명할 길 없는 특이한 징후가 관측되었다.

지금으로부터 육 년 전 폭풍우가 우리를 엄습했다. 화성이 충(衝)** 상태에 접근했을 때, 자바섬의 라벨 천문대는 흥분하며 그 행성에서 백열광을 내뿜는 거대한 가스 폭발이 있었다는 사실을 세상에 알렸다. 가스 대폭발은 십이일 한밤중에 발생했다. 천문대의 분광기에는 수소 덩어리의 거대한 불꽃 가스가 엄청난 속도로 지구를 향해 돌진해오고 있는 것으로 나타났다. 이 불꽃 제트는 열두 시 십오 분경이 되어서야 보이지 않게 되었다. 라벨 천문대는 급작스럽고 맹렬하게 화성에서 뿜어져 나오는 거대한 화염이 마치 대포에서 내뿜는 화염 가스와 같았다고 세상에 알렸다.

그 표현은 매우 적절한 것으로 밝혀졌다. 그러나 다음날,《데일리 텔레그래프》의 간단한 보도를 빼고는 어떤 신문도 그 사실을 보도하지 않았다. 그리고 전 세계는 인류에게 다가오는 거대한 위협을 무시해버렸다. 나 또한 유명한 천문학자인 오길비 박사를 오터쇼에서 만나지 않았더라면 이런 사실들을 전혀 몰랐을 것이다. 그는 그 소식에 무척 흥분해 있었고 들뜬 마음에 내게 한밤중에 그 붉은 행성을 함께 지켜볼 것을 제안했다.

그 이후로 무슨 일이 일어났든 간에, 밤을 꼬박 새며 그 행성을 지켜보던 일이 지금도 생생하다. 어둡고 조용한 천문대, 마룻바닥 구석에서 희미한 불빛을 던지며 춤을 추는 손전등의 그림자. 지붕 위로 길게 뻗은 천체망원경의 태엽장치가 내는 똑딱 소리만 쉼없이 들렸다. 그리고 타원형의 작은 구멍으로는 검은 심연과 그것을 가로질러 별무리가 보였다. 오길비는 눈에 보이지는 않지만 소리로 미루어보아 이리저리 움직이고 있었다. 망원경으로 보니 우주에서 헤엄치는 진한 푸른색 원주의 작고 둥근 행성이 보였다. 그것은 아래위를 가로지르는 줄무늬가 두드러져 보였고 완전한 원형이 아니라 약간은 평평한 모양에 아주 밝으면서도 작고 희미했다. 너무나 작아 머리핀 같은 은백색의 도발적인 불꽃의 그 행성이 흔들리고 있었다. 사실 그 현상은 태엽장치가 움직이는 바람에 망원경이 흔들려 그렇게 보일 뿐이었다.

　행성은 점점 커졌다가 작아졌고 앞으로 나왔다가 뒤로 물러났지만, 그건 눈이 피곤해서 생기는 착시현상 같았다. 그 행성은 우리에게서 육천 킬로미터 이상 떨어져 있었다. 공허의 공간. 물질적인 우주의 먼지들이 떠다니는 그 광대한 공간을 아는 사람은 거의 없었다.

　내 기억으론, 화성 가까이에서 희미한 광점이 세 개 보였다. 망원경으로 겨우 볼 수 있는 그 별들은 아득히 멀리 떨어져 있었고 그 주변은 알 수 없는 텅 빈 암흑의 우주뿐이었다. 금방 얼어붙을 것 같은 별빛이 명멸하는 밤이라면 그 암흑이 어떻게 보일지 알 만하다. 망원경으로 보이는 그것은 더 멀리 있는 것 같았다. 그리고 너무 멀리 떨어져 있어 눈에 보이지 않을 정도로 작은 그 별빛은 믿을 수 없을 정도로 먼 거리를 빠른 속도로 쉬지 않고 나를 향해 날아오고 있었다. 거리는 매분 수천 킬로미터씩 좁혀지고 있었다. 다가오는 그 별빛은 지구에 투쟁, 재난, 죽음을 가져다줄 것이다. 정말 실감할 수 없는 광경이었다. 조금도 궤도를 일탈하지 않고 날아오는 이 미사일을 지상의 누구도 상상하지 못했다.

그날 밤 나는 그 먼 행성에서 또 다른 가스가 솟아오르는 것을 보았다. 마치 자정을 알리는 크로노미터처럼 테두리가 얄팍하게 튀어나왔고 가장자리에서 불그스름한 섬광이 비쳤다. 그것을 오길비에게 말해주곤 그에게 자리를 내주었다. 그날 밤은 무척이나 더워서 자주 갈증이 났다. 오길비가 우리를 향해 다가오는 가스 유광을 보고 소리를 질렀을 때 나는 어둠 속에서 어설픈 걸음걸이로 더듬거리며 탄산수 병이 놓인 작은 테이블로 가고 있었다.

그날 밤 보이지 않는 또 하나의 미사일이 화성에서 지구로 발사되었다. 첫 번째 미사일이 발사된 지 거의 스물네 시간 만이었다. 푸른 빛과 진홍빛 반점들이 눈앞에서 헤엄치는 것 같았다. 나는 그저 그렇게 어둠 속에서 테이블에 앉아 있었다. 내가 본 어스레한 작은 빛의 의미와 이제 그것들이 내게 무언가를 가져다줄 거란 사실에 전혀 의문을 품지 않은 채 담뱃불이 있었으면 하고 생각했다. 오길비는 그 현상을 관찰하다 새벽 한 시에야 멈추었다. 우리는 손전등을 켜고 그의 집으로 향했다. 오터쇼와 처트시 거리는 어둠에 잠겨 있었고 수백 명의 마을 주민들은 평화롭게 잠들어 있었다.

오길비의 머릿속은 그날 밤 화성에서 일어난 일 때문에 어지러웠고, 화성인들이 우리에게 신호를 보내는 것이라는 사람들의 통속적인 생각을 비웃었다. 그는 유성들이 소나기처럼 화성에 쏟아지거나 거대한 화산이 폭발하는 거라고 생각했다. 그는 내게 이웃하는 두 행성에서 유기체가 같은 방향으로 진화할 가능성이 얼마나 희박한지 알려주었다.

"화성에 인간 같은 생물체가 존재할 확률은 백만분의 일이야."

그날 밤, 그 다음날 밤, 다음다음날 밤에도 수백 명이 열흘 동안 그 화염을 보았다. 열흘 후에야 화염의 포성은 멈추었는데, 그 이유를 설명할 수 있는 사람은 없었다. 화염 가스가 화성인들을 귀찮게 했는지도 모를 일이다. 막강한 천체 망원경으로 보이는 요동치는 짙은 회색 연기와 먼지 구름 층은 투명한 화성 대기권으로 퍼져나갔고 결국 친숙한 화성을 점점 가렸다.

마침내 일간 신문들이 요란하게 관심을 보이기 시작했다. 그리고 저명 인사들이 여기저기서 화성의 화산 폭발에 관심을 보였다. 풍자 잡지 《펀치》는 그것을 정치 시사만화에 적절하게 이용하기도 했다. 결국 의심의 여지 없는 미사일이 일초에 수 마일씩 우주를 가르며 시시각각, 하루하루 점점 지구로 돌진해오고 있었다. 눈앞에 곧 파국이 닥칠 운명에도 사소한 일을 걱정하는 인간의 모습은 정말로 이해할 수 없다. 요즘 자신이 편집한 신문에 싣기 위해 확보한 새로운 화성 사진으로 흥분해 있던 마크햄이 떠오른다. 요즘과는 달리 십구 세기에 신문 산업은 엄청나게 번창했고 그만큼 다양한 사건 기사로 열기를 띠고 있었다.

그 당시 나는 자전거를 배우는 데 재미를 붙이고 있었고 '문명의 진보에 따르는 도덕관의 발전성'이라는 주제로 신문에 연재할 글을 쓰는 일로 바빴다.

첫 번째 미사일이 천육백만 킬로미터 상공에 도달해 있던 어느 날 밤, 나는 아내와 산책을 나섰다. 하늘에는 수많은 별이 반짝였다. 아내에게 별자리에 대해 알려주고는 수많은 천체 망원경이 겨냥한, 천정(天頂)을 향해 기어가는 밝은 빛의 화성을 가리켰다. 무더운 밤이었다. 집으로 돌아오는 길에 처트시와 아일워스에서 오는 소풍객들이 노래를 부르면서 우리를 지나쳐갔다.

사람들이 잠자리에 들 즈음 집마다 이층 창문에 빛이 비치기 시작했다. 멀리 떨어진 기차역에서 선로를 전환하는 소리, 벨소리, 덜컹거리는 소리가 선율을 띠고 은은하게 들려왔다. 아내는 하늘을 배경으로 기둥에 매달린 빨강, 파랑, 노랑 신호등의 불빛을 가리켰다. 온 세상이 안전하고 평온해 보였다.

★   (옮긴이주) 성운에서 태양과 행성 등이 발생
     했다는 태양계 기원설
★★ (옮긴이주) 지구를 중심으로 태양과 반대쪽
     에 놓이는 경우를 충opposition이라고 한다.
     외행성인 화성의 경우, 충에 있을 때 지구와
     가장 가까워진다.

2
유성

그 후로 어느 날 밤 첫 번째로 별이 추락했다. 이른 아침에 상공에서 한 줄기 불꽃이 윈체스터 동쪽으로 사라졌다. 수많은 사람들이 스러지는 그 불꽃을 보았겠지만 흔히 보는 별똥별로 대수롭지 않게 생각했을 것이다. 앨빈은 빛을 발하며 떨어지는 별이 몇 초 동안 초록빛 줄무늬를 남겼다고 묘사했다. 운석에 대한 우리 시대 최고의 권위자 데닝은 그 별이 백사십 또는 백육십 킬로미터 상공에서부터 보이기 시작했다고 말했다. 그는 자신의 관측지점에서 동쪽으로 대략 백육십 킬로미터 떨어진 지점에 떨어졌다고 판단했다.

나는 그때 서재에서 글을 쓰고 있었다. 프랑스식 창은 오터쇼 쪽으로 나 있었고 요즘 들어 밤하늘을 보는 게 좋아서 블라인드를 올려놓았지만 아무것도 보지 못했다. 외계에서 지구로 날아온 이 세상에서 가장 이상한 물체는 내가 서재에 앉아 있을 때 떨어졌음에 틀림없다. 하늘을 올려다봤을 땐 이미 모든 것이 사라진 뒤였다. 그 이상한 비행 물체를 본 사람들은 그것이 쉿 소리를 내며 사라졌다고 증언했다. 나는 아무 소리도 듣지 못한 터였다. 버크셔와 서리, 미들섹스에 사는 다수가 그것이 떨어지는 광경을 봤지만 또 다른 유성으로만 생각했을 것이다. 어쨌든 그날 밤 떨어진 물체를 찾아보려 애쓴 이는 아무도 없었다.

그러나 아주 이른 아침, 문제의 그 돌진하는 별을 본 오길비는 유성이 호셀, 오터쇼 그리고 워킹 사이 어딘가에 떨어졌을 것이라고 믿고 그것을 찾아보려는 요량으로 잠자리에서 일찍 일어났다. 그리고 동튼 후에 모래 더미에서 그리 멀지 않은 곳에서 발견할 수 있었다. 물체가 떨어질 때의 충격으로 거대한 구덩이가 생겼고 모래와 자갈이 사방으로 마구 흩어져 일 킬로미터 하고도 반 킬로미터나 떨어진 곳에서도 그 더미를 볼 수 있을 정도였다. 동쪽으로는 무성한 초목이 불타고 있었고, 푸르스름한 엷은 연기가 여명을 배경으로 하늘로 솟아올랐다.

추락할 때의 충격 탓이었는지 물체 주변에는 산산조각 난 전나무 조각들이 여기저기 흩어져 있었고 모래 한복판에 그 물체가 묻혀 있었다. 노출된 부분은 두터운 비늘 모양의 암갈색 외피에 감싸인 거대한 원통형이었다. 지름은 삼십 미터 정도였다. 오길비는 유성들이 대부분 원형에 가깝다는 것을 알고 있었기 때문에 그 거대한 크기와 형상에 놀라워하며 물체에 접근했다. 그러나 날아오는 동안 공기와 마찰해서 생긴 열에 여전히 뜨겁게 달아 있어 가까이 접근할 수 없었다. 물체 안에서는 요란한 소리가 들렸는데, 그는 그 소리가 물체 표면이 일정하지 않게 식어서 생기는 현상이라 생각했다. 속이 텅 비어 있다면 날 수 없는 소리였다.

그는 물체가 추락해서 생긴 구덩이 가장자리에 서서 그 물체의 이상한 형상과 색깔 그리고 착륙을 엿볼 수 있는 인위적인 디자인의 흔적에 놀라고 있었다. 그날 이른 아침은 무섭도록 조용했고 웨이브릿지를 향해 소나무숲 위로 얼굴을 내밀고 있는 태양은 이미 열기를 내뿜고 있었다. 그날 아침 오길비는 어떤 새소리도 들은 기억이 없었고, 산들바람조차 불지 않았다. 단지 원통형 물체 안에서 들리는 희미한 소리뿐이었다. 그는 그 벌판에 내내 홀로 있었다.

그때 갑자기 유성의 표면을 뒤덮고 있던 용재(溶滓) 덩이 같은 것이 둥근 가장자리에서 떨어지는 것을 보았다. 그것은 얇은 조각으로 나뉘어 모래 위에 떨어졌다. 갑자기 커다란 조각 하나가 떨어졌는데, 소리가 너무 날카로워 심장이 멎는 듯했다.

얼마 동안 오길비는 그 현상을 이해하지 못했다. 그러다가 물체가 내뿜는 뜨거운 열기를 무릅쓰고 그것을 더 자세히 관찰하기 위해 구덩이 아래로 기어 내려갔다. 그는 물체의 표면에서 조각들이 떨어지는 현상을 열이 식는 과정에서 발생하는 것으로 이해했지만, 왜 원형 물체의 가장자리에서만 그런 현상이 일어나는지 알 수 없었다.

그때 원형 물체의 꼭대기 부분이 아주 느리게 회전하고 있다는 것을 깨달았다. 오 분 전에는 그의 가까이에 있던 검은 자국이 반대편 원주에 있는 것을 보았기 때문이다. 그는 소리를 죽인 삐걱 소리가 들리고, 밖으로 삼 센티미터 정도 튀어나온 검은 자국이 보일 때까지 그 현상이 무엇을 의미하는지 전혀 알지 못했다. 물체는 순식간에 그의 앞으로 튀어나왔다. 원통형 물체는 인공적으로 제작된 듯 속이 비어 있고 꼭대기 부분이 돌려서 열리도록 되어 있었다. 물체 내부의 무언가가 꼭대기 부분을 열고 있었다.

"오 맙소사! 이 속에 사람이 있어! 타 죽게 생겼네! 빠져나오려나봐!"

그 물체가 화성의 섬광과 관계 있을 것이라는 생각이 그의 머릿속을 빠르게 스쳐지나갔다.

그는 생명체가 갇혀서 죽을지도 모른다는 생각에 열기도 잊은 채 원통 물체를 여는 것을 도와주기 위해 앞으로 나아갔다. 그러나 다행스럽게도 뿜어져 나오는 뜨거운 열기 때문에 여전히 시뻘겋게 달아오른 금속에는 손도 대지 못했다. 한동안 우물쭈물 서 있던 그는 곧바로 돌아서서 구덩이에서 올라와 워킹으로 미친 듯이 달리기 시작했다. 그때가 아마도 여섯 시경이었을 것이다. 도중에 그는 짐마차를 끌고 가던 사람을 만나 그가 본 사실을 알리려 했다. 그러나 그의 말과 행색이 너무 엉망이어서인지 (모자를 구덩이에 떨어뜨렸기에) 사내는 아무런 대꾸도 없이 마차를 몰고 가버렸다. 그는 호셀 다리 근처의 선술집 문을 열고 있던 종업원에게도 그 사실을 말했지만 믿으려 하지 않았다. 사내는 오길비를 미친 사람이라고 생각하고 술집 안으로 들어오지 못하도록 문을 닫아버렸다. 오히려 그 일로 그가 어느 정도 냉정을 찾았을 때, 런던에서 저널리스트로 활동하고 있는 헨더슨이 정원에 있는 것이 보였다. 그는 자신이 본 것을 알리려고 담 너머의 헨더슨에게 소리쳤다.

"헨더슨, 어제 밤에 유성 봤어?"

"그래서?"

"지금 호셀 들판에 있어."

"정말? 유성이라! 그거 볼 만하겠는걸."

"그런데 그게 보통 유성이 아니야. 원통형 물체야. 인공적으로 만든 원통형 물체라고! 게다가 그 안에 뭔가가 있는 게 분명해."

헨더슨이 손에 삽을 잡은 채 일어섰다.

"그게 뭔데?" 그는 한쪽 귀가 들리지 않았다.

오길비는 헨더슨에게 그가 본 광경을 말해주었다. 헨더슨은 잠시 그 얘기를 듣고 있었다. 그리곤 삽을 내던지고 재킷을 집어 들더니 거리로 뛰쳐나갔다. 두 사람은 서둘러 그 물체가 떨어진 들판으로 향했다. 둥근 물체는 여전히 같은 곳에 놓여 있었다. 그러나 내부에서 들려오던 소리는 더 이상 나지 않았고 환한 금속으로 된 얇은 원환은 꼭대기 부분과 원통의 몸체 사이에 드러나 있었다. 공기가 안으로 들어가서인지 아니면 새어 나왔기 때문인지 가장자리에서는 지글거리는 소리가 났다.

그들은 불에 그을린 비늘 모양의 표면 금속을 막대기로 톡톡 두드려보며 귀를 기울여보았지만 아무런 반응이 없었다. 결국 그들은 안에 있는 사람들이 의식을 잃었거나 죽었을 것이라고 결론 내렸다.

물론 두 사람은 아무것도 할 수 없었다. 그들은 위안의 말과 도와주기 위해 다시 돌아오겠다는 말을 외치고는 도움을 청하러 마을로 향했다. 모래를 뒤집어 쓰고 격한 흥분과 공황상태에 빠진 채 밝은 태양이 비치는 좁은 거리를 달리고 있는 그들의 모습을 한번 상상해보라. 그 순간에 가게 주인들은 가게 셔터를 열고 있었고 집 안에 있는 사람들은 침실 창문을 열고 있었다. 헨더슨은 단숨에 기차역으로 달려가 런던의 신문사로 전보를 쳤다. 신문기사는 사람들이 받아들일 수밖에 없는 이 엄청난 뉴스를 전했다.

여덟 시경이 되자 이미 수많은 소년과 실직자들이 '죽은 화성인'을 보기 위해 들판으로 몰려들었다. 나는 여덟 시 사십오 분경 《데일리 크로니클》을 사러 나갔다가 우연히 신문팔이 소년에게서 그 소식을 전해 듣고는 깜짝 놀랐다. 그리고 지체없이 오터쇼 다리를 가로질러 그 모래 구덩이로 향했다.

3
호셀 들판에서

원통형 물체가 놓여 있는 거대한 구덩이 주변에 이십여 명의 사람들이 모여 있는 것이 보였다. 땅에 묻혀 있는 그 거대한 물체에 대해서는 이미 설명한 바 있다. 주변의 잔디와 자갈들은 갑작스런 폭발이 있었던 듯 시꺼멓게 그을려 있었다. 거대한 원통 물체가 땅에 부딪쳤을 때의 충격으로 불꽃이 일었을 것이라는 사실은 쉽게 짐작할 수 있었다. 헨더슨과 오길비의 모습은 보이지 않았다. 그들은 현재로선 손쓸 일이 없다고 판단하고 아침 식사를 하러 헨더슨의 집으로 향했을 것이다.

네댓 명의 소년들이 구덩이 가장자리에 걸터앉아 다리를 흔들고 거대한 물체에 돌을 던지며 즐거워했다. 주의를 주었으나 그들은 구경꾼 사이를 들락거리며 장난을 멈추지 않았다.

구경꾼 중에는 자전거를 타고 온 사람이 두 명, 한때 우리 집에서 일했던 정원사, 아기를 안고 있는 소녀, 푸줏간 주인 그레그와 그의 아들, 그리고 기차역을 서성이던 건달 두어 명과 골프 캐디들이 있었다. 그중에 말문을 여는 사람은 거의 없었다. 그 시절 대부분의 영국인은 매우 조야한 천문학적 지식만을 가진 상태였다. 대부분 오길비와 헨더슨이 떠난 뒤에도 그대로 있던 원통형 물체의 끝머리인 듯한 거대한 테이블 모양체를 조용히 응시하고 있었다. 나는 구경꾼들이 시커멓게 타버린 시체더미를 상상했는데 무생물 덩이만 보여 실망하지 않았을까 생각했다. 내가 그곳에 있는 동안 어떤 이들은 떠났고 또 다른 이들은 찾아왔다. 발밑에서 미세한 움직임이라도 느낄 수 있지 않을까 하는 생각에 나는 구덩이 속으로 기어 내려갔다. 꼭대기 부분은 더 이상 회전하지 않았다.

그런데 그 물체에 아주 가까이 접근하면서 이상한 느낌을 받았다. 얼핏 보면 그 물체는 뒤집힌 마차나 거리에 쓰러진 나무 이상의 흥미를 주지 못했다. 정말 대단할 게 없어 보였다. 마치 녹슨 가스 부구(浮球) 같았다. 회색빛의 비늘 표면이 산화되어 생긴 현상이 아니며 뚜껑과 원통형 물체 사이의 틈새에서 반짝이고 있는 황백색의 금속 또한 흔히 볼 수 있는 색조가 아니라는 것을 알아채려면 상당한 과학적 교양이 있어야 했다. 구경꾼 대부분에게 "외계인"은 별 의미가 없었다.

그때 나는 이 물체가 화성에서 온 게 틀림없다고 생각했지만, 그 안에 생명체가 있을 것 같지는 않았다. 나는 나사처럼 회전하며 열리는 자동 개폐 장치가 아닐까 생각했다. 오길비와 달리 나는 화성인이 존재한다고 믿었다. 어쩌면 이 물체에서 해석하기 어려운 문서나 동전 또는 설계도 같은 것이 발견될지도 모른다는 생각도 들었다. 그러나 그런 생각에만 머물기에는 물체가 너무 컸다. 나는 그 물체를 열고 싶어 안달이 날 지경이었다. 열한 시 경, 아무 일도 일어나지 않을 것 같아서 이런저런 생각을 하며 메이버리에 있는 집으로 돌아왔다. 그러나 어떤 추상적인 논리도 이끌어낼 수 없다는 걸 알게 됐다.

비행 물체가 추락한 들판의 상황은 오후에는 전혀 다르게 변해 갔다. 초판이 가공할 헤드라인으로 런던을 발칵 뒤집어 놓았다.

화성에서 온 메시지!
워킹에서 일어난 놀라운 사건!

더욱이 천문대 교환국에 보낸 오길비의 전보가 영국의 모든 천문대에 전해졌다.

워킹 역에서 여섯 대 정도의 삯마차, 초브엄에서 한 대의 이륜마차와 한 대의 귀족마차가 달려와 그 모래 구덩이 옆 도로에 정차해 있었다. 게다가 자전거를 타고 온 무수한 사람들이 몰려들었다. 날씨가 무척 더웠음에도 워킹과 처트시에서 걸어온 사람들이 아주 많았다. 그렇다 보니, 헤아릴 수 없이 많은 군중이 모여들게 되었다. 그중에는 화려하게 차려 입은 여성도 한둘 눈에 띄었다.

스치는 바람의 숨결도, 지나가는 구름 한 점도 없이 뜨거운 햇빛이 내리쪼이고 있었고 그늘이라고는 드문드문 서 있는 소나무 그림자밖에 없었다. 불타던 관목의 불씨는 꺼졌으나 평평한 땅바닥은 육안으로 식별할 수 있는 먼 거리까지 오터쇼 방향으로 검게 그을려 있었고 연기는 여전히 수직으로 올라가고 있었다. 초브엄 가에서 과자류를 팔고 있는 수완 좋은 어느 상인은 아들에게 푸른 사과와 진저 비어를 손수레에 가득 실어 보내 팔게 했다.

구덩이 가까이로 가니, 헨더슨과 오길비, 나중에 알게 되었지만 왕립 천문대 소속인 키가 큰 금발머리의 스텐트, 삽과 곡괭이를 휘두르고 있는 인부들을 포함하여 대여섯 명이 그 속에 끼어 있었다. 스텐트가 이미 식어버린 원통형 물체 위에 서서 또렷한 목소리로 지시를 내리고 있었다. 그의 얼굴은 새빨갛게 물들어 있었고 온몸은 땀으로 젖어 있었다. 왠지 무언가가 그를 몹시 초조하게 만드는 것 같았다.

여전히 원통형 물체의 아랫부분은 땅속에 파묻혀 있었지만 몸체가 상당 부분 드러났다. 구덩이 가장자리에서 지켜보던 군중 틈에 끼어 있는 나를 발견한 오길비는 나를 불러 호셀 들판의 주인인 힐턴 경을 만나러 가줄 것을 부탁했다.

그는 늘어나는 군중, 특히 아이들이 많아서 발굴에 지장이 많다고 했다. 간단하게나마 울타리를 쳐서 사람들의 접근을 막아야 한다는 것이다. 또한 오길비는 그 물체에서 이따금씩 미약하나마 움직이는 소리가 들려온다고 했다. 인부들은 꼭대기 덮개를 열어보려 했으나 손에 잡히지 않아 열지 못했다고 했다. 물체 표면을 감싸고 있는 케이스는 엄청나게 두꺼워 보였고, 들려오는 미약한 소리로 미루어보아 내부에서 시끄러운 소란이 일고 있는 것 같았다.

나는 그의 부탁을 흔쾌히 받아들여서 대표단에 참여할 수 있는 특권을 가진 구경꾼이 되었다. 힐턴 경을 찾아갔지만 만날 수 없었다. 그러나 그는 워털루에서 여섯 시발 기차를 타고 런던을 거쳐 돌아올 예정이라고 했다. 그때가 다섯 시 십오 분이어서 집으로 돌아온 후 가볍게 차를 마시고 다시 힐턴 경을 만나러 역으로 갔다.

4
원통형 물체의 문이 열리다

들판으로 돌아왔을 때는 이미 해가 기울고 있었다. 몇몇 무리가 워킹 쪽에서 급하게 오고 있었고 한두 사람이 되돌아가고 있었지만 구덩이 주변에 몰려든 사람들은 더 늘어났다. 수많은 사람들이 레몬빛의 하늘을 등지고 서 있었다. 고성이 들려왔는데 아마도 구덩이에 서로들 가까이 가려고 다투는 모양이었다. 이상한 생각이 스치고 지나갔다. 구덩이 가까이 가자 스텐트의 목소리가 들려왔다.

"뒤로 물러나요! 물러나!"

한 소년이 내게 달려왔다.

"움직이고 있어요." 그는 내 앞을 지나가며 말했다. "나사처럼 돌면서 조금씩 열리고 있어요. 전 보고 싶지 않아요. 집에 갈 거예요."

군중이 있는 곳으로 가까이 갔더니 이삼백 명이 서로 밀쳐대고 있었다. 그 속에 끼어 있는 여자들도 결코 만만해 보이지 않았다.

"사람이 떨어졌다!" 누군가가 외쳤다.

"뒤로 물러나요!" 사람들이 외쳐댔다.

나는 술렁이는 사람들 속을 팔꿈치로 밀치며 구덩이 쪽으로 나아갔다. 모두들 흥분한 듯했다. 구덩이에서는 윙윙거리는 이상한 소리가 들려왔다.

"이봐! 저 멍청이들 좀 뒤로 물러나게 해줘. 저 이상한 물체 안에 뭐가 있을지도 몰라!" 오길비가 외쳐댔다.

워킹에서 상점 점원으로 일하는 젊은이는 구덩이의 원통형 물체 위에 서서 기어 올라오려고 애썼지만 군중에 떠밀려 또다시 구덩이로 굴러 떨어졌다.

원통형 물체의 꼭대기 부분이 안쪽에서 나사처럼 돌면서 열리고 있었다. 이 번쩍이는 나사는 거의 육십 센티미터 정도나 되었다. 누군가와 부딪치는 바람에 나는 나사의 꼭대기 위로 곤두박질칠 뻔했다. 내가 몸을 돌렸을 때 나사가 다 풀렸음에 틀림없다. 원통형 물체의 덮개가 요란한 소리를 내며 자갈밭에 떨어졌기 때문이다. 나는 팔꿈치로 내 뒤에 있는 사람을 밀치며 그 물체

쪽으로 시선을 돌렸다. 그 순간 드러난 원형의 구멍은 암흑 그 자체였다. 내 눈에는 저녁놀이 들어찼다.

사람들은 모두 그 안에서 지구인과는 조금 다르더라도 본질적으로는 유사한 인간이 나오리라고 기대했으리라. 사실 나 또한 그런 기대를 하며 바라보고 있었다. 순간 그늘 속에서 무언가가 움직이는 것이 보였다. 잿빛으로 소용돌이치는 움직임, 하나의 움직임 위에 또 하나의 움직임. 그리고 눈처럼 빛을 발하는 두 개의 원반. 이윽고 지팡이 굵기만 한 작은 회색 뱀처럼 생긴 것이 중간 부분을 꼬아 밖으로 똬리를 틀고 꿈틀거리며 내가 있는 쪽으로 그리고 다른 사람들에게도 뻗쳐 왔다. 촉수였다.

갑자기 소름이 끼쳤다. 뒤에 있는 여자가 날카로운 비명을 질렀다. 나는 몸을 반쯤 돌려, 다른 촉수들이 튀어나오는 원통형 물체에 시선을 고정한 채, 구덩이 가장자리에서 물러나기 시작했다. 주변 사람들의 얼굴에는 공포의 그림자가 엄습했고 사방에서 알아들을 수 없는 절규가 들렸다. 사람들은 뒤로 물러나기 시작했다. 가게 점원이 여전히 구덩이 언저리에서 발버둥치고 있는 것이 보였다. 결국 나 혼자만 남아 있었다. 구덩이 맞은 편 사람들이 달아나는 게 보였다. 그들 틈바구니에 스텐트도 있었다. 다시 원통형 물체를 보았다. 그 순간 주체할 수 없는 공포가 엄습하여 얼어붙은 채 바라만 보고 있었다.

몸집이 곰 정도 되는 회색의 거대한 둥근 불명체가 원통형 물체 속에서 고통스러운 듯 천천히 기어 나오고 있었다. 놈은 별안간 불쑥 튀어나오더니, 햇빛을 받자 물에 젖은 가죽처럼 번쩍번쩍 빛을 발했다.

커다랗고 검은 눈동자 두 개가 나를 빤히 노려보고 있었다. 두 눈을 가진 그 괴물의 머리는 둥그렇게 생겼는데 얼굴인 것 같았다. 눈 밑에는 입이 있었고 입술이 없는 입 주변은 부들부들 떨리면서 헐떡거렸고 타액이 줄줄 흘러내렸다. 그 생물은 괴성을 지르면서 온 몸뚱이를 발작적으로 요동쳤다. 호리호리한 촉수 한 개가 원통형 물체의 가장자리를 움켜쥐더니 또 다른 촉수를 허공에 휘저었다.

살아 있는 화성인을 본 적이 없는 사람들은 괴상하고 무시무시한 그런 모습을 전혀 상상해보지 못했을 것이다. 뾰족한 윗입술과 특이하게 생긴 브이 자형의 입, 눈두덩이 없는 쐐기 같은 아랫입술, 아래턱 없이 쉬지 않고 떠는 입, 그리스 신화에 나오는 괴물 고르곤 같은 촉수들, 낯선 환경 때문에 내뿜는 폐의 거친 호흡, 지구의 큰 중력 때문에 무겁고 움직이기 고통스러워 보이는 몸, 그리고 특히 기묘하고 강렬한 거대한 두 눈. 이 모든 것 때문에 놈은 강렬하고 생기가 넘치면서도 냉혹하고 기형적인 괴물로 보였다. 기름투성이의 갈색 피부에는 버섯 모양의 균상종 같은 게 돋아나 있었다. 꼴사나울 정도로 신중한 듯, 지루하기 그지 없이 더디게 움직이는 모습이 말할 수 없을 정도로 구역질이 났다. 이 첫 대면에서 그냥 흘끗 보았음에도 구역질이 나고 공포가 밀려들었다.

그런데 갑자기 괴물이 사라졌다. 원통형 물체 밖으로 넘어질 듯 비틀거리며 빠져나온 괴물은 거대한 가죽 덩어리가 떨어지듯 쿵 소리를 내며 구덩이 속으로 떨어진 것이다. 당장 특유의 둔탁한 비명이 들렸다. 곧이어 또 다른 괴물들이 깊고 어두운 구멍에서 음침하게 모습을 드러냈다.

나는 몸을 돌려 숲속으로 미친듯이 달려갔다. 아마도 백 미터 정도는 달렸을 것이다. 그러나 불안정한 자세로 달리며 여러 차례 넘어질 뻔하면서도 괴물에게서 시선을 뗄 수가 없어서 자꾸 뒤돌아보았다.

어린 소나무 숲과 가시나무 덤불 사이에 멈춰 서서 헐떡이며 앞으로 벌어질 일들을 기다렸다. 모래 구덩이 사방의 들판으로 점점이 흩어진 사람들은 나처럼 반쯤 정신이 나간 채 공포에 떨며 괴물을 바라보았다. 아니, 괴물이 있는 구덩이 가장자리에 쌓인 자갈 더미를 바라보고 있었다. 바로 그때 새롭게 엄습하는 공포감 속에서 구덩이 가장자리 위로 둥글고 검은 물체가 오르락내리락 하는 광경이 눈에 들어왔다. 가게 점원의 머리였다. 그러나 뜨거운 석양을 배경으로 한 그 모습은 조그마한 검은 물체로 보였다. 이제 그는 올라오는 듯 어깨와 무릎이 보이는가 싶더니 다시 미끄러져 머리만 보였다. 그리고 갑자기 사라졌다. 약한 비명이 들리는 듯했다. 순간적으로 뛰쳐나가 그를 구해야 한다고 생각했지만 공포감 때문에 몸이 말을 듣지 않았다.

모든 것이 원통형 물체가 추락할 때 생긴 깊은 구덩이와 모래 더미에 감춰져 더 이상 아무것도 보이지 않았다. 초브엄이나 워킹에서 온 사람들은 그 광경을 보고 경악을 금치 못했을 것이다. 백 명 정도로 줄어든 사람들은 도랑 안, 덤불 숲속 혹은 마을 입구나 울타리 뒤에 이리저리 모여서 모래 더미에 시선을 던지며 순간순간 비명만 지를 뿐 아무 말도 못하고 서로 얼굴만 바라볼 뿐이었다. 진저 비어를 실은 손수레가 불타는 하늘을 배경으로 버려진 유기물처럼 검고 괴상하게 보였다. 모래 구덩이에는 버려진 마차들이 줄지어 있었고 그 곁에 있는 말들은 꼴망태에 담긴 여물을 먹거나 발로 땅을 긁고 있었다.

5
열광선

얼마 후, 그들의 행성에서 지구로 타고 온 원통형 우주선에서 나오는 화성인들의 모습이 어렴풋이 보였다. 나는 황홀경에 빠져 옴짝달싹 못했다. 무릎까지 차는 관목 숲에 서서 그들을 감추어 버린 모래 언덕을 바라보고만 있었다. 순간 공포와 호기심 사이에서 심하게 갈등하기 시작했다.

구덩이로 돌아갈 용기는 없었지만 한편으로는 구덩이 속을 들여다보고 싶어 견딜 수가 없었다. 그래서 지구의 새로운 방문자를 숨기고 있는 모래 더미를 주시하면서 큰 커브 길을 돌아 안전한 장소를 찾았다. 문어발 같은 가늘고 검은 채찍 사슬이 석양을 가로질러 섬광을 번쩍이더니 재빨리 모습을 감추었다. 그런 후에 가는 막대 같은 다리가 쭉 뻗어 나왔고, 이음매로 연결된 다리의 머리 부분에선 원반이 빙글빙글 회전했다. 도대체 무슨 일이 일어나고 있는 거지?

구경꾼들이 하나둘 무리를 지어 모여들었다. 작은 무리는 워킹으로, 또 다른 무리는 초브엄으로 모여들었다. 아무래도 그들은 나와 똑같은 심리적 갈등을 겪고 있는 듯했다. 내 주변에 있는 사람은 거의 없었다. 이름은 모르지만 낯이 익은 남자에게 다가가 말을 걸어보려 했다. 하지만 그와 대화를 제대로 나눌 수가 없었다.

"구역질 나는 짐승이군! 하느님, 맙소사! 징그러운 짐승!" 그는 이런 말만 되풀이했다.

"구덩이에 빠진 사람 봤어요?" 하고 물었지만 그는 아무 대답도 하지 않았다. 우리는 침묵 속에서 한동안 나란히 선 채 놈에게서 시선을 떼지 않았다. 옆에 동료가 있다는 사실에 적잖은 위안을 받았다. 나는 일 미터 정도 더 높은 둔덕 위에 올라섰다. 그리고 뒤를 돌아보았을 때 내 옆에 서 있던 사람은 워킹으로 가고 있었다.

더 이상 아무 일도 일어나지 않았고 저녁놀은 점차 빛을 잃어가고 있었다. 워킹을 향해 왼편으로 멀어져가는 무리들이 훨씬 불어난 것 같았고 그들이 주절대는 소리가 희미하게 들려왔다. 초브엄으로 가는 작은 무리의 사람들은 흩어졌다. 모래 구덩이에서는 어떠한 움직임의 조짐도 없었다.

그런 만큼 사람들은 용기를 얻었고 워킹에서 다시 사람들이 몰려온 사실이 우리의 자신감을 회복시켜준 것 같았다. 아무튼 천천히 어둠이 찾아오면서 모래 구덩이에서 간헐적인 움직임이 보였다. 그 움직임은 원통형 우주선을 에워싼 밤의 정적이 걷히지 않고 계속되는 동안 힘을 모으는 것 같았다. 검은 형체의 사람들은 두세 무리를 지어 구덩이로 향해 가고 있었다. 때로는 멈추고서 지켜보고 다시 앞으로 나아가면서, 고르지 않은 가는 초승달 모양으로 펼쳐지며, 모래 구덩이를 에워싸갔다. 나는 구덩이로 다가갔다.

마부들과 함께 구덩이로 대담하게 걸어 들어가는 사람들이 몇몇 보였다. 그리고 말발굽 소리와 수레바퀴의 삐걱거리는 소리가 들려왔다. 사과를 실은 손수레를 끄는 소년도 보였다. 호셀에서 온 한 무리의 검은 그림자가 보였다. 그들은 구덩이에서 삼십 미터 정도 떨어진 곳에 있었는데, 맨 앞에 선 사람이 흰 깃발을 흔들고 있었다.

그들은 대표단이었다. 급하게 회의를 한 그들은 화성인들이 그들의 혐오스러운 모습에도 불구하고 지능을 가진 생명체가 틀림없다는 결론을 내린 것 같았다. 그래서 인간도 지능을 지녔다는 것을 그들에게 알릴 필요가 있다고 판단한 것 같았다.

깃발이 펄럭였다. 처음에는 오른쪽으로, 그다음에는 왼쪽으로. 그들이 내게 너무 멀리 떨어져 있어 알아볼 수 없었지만 나중에 알고보니, 이처럼 대화를 시도해보려던 대표단에 오길비와 스텐트, 헨더슨도 끼어 있었다. 이 작은 대표단이 앞으로 나아가자, 그 뒤를 따르던 원형을 이룬 사람들은 점점 더 거리를 좁혀가며 구덩이를 둥글게 둘러쌌다. 그리고 어슴푸레한 검은 형체 다수가 적당한 거리를 두고 뒤따랐다.

갑자기 섬광이 번쩍 하고 비치더니 초록빛 연기가 연거푸 세 차례 구덩이에서 뿜어져 나와 곧장 적막한 하늘로 치솟았다.

불꽃이라고 하는 편이 나을 연기는 너무 선명해서, 내뿜을 때마다 머리 위의 짙푸른 하늘과 검은 소나무 숲과 함께 처트시로 뻗은 어렴풋한 갈색 들판이 갑자기 어두워 보였고 연기가 흩어진 후에는 더욱 어두워졌다. 그와 동시에 쉬익 하는 희미한 소리가 들려왔다.

흰 깃발을 들고서 구덩이를 쐐기 모양으로 감싼 사람들은 이러한 현상, 어두운 땅 위에 드리워진 수직의 작고 희끄무레한 형상에 압도되어 꼼짝 못하고 있었다. 초록빛 연기가 올라오면 그들의 얼굴은 창백한 초록색으로 빛났고 연기가 사라지면 또 다시 자취를 감추었다. 쉬익 하는 소리는 윙윙 하는 소리로 천천히 변했다가 길고 크면서도 단조로운 소리로 변했다. 구덩이에서 혹 모양을 하고 있는 것이 천천히 올라왔고 거기서 한줄기 광선이 번쩍거렸다.

곧이어 생생한 화염 섬광이 하나둘 뿜어져 나오더니 흩어져 있는 사람들을 덮쳤다. 보이지 않을 정도로 순식간에 광선이 사람들을 스치자 사람들은 흰 화염이 되어버렸다. 마치 순식간에 불로 변한 것 같았다.

그 파괴의 빛에 사람들이 비틀거리거나 구덩이 아래로 떨어지는 모습이 보였다. 뒤에 물러나 있던 사람들은 달아나기 시작했다.

나는 서로 약간의 거리를 두고 있는 무리 내 사람들이 줄줄이 죽어가고 있다는 걸 미처 깨닫지 못하고 우두커니 선 채 그 광경을 멍하니 바라만 보고 있었다. 뭔가 심상치 않은 일이 벌어지고 있다는 것만 느껴질 뿐이었다. 소리 없는 그 섬광은 눈을 멀게 할 정도로 눈부시고 강했다. 한 사람이 곤두박질치더니 움직이지 않았다. 그리고 보이지 않는 한줄기 광선이 그들을 휩쓸고 지나가자 소나무 숲이 불타오르기 시작했고 바짝 마른 가시나무 덤불은 덜컹 하는 둔중한 소리와 함께 불바다로 변했다. 그리고 내게서 멀리 떨어진 내프힐 방향의 나무들과 산울타리, 목조건물들이 갑자기 화염에 휩싸였다.

보이지 않아 피할 수조차 없는 광선은 빠르고도 쉴 새 없이 그 지역을 초토화시켰다. 그 불길이 숲을 태우며 내게로 다가오고 있음을 깨달았다. 하지만 두려움에 사로잡혀 온몸이 마비된 듯 미동조차 할 수 없었다. 모래 구덩이에서 우지직거리는 화염 소리가 들려왔다. 그리고 갑자기 말의 울부짖음이 들리더니 곧 잠잠해졌다.

나와 화성인 사이의 관목 숲을 따라 보이지는 않지만 뜨겁게 달궈진 손길이 뻗어오는 것 같았다. 모래 구덩이의 곡선을 따라 어두운 들판에서는 연기가 올라왔고 우지직거리는 소리가 들렸다. 워킹 역에서 들판으로 이어지는 길이 시작되는 왼쪽 방향으로 상당히 멀리 떨어진 곳에서는 쿵 하는 소리와 함께 무언가가 무너져내렸다. 곧이어 쉬익 하는 소리와 윙윙거리는 소리가 그쳤고 둥근 돔처럼 생긴 검은 물체가 구덩이 속으로 천천히 가라앉더니 보이지 않게 되었다.

이 모든 것은 눈부신 섬광 때문에 몸을 움직이지 못하고 아연 실색하고 있는 사이에 갑작스럽게 일어났다. 만약 그 죽음의 섬광이 완전한 원형을 그리며 휩쓸었다면 경악하던 나 역시 죽음을 피할 수 없었을 것이다. 그러나 섬광은 나를 피해 갔고 갑자기 낯설고 어두운 밤이 찾아왔다.

들판을 가로지르는 도로만이 초저녁의 짙푸른 하늘 밑으로 회색의 창백한 모습을 드러낼 뿐 물결치는 들판에는 암흑에 가까운 어둠만이 깃들었다. 사람의 그림자는 보이지 않았다. 머리 위에는 별들이 모습을 드러내고 있었다.

하지만 서쪽 하늘은 여전히 파리하면서도 밝고 푸르스름했다. 소나무 꼭대기와 호셀에 있는 건물 지붕들은 석양을 등지고 서 뚜렷한 그림자를 드러냈다. 화성인과 그들의 무기는 더 이상 보이지 않았고 그 물체의 맨 꼭대기에서 끊임 없이 흔들거리는 반사경만이 보였다. 여기저기 흩어져 있는 덤불의 파편과 나무들에서는 여전히 연기가 피어오르고 불꽃이 타오르고 있었다. 워킹 역 쪽으로 늘어선 집들은 화염의 소용돌이를 저녁 하늘로 날려 보내고 있었다.

화염과 소름끼치는 공포를 제외하면 달라진 것은 아무것도 없었다. 흰 깃발을 들고 있던 검은 점 같은 작은 무리는 사라졌지만 저녁의 적막함은 변함이 없었다. 나는 무력하고 무방비 상태로 들판의 어둠 속에 홀로 있었다. 바깥에서 내게로 유령이 덮치듯 갑자기 공포가 몰려왔다. 온 힘을 다해 몸을 돌려 관목 숲 사이를 넘어질 듯 질주했다.

내가 느끼는 두려움은 결코 이성적인 것이 아니었다. 그것은 화성인에게서 받은 것일 뿐만 아니라 내 주위에 감도는 어둠과 적막에서 오는 돌발적인 공포였다. 내 혼을 빼놓은 가공할 공포는 나를 어린아이처럼 조용히 울며 달리게 했다. 감히 몸을 돌려

처다볼 용기가 내게는 없었다.

드디어 안전한 지대에 들어섰다고 애써 위로했을 때 불가사의한 죽음이 빛의 속도만큼이나 빠르게 구덩이에서 뛰쳐나와 나를 덮칠 것만 같았다.

6
초브엄 도로에서 벌어진
열광선 사건

화성인들이 어떻게 인간을 그렇게 눈 깜짝할 사이에 소리 없이 죽일 수 있었는지는 여전히 의문이다. 많은 사람이 화성인은 열의 전도를 완전히 차단한 방에서 그런 강한 열을 만들어낼 수 있다고 생각한다. 등대의 포물면 거울이 광선을 투사하듯이, 화성인은 우리가 알 수 없는 구조의 빛나는 포물면 거울을 이용해 표적 대상에 이 강렬한 열을 쏘았던 것이다.

그러나 어느 누구도 더 세부적인 것에 대해서는 입증하지 못했다. 그러나 그것을 입증하더라도 보이는 빛 대신 보이지 않는 열을 가진 광선이 물질의 본질임은 확실하다. 가연성 있는 열광선이 번쩍이면 그것에 노출된 것은 무엇이든 화염을 일으킨다. 납조차 물처럼 흐르게 되고 철은 물렁물렁해지고 유리는 깨져 녹아버린다. 열광선에 노출된 물은 순식간에 증기가 되어 버린다.

그날 밤 구덩이 주위에 있던 거의 마흔 명이나 되는 사람들이 광선에 맞아 형태를 알 수 없을 정도로 시커멓게 타버렸다. 그리고 호셀에서 메이버리에 이르는 들판은 그날 밤 내내 광선에 파괴되어 활활 타올랐다.

대량학살에 관한 소식은 초브엄, 워킹, 오터쇼에까지 전해졌다. 그런 비극이 일어날 때 워킹에 있는 상점들은 문을 닫았다. 그리고 그 비극적인 소식에 현혹된 많은 사람들, 상점 점원들과 그밖의 사람들은 호셀 다리를 건너 들판 위로 연결되어 있는 산울타리 사잇길을 따라 걸어갔다. 직장에서 일을 마친 후 몸단장을 하는 젊은이들을 떠올려보자. 그들은 새로운 것에 관심이 많다. 그들은 이 일을 핑계 삼아 무리지어 걸으면서 사소한 것에도 시시덕거리며 웃는다. 땅거미가 지는 도로를 따라 왁자지껄한 소리가 들릴지도 모른다.

물론 아직까지는 워킹에서조차 극히 일부 사람들만이 원통형 우주선의 문이 열렸다는 것을 알고 있다. 고인이 된 헨더슨이 자전거를 탄 누군가에게 석간신문에 실릴 기사를 우체국의 특별 전보로 송고하도록 해 알려지게 된 것이다.

소식을 들은 사람들이 공터에 삼삼오오 모여들었을 때는, 작은 무리를 지어 흥분된 어조로 이야기하며 모래 구덩이 위에서 회전하는 거울을 응시하고 있는 사람들이 이미 와 있었다. 그곳을 처음으로 찾은 사람들은 의심할 여지없이 그 사건이 주는 흥분에 감염되었다.

대표단이 괴멸되던 여덟 시 삼십 분경에 화성인들에게 좀더 가까이 다가가기 위해 길을 나서던 사람들을 제외하고도 그곳에는 삼백여 명 이상이 있었다. 경찰관도 세 명이나 있었다. 그중에 말을 탄 경찰관은 스텐트의 지시대로 사람들을 돌려보내고 원통형 우주선에 접근하지 못하도록 필사적으로 막고 있었다. 소란스럽고 야단법석인 상황의 군중 속에서 경솔하고 쉽게 흥분하는 사람들은 모두 경찰관들에게 야유를 보냈다.

화성인들이 출현하자 그들과의 충돌 가능성을 예견한 스텐트와 오길비는 호셀에서 군부대로 전보를 보내 이상한 생명체가 휘두를지도 모를 폭력을 막아달라고 요청했다. 그 후 불행의 진전을 수습하기 위해 되돌아왔다. 군중이 묘사하는 화성인의 인간 학살은 내가 느낀 바와 매우 흡사했다. 초록빛 연기가 세 차례 뿜어져 나왔으며 심원한 윙윙 소리가 들려왔고 섬광이 번쩍였다는 것이다.

그들은 나보다 훨씬 좁은 탈출구로 도망나왔다. 관목이 무성한 모래 언덕이 열광선 아랫부분을 막아주어 그들은 목숨을 구할 수 있었다. 포물면 거울이 몇 미터만 더 높았다면 살아남은 사람은 없었을 것이다. 그들은 섬광과 구덩이로 떨어지는 사람들 그리고 여명을 등지고 자신들을 향해 급히 다가오며, 관목 숲을 태우는 보이지 않는 손을 보았다. 구덩이 위로는 윙윙거리는 소리가 일었고 사람들의 머리 위로는 광선이 춤을 추고 도로변에 늘어선 너도밤나무 꼭대기에는 불이 붙고 벽돌은 부서지고 창문은 박살나고 창문틀은 불에 휩싸였다. 그리고 가장 가까이 있던 집의 박공지붕이 부서진 잔해 위로 무너져내렸다.

갑자기 쿵 하고 쉬익 하는 소리와 함께 나무들이 화염을 발하자 공황에 휩쓸린 군중은 한동안 우왕좌왕했다. 불꽃과 함께 불타는 나뭇가지들이 도로로 떨어져 내렸고 나뭇잎이 타들어가기 시작했다. 사람들의 모자와 옷에도 불이 붙기 시작했다. 이어 들판에서 비명이 들려왔다. 날카로운 비명과 외침이 진동했다. 그리고 갑자기 말을 탄 경찰관이 손으로 머리를 감싼 채, 비명을 지르며 소란스러운 광경을 헤치고 달려 나왔다.

"놈들이 오고 있다!" 한 여자의 날카로운 비명소리가 들렸다. 그리고 허둥대던 사람들이 워킹으로 피하려고 뒤돌아서 앞사람을 밀쳐대기 시작했다. 그들은 양떼처럼 맹목적으로 도망쳤다. 높은 언덕 사이의 좁고 어두운 길은 군중으로 가득 메워졌고 탈출을 위한 처절한 싸움이 일어났다. 하지만 모든 사람이 탈출할 수 있었던 것도 아니었다. 적어도 세 명 그러니까 여자 두 명과 소년 하나가 넘어져 군중의 발길에 짓밟히며 공포와 암흑의 한 가운데에 내버려져 죽어갔다.

7
귀환

어떻게 도망쳤는지 전혀 기억나지 않는다. 다만 나무에 부딪혀 휘청거리다가 관목에 발이 걸려 넘어진 것만 생각날 뿐이다. 눈에 보이지 않는 화성인에 대한 공포가 나를 사로잡고 있었다. 무자비한 화염이 하늘 위로 소용돌이치며 치솟았다가 내려와 내 혼을 앗아갔다. 나는 교차로와 호셀 사이의 도로로 뛰어들어 교차로 쪽으로 달렸다.

결국 더 이상 달릴 수 없었다. 극심한 긴장감과 탈주로 지칠 대로 지쳐 비틀거리다가 길가에 쓰러졌다. 그곳은 가스 공장 부근의 운하를 가로지르는 다리 근처였다. 오랫동안 쓰러진 채 누워 있었다.

잘 기억나지 않지만 얼마 동안은 그렇게 있었던 것 같다.

나는 아주 혼란스러운 상태에서 일어나 앉았다. 한순간 왜 그곳에 있는지 알 수 없었다. 공포감은 옷과 함께 사라졌다. 쓰고 있던 모자는 어디로 갔는지 없었고 옷깃은 틀어져 있었다. 몇 분 전만 해도 내 앞에는 세 가지 실상이 놓여 있었다. 막막한 밤과 우주 그리고 자연. 무력감과 고뇌 그리고 가까이 와 있는 죽음. 지금은 사태가 뒤집히듯 돌연히 관점이 바뀌었다. 그렇다고 해서 마음의 상태가 눈에 띄게 달라진 것은 아니었다. 나는 곧바로 일상의, 점잖은 시민으로 되돌아왔다. 침묵에 쌓인 들판, 도주하려는 충동, 치솟는 화염. 이 모든 것은 마치 꿈속에서 벌어진 일 같았다. 왜 이런 일이 일어났는지 자문해보았다. 그러나 지금 일어나고 있는 모든 것들이 여전히 믿기지 않았다.

일어나서 다리의 가파른 길을 비틀거리며 올라갔다. 머릿속이 텅 비어 있었다. 근육과 신경은 에너지를 모두 소진한 상태였다. 정신을 잃을 정도로 만취한 상태나 다름없었다. 다리 아치 위로 머리 하나가 보이더니 바구니를 든 사내가 얼굴을 드러냈다. 그 옆에는 어린 소년이 따르고 있었다. 그는 내 옆을 지나가며 인사했다. 나는 내키지 않아 의미 없는 중얼거림으로 얼버무리며 다리를 건넜다.

메이버리 아치 위로 기차 한 대가 눈부신 불꽃을 일으키고 하늘로 용솟음치는 흰 연기를 내뿜으며 남쪽으로 날듯이 지나갔다. 창 밖으로 불빛이 비치는 기다란 무한궤도 열차는 덜커덩거리는 소리와 요란한 파열음을 남기며 사라져갔다. 오리엔탈 테라스라고 불리는 예쁜 박공지붕이 늘어서 있었다. 그중 한 집의 대문 앞에 사람들이 모여 이야기를 나누는 모습이 희미하게 보였다. 너무나 사실적이고 친숙한 광경이었다. 내 등 뒤에는 광란에 사로잡힌 기괴한 일들이 벌어지고 있지 않은가! 아무리 자문해보아도 믿기지 않았다.

나는 특별한 감정을 지닌 사람이 아닐까 하는 생각이 들었다. 과연 내가 겪고 있는 지금의 느낌을 다른 이들도 경험하고 있을까. 짐작조차 할 수 없었다. 가끔씩 나 자신과 나를 둘러싼 세상이 분리되는 것 같은 아주 묘한 기분에 시달렸다. 상상할 수조차 없는 먼 곳에서, 시공간을 초월한 아득한 곳에서 긴장과 비극에 싸인 이 세상을 지켜보고 있는 것만 같았다. 그날 밤의 느낌은 더욱 그랬다. 내 꿈의 또 다른 양상이었다.

그러나 이 순간의 정적과 삼 킬로미터도 채 떨어지지 않은 곳에서 벌어지고 있는 갑작스런 죽음 사이의 메울 수 없는 불일치는 내게 받아들일 수 없는 고통을 안겨주었다. 가스 공장 노동자들이 일하며 주고받는 떠들썩한 소리가 들려왔고, 전기 램프들은 모두 불을 밝히고 있었다. 나는 사람들 앞에서 발길을 멈췄다.

"들판에서 무슨 소식 없었나요?"

문가에는 남자 둘과 여자 하나가 앉아 있었다.

"뭐라고요?" 한 남자가 몸을 돌렸다.

"들판에서 무슨 소식이라도 왔냐고요?" 내가 물었다.

"당신도 그곳에 있지 않았나요?" 남자가 물었다.

"사람들이 바보 같은 얘기를 하더군요." 여자가 문 밖으로 얼굴을 내밀고 말했다. "도대체 무슨 일이죠?"

"화성인에 대해 못 들어봤어요? 화성에서 온 생물체들 말입니다."

"진저리나게 들었죠. 그 얘긴 제발 그만 해요." 여자가 말했다. 세 사람은 비웃음을 감추지 않았다.

나는 바보가 된 기분이었다. 그리고 화가 치밀어올랐다. 내 눈으로 직접 본 것을 그들에게 납득시키려 했지만, 그것은 불가능했다. 더듬거리는 내 말에 그들은 또다시 웃어댔다.

"앞으로도 지겹도록 듣게 될 겁니다." 마지막 말을 던지고 나는 집으로 발길을 옮겼다.

문 밖에 나와 있던 아내는 초췌한 내 몰골을 보고는 깜짝 놀랐다. 우선 집 안에 들어가 식탁에 앉아 술 한 잔을 들이켰다. 어느 정도 기력을 회복한 후 본 것들을 그녀에게 말해주었다. 이야기하는 동안 식탁에 차린 음식들이 식어버렸지만 여전히 식사할 생각은 잊은 채 얘기를 멈출 수 없었다.

"한 가지 더 있어." 곤두서는 공포를 잠재우려 애쓰며 말했다. "아주 굼뜬 놈들이야. 그렇게 느리게 기어다니는 것들은 처음 봐. 그놈들은 구덩이를 지키며 가까이 오는 사람은 죽이겠지만, 구덩이에서 빠져나오진 못할 거야. 그래도 무서운 놈들이지!"

"그만해요, 여보!" 아내는 눈썹을 찌푸리며 내 손을 잡았다.

"불쌍한 오길비! 그는 시체가 되어 들판에 누워 있을 거야!"

아내는 적어도 내 경험담을 거짓말이라고 생각하지는 않았다. 파랗게 질린 아내의 얼굴을 보니 말을 멈출 수밖에 없었다.

"화성인들이 여기에도 올 수 있겠네요." 그녀는 같은 말을 반복했다.

나는 아내에게 와인을 따라주며 안심시키려 했다.

"놈들은 거의 움직일 수 없어."

아내와 나 자신을 안심시키기 위해 화성인들은 지구에 살 수 없다는 오길비의 주장을 거듭 아내에게 들려주었다. 특히 화성인들은 지구의 중력을 견뎌낼 수 없다는 사실을 강조했다. 지구의 중력은 화성의 세 배에 달한다. 따라서 그들의 근육은 그만큼의 중력을 받게 될 것이다. 놈들은 납덩어리 옷을 입고 있는 처지일 것이다. 이것이 모든 이들의 일반적인 생각이었다. 다음날 아침에 《타임스》와 《데일리 텔레그래프》도 나와 마찬가지로 결과가 바뀔 수 있는 두 가지 명백한 사실을 간과한 채 그들의 주장을 보도했다.

잘 알고 있듯이 지구의 대기는 화성보다 산소는 훨씬 많으나 아르곤은 매우 적다. 화성에 비해 훨씬 많은 산소는 증가된 화성인의 체중을 상쇄시켜 그들의 움직임에 별 어려움이 없게 해 줄 것이다. 두 번째로 우리가 간과하고 있는 사실은 발달된 화성인의 기술 때문에 긴급한 상황에서는 근육 운동이 필요 없을 수 있다.

그러나 당시 나는 그런 점들을 몰랐기 때문에, 침략자들에게 유리한 상황을 전혀 추론하지 못했다. 와인을 곁들여 식사를 하면서 느끼는 자신감과 아내를 안심시켜야 한다는 의무감에 조금씩 용기와 안정감이 생겼다.

"그놈들은 멍청한 짓을 한 셈이야." 나는 와인잔을 만지작거렸다. "분명, 놈들은 공포에 제정신이 아닌 상태이기 때문에 위험해. 그놈들은 지구에 생물이, 그것도 지능 있는 존재가 있을 거라고는 꿈에도 생각 못했을 거야."

"만약 최악의 사태가 벌어진다면 구덩이에 포탄을 쏘아 죽이면 될 거야."

그 엄청난 사건에 대한 과도한 흥분은 내 인지 능력을 신경과민 상태로 빠트렸다. 지금까지도 그날 저녁 식탁의 광경이 생생하다. 하얀 식탁보 위에 놓인 은식기와 유리잔(당시에는 철학자들도 어느 정도 사치품을 소유하고 있었다), 핑크빛 갓을 씌운 전등불 밑에서 진홍빛이 감도는 와인잔을 들고 있는 나를 바라보던 아내의 근심 어린 얼굴이 사진처럼 또렷하게 떠오른다. 식사가 끝나갈 무렵, 담배 한 대로 흥분된 신경을 달래며 오길비의 경솔함을 안타까워했다. 그리고 화성인들의 근시안적인 소심함을 비난했다.

마스카렌 제도 중앙의 섬나라 모리셔스에 서식하던 희귀새 도도. 자신의 둥지 안에서 군림했을 그들은 그곳으로 먹잇감을 찾으러 온 무자비한 뱃사람들을 보고 협의에 들어갔다. "내일, 놈들을 부리로 쪼아 죽이자."

몰랐는데, 그 식사가 이상하고 소름끼치는 날 동안 마지막으로 먹은 격식 있는 식사였다.

8
금요일 밤

문제의 금요일에 일어난 이상하고 놀라운 일들 중 가장 특이한 것은, 사회 질서를 붕괴시키는 사건의 시작이 우리의 관습과 딱 들어맞았다는 사실이었다. 만약 금요일 밤에 컴퍼스로 워킹의 모래 구덩이를 중심으로 반경 팔 킬로미터의 원을 그려본다면, 스텐트나 자전거를 탄 서너 명, 죽어서 누워 있는 런던 사람들과 관계 있는 사람이 아니라면, 그 선 밖의 사람 중 외계인의 침입에 조금이라도 동요하는 사람이 있었을지 궁금하다. 물론 많은 사람들은 원통형 우주선 이야기를 들었고 틈만 나면 그것에 대해 이야기를 주고받았지만, 독일에 내린 최후통첩처럼 대단한 것으로 받아들이지는 않았다.

그날 밤 런던의 신문사는 원통형 우주선의 문이 열렸다고 전보를 친 헨더슨의 정보를 허위로 받아들였다. 신문사는 헨더슨에게 사실인지 아닌지 확인하라는 급전을 보냈으나 이미 그는 죽은 뒤였기 때문에 답신은 오지 않았다. 신문사는 호외를 발행하지 않기로 결정했다.

심지어 팔 킬로미터 반경 내에 있던 많은 사람들조차 현 상황에 둔감했다. 이미 내가 말을 건넸던 남자와 여자의 행동에 대해서는 말한 바 있다. 그 지역 사람들은 저녁식사를 하거나 술을 마시고 있었다. 일을 마친 사람들은 정원을 돌보고 있었고 아이들은 잠자리에 들었다. 또한 사랑에 빠진 젊은이들은 골목길을 거닐고 있었고 학생들은 책상 앞에 앉아 있었다.

화성인 사건을 놓고 사람들은 마을 길거리에서는 수군거렸고, 선술집에서는 신기한 일이나 화젯거리로 삼았을 것이다. 또한 최근에 일어난 사건을 목격한 사람이나 그 소식을 전하는 사람들이 흥분과 소란을 일으키며, 비명을 지르고 우왕좌왕했다. 그러나 대부분 오랫동안 우주에 화성이란 행성이 존재하지 않는 듯 행동해온 것처럼 먹고 마시고 잠자며 일상적인 일들을 계속했다. 그 사건이 발생한 워킹 역, 호셀 그리고 초브엄에 사는 사람들조차 그랬다.

늦은 시각까지 워킹 역에는 기차들이 멈추기도 하고 출발하기도 했다. 선로를 바꾸는 기차들도 있었고 하차하는 승객들도 있었으며 기차를 기다리는 사람들도 있었다. 모든 게 예전처럼 특별한 것 없이 평범해 보였다. 도시에서 온 소년은 스미스의 독점권을 침해하면서 석간신문을 팔고 있었다. 트럭들이 울려대는 경적 소리, 정거장에서 들려오는 기차 엔진의 날카로운 기적 소리가 "화성인이 지구에 왔다"라는 외침과 뒤섞였다. 아홉 시경에는 엄청난 사건을 들은 흥분한 사람들이 기차역으로 몰려들었지만, 술주정뱅이가 일으키는 것 이상의 혼돈은 일어나지 않았다. 런던행 기차를 탄 사람들은 차창 밖의 어둠을 응시했다. 사람들의 눈에는 호셀 쪽에서 이따금씩 춤을 추듯 피어올랐다가 사라지는 불꽃, 붉은 섬광, 그리고 하늘에 떠 있는 별들 사이로 휘날리는 엷은 연기층만 보일 뿐이었다. 그들은 그 광경을 바라보며, 그저 관목 숲이 타고 있다고만 생각했다. 소란이 느껴질 수 있는 곳은 들판의 변두리 주변뿐이었다. 워킹의 경계선에 있는 여섯 채의 빌라가 불타고 있었다. 들판에서 가까운 세 마을의 집집마다 불이 켜져 있었고 사람들은 동이 틀 때까지 잠을 이루지 못했다.

호기심 많은 군중은 불안한 마음으로 이리저리 서성거리며 안절부절못했지만 대부분 초브엄과 호셀 다리를 떠나지 않았다. 나중에야 알았지만, 모험을 좋아하는 한두 사람이 어둠을 틈타 화성인 바로 곁에까지 기어갔지만 결국 돌아오지 못했다. 그리고 마치 군함에서 비치는 서치라이트 같은 광선이 번쩍이며 들판을 쓸어버렸고 열광선이 그 뒤를 따랐다. 그 광선으로부터 안전해 보이는 넓은 들판은 고요와 적막에 휩싸였다. 숯처럼 시커멓게 타버린 시체들이 별빛 아래 밤을 지새며 누워 있었고, 다음 날도 그랬다. 많은 사람이 구덩이에서 울려 나오는 쇠망치 두드리는 소리를 들었다.

이 놀라운 사건은 금요일 밤에 일어났고 사건의 중심에는 원통형 우주선이 있었다. 그것은 우리가 살고 있는 오래된 지구의 피부에 독화살처럼 꽂혔다. 그러나 아직은 독이 거의 퍼지지 않았다. 다만 적막에 싸인 들판 여기저기에 널브러진 시체들과 피어오르는 연기만이 그것을 에워싸고 있었다. 어둠 때문에 희미하게 보일 뿐이었다. 숲에서는 여기저기 나무들이 불타고 있었고 그 너머는 홍분의 변두리였고, 그 변두리보다 더 먼 곳은 화마가 아직 다가오지 않은 상황이었다. 하지만 세상의 다른 곳에서는 먼 태곳적부터 흘러온 삶의 샘물이 넘쳐흐르고 있었다. 정맥과 동맥을 막아버리고 신경과 두뇌를 죽이고 파괴하는 전쟁의 광란은 여전히 커가고 있었다.

화성인들은 밤새도록 준비해놓은 기계 장치를 놓고 망치질을 하고 뚝딱거리며 자지 않고 쉴 새 없이 무언가를 만드는 것 같았다. 이따금씩 초록빛이 감도는 하얀 연기가 별빛이 반짝이는 하늘을 선회하며 올라갔다.

열한 시경 호셀에서 한 중대의 병사들이 파견되어 들판 주변에 방어선을 구축했다. 그 후 또 다른 중대가 초브엄을 거쳐 들판 북쪽에 배치되었다. 그날 아침 일찍이 잉커먼 병영에서 장교 몇몇이 파견되었는데, 그중 이든 소령이 행방불명되었다. 자정이 다 되어 한 연대장이 초브엄 다리에 도착해 사람들에게 사건의 정황을 묻느라 여념이 없었다. 군 당국은 사태의 심각성을 정확하게 인식하고 있었다. 다음날 조간신문에는 밤 열한 시경 올더숏에서 기병대 일개 대대, 기관포 두 정, 카디건 군병력 사백 명이 동원됐다는 기사가 실려 있었다.

자정이 조금 지나 워킹의 처트시 도로에 있는 사람들은 하늘에서 별똥별이 북서쪽 소나무 숲으로 떨어지는 것을 보았다. 초록빛을 띤 그 별은 여름밤 번개처럼 소리 없이 밝은 빛을 발했다. 두 번째 원통형 우주선이었다.

9
전쟁 시작

토요일이었던 그날은 소름끼치는 날로 내 기억 속에 생생히 살아 있다. 그날은 온도계가 제멋대로 오르락내리락 할 정도로 몹시 덥고 나른한 날이었다. 아내는 곤히 잠들어 있었지만, 나는 잠을 설치다가 아침 일찍 일어났다. 아침식사 전에 정원에 나가 가만히 서서 들판 쪽으로 귀를 기울여봤지만, 종달새 울음소리 외에는 들리지 않았다.

우유 배달부가 여느 때와 다름없이 왔다. 그의 덜커덩거리는 수레 소리를 듣고 혹시나 새로운 소식이 없는지 물으려고 문 앞으로 다가갔다. 그는 밤새 화성인들이 군대에 포위되었으며, 곧 교전이 있을 것이라고 했다. 그때 나를 안심시키는 워킹 행 기차 소리가 들려왔다.

"가능하면, 놈들을 죽이지는 않을 거예요." 우유 배달부가 말했다.

나는 이웃 사람이 정원을 손질하는 것을 보고 아침 식사를 하러 들어가기 전에 한동안 그와 이것저것 얘기했다. 여느 날과 다를 바 없는 아침이었다. 이웃 사람은 낮 동안에 군대가 화성인을 생포하거나 살상할 것이라고 믿고 있었다.

"우리가 접근하는 것을 놈들이 막다니 참 애석해요. 놈들이 다른 행성에서 어떻게 살았는지 궁금합니다. 뭐든 한두 가지 알아낼 수도 있을 텐데요."

그는 울타리까지 다가가 딸기를 한 움큼 건넸다. 그는 정원을 열심히 가꾼 만큼 수확도 풍성했다. 그는 골프 링스 부근의 소나무 숲이 불에 타버렸다는 소식도 들려주었다.

"사람들의 얘기로는 빌어먹을 두 번째 우주선이 떨어졌다고 하더군요. 하나로 충분하지 않았나! 그놈들 때문에 모든 게 정상이 되기까지 보험회사 측은 꽤나 많은 비용을 치러야 할 겁니다." 그는 유머스럽게 말했단 듯이 껄껄 웃었다. 그는 소나무 숲이 아직 불타고 있다고 말하며 피어오르고 있는 연기를 가리켰다. "땅바닥에 소나무 잎과 잔디가 두툼하게 쌓여 있어서 며칠 동안은 발을 디딜 수 없을 정도로 뜨거울 거예요." 그러곤 침울한 내색을 보이며 말했다. "불쌍한 오길비."

아침식사 후에 일을 멈추고 들판 쪽으로 가보기로 했다. 철교 아래에 공병대로 보이는 병사들이 모여 있었다. 그들은 작고 둥근 모자를 쓰고 짙은 색 바지에 장딴지까지 올라오는 군화를 신고 있었다. 풀어헤친 더러운 붉은 재킷 사이로 파란색 셔츠가 보였다. 그들은 내게 아무도 수로를 건널 수 없다고 했다. 교량을 바라보다가 보초를 서고 있는 카디건 병사를 발견했다. 잠시 이들과 얘기를 해보았다. 특히 어제 밤에 본 화성인에 대해 이야기해주었다. 그들 중 어느 누구도 아직 화성인을 보지 못했고 막연한 추측만 난무해서인지 내게 궁금한 게 많았다. 그들은 누가 군대 동원령을 내렸는지 알 수는 없지만 기병대 내부에서 상당한 격론이 있던 것 같다고 했다. 공병대원들은 일반 병사들보다 교육을 훨씬 많이 받았다. 그들은 격전이 될 이번 전투의 특수한 여건들에 대해 논쟁을 벌였다. 내가 열광선 얘기를 하자 그들 사이에 논쟁이 벌어졌다.

"엄폐물로 몸을 숨기고 기어가서 돌진하는 거야."

"무슨 소리야, 뭘로 몸을 가려? 통닭이 되고 싶어? 우리가 할 수 있는 건 가까이 접근한 뒤에 참호를 파는 수밖에 없어."

"제기랄! 고작 생각하는 게 언제나 참호야, 스니피, 넌 토끼 새끼로 태어났어야 했어."

"놈들은 목이 없습니까?" 갑자기 몸집이 작고 과묵해 보이는 까무잡잡한 한 병사가 담배를 피우며 말했다.

　나는 다시 한번 내가 본 화성인의 생김새를 설명해주었다. 그러자 그가 말했다.

　"문어라, 그렇게 부를 수밖에 없군요. 그럼, 그 문어 인간을 낚을 어부들에 대해 논해봐야겠군요. 물고기와 싸울 전사 말입니다."

　"그런 괴물을 죽이는 건 살인이 아니지." 맨 먼저 입을 열었던 병사가 말했다.

　"놈들을 포탄으로 박살내는 거야. 놈들이 무슨 짓을 할지 어떻게 알겠어." 작고 까무잡잡한 병사가 말했다.

　"포탄 어디 있어? 시간이 없어! 당장 돌진해서 놈들을 싹 쓸어버려야 해."

　그들의 논쟁은 계속되었다. 나는 그들과 헤어진 후 역으로 가서 살 수 있는 만큼 조간신문을 샀다.

　유난히 길었던 그날의 아침과 오후의 사건을 지루하게 묘사하고 싶지는 않다. 들판으로 갈 방법을 생각해보았지만 별 다른 수가 없었다. 호셀과 초브엄에 있는 모든 교회 탑들이 군대의 통제하에 놓였기 때문이다. 나와 얘기를 나눈 군인들은 아무것도 알지 못했다. 장교들은 바쁘게 움직였다. 마을 사람들은 군대의 주둔으로 안심하고 있었다. 나는 처음으로 담배 제조업자인 마셜한테서 그의 아들이 들판에서 죽었다는 소식을 들었다. 군인들은 호셀 외곽의 주민들에게 문을 잠그고 피신하라고 일렀다.

오후 두 시경에 지친 몸을 이끌고 점심식사를 하러 집으로 돌아왔다. 지독히 덥고 후텁지근한 날이었다. 더위를 식히기 위해 찬물로 샤워를 했다. 네 시 삼십 분경에는 석간신문을 사기 위해 역으로 갔다. 신문에는 스텐트와 오길비, 핸더슨과 다른 여러 사람들이 살해된 사건의 정황이 정확하지 않은 기사만 실려 있었다. 내가 새롭게 알 만한 기사 내용은 거의 없었다. 화성인들은 모습을 드러내지 않았다. 그들은 구덩이에서 매우 분주하게 움직이고 있었다. 망치를 두드리는 것 같은 소리가 들려왔고, 계속해서 연기가 올라왔다. 분명 그들은 전투를 준비하느라 바빴을 것이다. "화성인에게 신호를 보냈지만 성공하지 못하다" 신문기사 제목은 한결같았다. 한 공병대원이 내게 말해준 바에 따르면 그가 도랑에 숨어 장대 깃발을 흔들었다고 한다. 하지만 화성인들은 아무런 대응 없이 무시해버렸다고 한다.

각종 군 장비와 전투 준비 광경은 나를 매우 흥분시켰다. 전투 끝에 다양한 전략으로 침략자들을 섬멸하는 광경을 상상해보았다. 어릴 적 꿈꾸던 전투와 영웅심이 되살아났다. 하지만 어느 순간 이 싸움은 공정하지 않다는 생각이 들었다. 그들은 구덩이에 희망 없이 주저앉아 있는 것처럼 보였기 때문이다.

세 시가 되었을 때 처트시와 애들스톤에서 간헐적인 대포 소리가 들리기 시작했다. 두 번째 원통형 우주선이 추락했던 불타는 소나무 숲을 향해 포격을 개시했다는 소식을 들었다. 우주선의 문이 열리기 전에 파괴할 모양이었다. 그러나 화성인이 탄 첫 번째 우주선을 공격하기 위해 초브엄에 야전포가 도착한 것은 오후 다섯 시가 다 되어서였다.

저녁 여섯 시 무렵 정자에 앉아 아내와 함께 차를 마시며 우리에게 닥친 전쟁을 얘기하고 있을 때였다. 갑자기 들판에서 거대한 포격 소리와 폭발음이 들려왔다. 뒤이어 아주 가까이에서 무언가가 격렬하게 부서지는 소리가 나며 땅이 흔들렸다. 나는 정자에서 뛰쳐나왔다. 오리엔탈 대학 주변의 나무 꼭대기가 불타오르며 연기를 뿜어대는 것이 보였다. 그 옆에 있는 조그만 교회가 무너져내렸다. 이슬람 사원 모스크의 종탑도 사라져버렸고 대학의 지붕은 마치 백 톤짜리 폭탄을 맞은 듯 폭삭 주저앉았다. 우리 집 굴뚝 중 하나는 포탄을 맞은 듯 금이 가더니, 파편들이 떨어져 내려 서재 앞 꽃밭에 붉은 더미를 이루었다.

나와 아내는 놀라 얼어붙었다. 대학 건물이 완전히 파괴된 것을 보니, 메이버리 언덕도 화성인의 열광선 사정권 안에 있으리라는 걸 문득 깨달았다. 생각할 겨를도 없이 아내의 팔을 잡고 도로로 끌어냈다. 그리곤 하녀를 불러내, 자기 짐을 걱정하는 그녀에게 내가 이층에 올라가 짐을 챙겨주겠다고 말했다.

"여긴 위험해. 빨리 벗어나야겠어." 이렇게 말하는 순간 들판에서 포성이 다시 들려왔다.

"하지만 어디로 가요?" 아내가 공포에 떨며 말문을 열었다.

한동안 혼란스러웠지만 레더헤드에 사는 사촌이 떠올랐다.

"레더헤드!" 나는 갑작스런 소음을 가르며 외쳤다.

아내는 내게서 눈길을 돌려 언덕 아래를 쳐다보았다. 공포에 휩싸인 사람들이 집에서 뛰쳐나오고 있었다.

"레더헤드로 어떻게 가요?"

나는 언덕 아래에서 철도 교량 밑을 통과하고 있는 기병대를 보았다. 세 명의 기병대원이 오리엔탈 대학의 정문을 통과하고 있었고, 기병대원 둘은 말에서 내려 집집마다 뛰어다니기 시작했다. 나무 꼭대기에서 피어오르는 연기 사이를 뚫고 빛나는 태양이 피처럼 붉게 보이더니 모든 것을 낯선 핏빛으로 물들였다.

"여기 잠깐 있지. 여기는 안전해." 나는 재빨리 '스팻티드 도그'란 술집으로 뛰어 들어갔다. 그 집 주인이 말과 마차를 가지고 있다는 것을 알고 있었기 때문이다. 이 언덕에 살고 있는 모든 이들이 피신할 것이라는 생각이 들자 뛸 수밖에 없었다. 바로 가서 술집 주인을 찾았다. 그는 자신의 집 뒤편에서 무슨 일이 벌어지고 있는지조차 몰랐다. 한 남자가 등 뒤에 서서 주인과 얘기하고 있었다.

"일 파운드 내시오. 마부는 없소." 주인이 말했다.

"난 이 파운드 내겠소." 낯선 사내의 어깨 너머로 내가 말했다.

"뭣 때문이오?"

"자정까지는 돌려줄게요."

"맙소사! 뭐가 그리 급하단 말이오? 난 그 돈이면, 돼지라도 팔겠네. 이 파운드나 내고 마차를 빌렸다가 다시 돌려주겠다고? 대체 무슨 소리요?"

나는 집을 떠나야 할 이유가 있다고 급하게 설명하고 마차를 얻을 수 있었다. 그 당시 주인은 집을 떠나야할 만큼 상황이 시급하다고 느끼지 않는 것 같았다. 마차를 빌려서 도로로 몰고 나온 후에 아내와 하녀에게 맡기고, 서둘러 집으로 달려가서 접시 따위의 귀중품을 몇 가지 챙겼다. 그 사이 집 아래 너도밤나무가 불타고 있었고 도로변의 울타리도 벌겋게 타올랐다. 바로 그때 말에서 내린 기병대원 한 명이 달려왔다. 그는 집집마다 돌아다니면서 집을 떠나라고 경고하던 중이었다. 테이블보에 싼 귀중품을 챙겨 막 현관 앞으로 나섰을 때 그가 지나가고 있었다. 나는 그에게 외쳤다.

"무슨 일이오?"

그는 몸을 돌려 내 얼굴에 대고 고함쳤다. "접시뚜껑처럼 생긴 물체 안에서 이상한 놈들이 기어나왔습니다." 그는 언덕 꼭대기에 있는 집의 현관으로 달려갔다. 갑자기 검은 연기의 소용돌이가 도로로 몰아치더니 한순간 그의 모습을 삼켜버렸다. 나는 이웃집으로 달려가 문을 두드렸지만 아무도 없고 잠겨 있었다. 나는 옆집 부부가 런던에 갔다는 걸 알고 있었지만, 그걸 확인해보고 다행으로 여겼다. 나는 약속대로 하녀의 짐을 실어주기 위해 집으로 향했다. 짐을 끌어내 마차의 뒷부분에 타고 있는 하녀 옆에 내려놓았다. 그리곤 고삐를 잡고 아내 옆의 마부석에 올라탔다. 다음 순간 우리는 연기와 소음을 뚫고 메이버리 언덕 반대쪽인 올드 워킹으로 내려가기 시작했다.

우리의 눈앞에는 햇빛이 조용히 내리비치는 풍경이 펼쳐졌다. 도로 양옆으로는 밀밭이 펼쳐졌고 메이버리 여관 간판은 흔들리고 있었다. 나는 의사를 태운 마차가 달려가는 광경을 보았다. 언덕 아래에 이르자 뒤돌아서 우리가 내려온 언덕을 올려다보았다. 벌건 불길과 함께 두툼한 검은 연기가 뭉게뭉게 하늘로 솟아오르고 있었고 동쪽으로 향한 푸른 나무 꼭대기 위로는 검은 그림자가 드리워지고 있었다. 연기는 이미 저 멀리 동쪽 하늘과 서쪽 하늘을 가려버렸다. 이미 동쪽의 바이플리트 소나무 숲과 서쪽의 워킹 숲은 연기 속으로 사라져 보이지 않았다. 도로를 따라 우리 쪽으로 달려오는 사람들이 부쩍 불어나 있었다. 미약하지만 아주 뚜렷한 기관총 소리가 뜨겁고 조용한 공기를 뚫고 이따금씩 들려왔다. 그리고 간헐적으로 라이플총 소리도 들렸다. 화성인들이 사정권 안에만 있으면 어떤 것이라도 가리지 않고 열광선을 쏘아대는 게 분명했다.

나는 노련한 마부가 아니어서 말에 특별히 관심을 기울여야만 했다. 다시 뒤돌아보았을 때 두 번째 언덕은 검은 연기로 뒤덮이고 있었다. 말에 채찍질을 했다. 워킹과 센드 중간에 이를 때까지 고삐를 늦추지 않았다. 맹렬히 달리다보니 워킹과 센드 사이에서 앞서갔던 의사를 추월했다.

10
폭풍 속에서

레더헤드는 메이버리 언덕에서 대략 이십 킬로미터 떨어진 곳
에 있었다. 파이포드 너머 푸른 목초지에서 싱그러운 풀 냄새가
풍겨와 대기를 가득 채웠다. 양 옆의 울타리에는 들장미가 싱그
럽고 탐스럽게 피어 있었다. 우리가 메이버리 언덕을 내려오는
동안 묵직한 포성이 갑자기 시작됐던 것만큼이나 갑자기 멈췄
고 저녁은 평화스럽고 고요했다. 아홉 시경에 무사히 레더헤드
에 도착할 수 있었다. 사촌들과 저녁식사를 하는 동안 말은 한 시
간 가량 쉴 수 있었다. 나는 사촌들에게 아내를 돌봐 달라고 부
탁했다.

아내는 마차를 타고 있는 내내 이상할 정도로 말이 없었다. 그
녀는 이 모든 일이 사악한 사태의 전조일지도 모른다고 불안해

하고 있었다. 나는 화성인들이 지구의 중력을 이기지 못하니까 결코 구덩이에서 기어 나와봐야 그 근방 뿐일 거라며 아내를 안심시키려 했다. 하지만 아내는 그저 "네"라고 짤막하게 답할 뿐이었다. 마차 주인과의 약속이 없었더라면 아내는 그날 밤을 레더헤드에서 묵어야 한다고 고집을 부렸을 것이다. 내가 마차 주인에게로 돌아가려 하자 아내는 얼굴이 새파랗게 질려버렸다.

나는 하루 종일 흥분해 있었다. 문명을 관류하는 전쟁의 열기 같은 그 무엇이 혈관을 뛰게 했다. 그날 밤 메이버리로 돌아가는 것이 그리 싫지는 않았다. 심지어는 마지막으로 들었던 집중 포격이 지구의 침략자, 화성인을 전멸시키지 않았을까 걱정되기까지 했다. '나는 그 죽음의 한복판에 있기를 원했다'는 것이 솔직한 심정이었다.

사촌 집을 나섰을 때는 이미 밤 열한 시였다. 그날 밤은 상상할 수 없을 정도로 어두웠다. 불빛이 비치는 그 집에서 벗어나 걷는 동안 눈에 들어온 것은 암흑뿐이었다. 한낮과 다름없이 몹시 더웠다. 주변 관목 숲의 잎은 미동도 없었던 반면, 머리 위를 떠다니는 구름은 빠르게 흘러갔다. 사촌의 하인이 램프 두 개에 불을 붙였다. 다행히 나는 그 거리를 잘 알고 있었다. 아내는 현관 불빛 아래에 서서 내가 마차에 올라타는 것을 지켜보았다. 그리곤 갑자기 등을 돌려 집 안으로 들어가버렸고 사촌들만 내 안전을 기원해주며 배웅했다.

처음에는 공포에 사로잡힌 아내 때문에 마음이 흔들렸다. 하지만 마음은 금세 화성인들에게로 돌아가 있었다. 그때 나는 그날 밤의 전투 과정을 전혀 알지 못했다. 그날의 갈등을 촉발시킨 상황조차 이해할 수 없었다. 오컴을 지나니(돌아갈 때는 센드와 올드 워킹을 거치지 않았다) 서쪽 지평선 쪽 하늘이 새빨간 핏빛으로 물들어 있었다. 그리고 가까이 다가갈수록 폭풍우를 몰고 올 구름들이 검붉은 연기와 뒤엉켜 빠르게 흐르고 있었다.

리플리 가에는 사람의 그림자라곤 보이지 않았다. 불이 켜져 있는 창이 하나 보이긴 했지만 생명의 흔적은 느껴지지 않았다. 나는 파이포드로 향하는 도로 모퉁이에서 가까스로 사고를 피할 수 있었다. 그곳에서 한 무리의 사람들이 나를 등지고 서 있었기 때문이다. 지나갈 때 말을 거는 사람은 없었다. 그들이 언덕 너머에서 일어나는 일들을 알고 있는지 확신할 수 없었다. 그리고 내가 지나온 길가에 있던 적막한 그 집 사람들이 안전하게 잠들어 있는지, 아니면 집을 버리고 떠났는지, 아니면 한밤중의 테러에 떨면서 경계하고 있는지 정확히 판단할 수가 없었다.

나는 리플리에서 파이포드를 지날 때까지 웨이 계곡에 있었다. 붉은 불꽃이 자취를 감추었다. 파이포드 교회 너머에 있는 작은 언덕을 오르자 그 불꽃이 다시 보였다. 주변에 서 있는 나무들이 첫 번째 폭풍우에 흔들렸다. 나는 등 뒤에서 들려오는 종소리를 들었다. 그것은 자정을 알리는 파이포드 교회의 종소리였다. 빨간 불빛을 배경으로 검고 선명하게 드러나 있는 메이버리 언덕의 나무꼭대기와 집들의 지붕과 함께 그 그림자가 눈에 들어왔다.

그렇게 바라보고 있자니, 섬뜩한 초록빛 섬광이 주변의 도로와 애들스톤으로 가는 아득히 먼 곳의 숲을 비추고 있었다. 나는 고삐가 당겨지는 걸 느꼈다. 한줄기 녹색 불꽃이 흘러가던 구름을 꿰뚫고 별안간 혼란이 인 구름을 밝게 비추며, 왼쪽 들판에 떨어졌다. 세 번째 유성이었다!

유성의 갑작스런 출현 직후, 하늘빛과 대조적으로 눈이 멀 정도로 눈부신 보랏빛 섬광이 춤을 추었고 힘을 모은 폭풍우 구름 속에서 첫 번째 번개가 번쩍이더니, 머리 바로 위에서 로켓이 폭발하는 것 같은 천둥소리가 들렸다. 그 소리에 놀란 말이 미쳐 날뛰었다.

메이버리 언덕 발치까지는 완만한 경사길이 이어지고 있었다. 그 길을 따라 덜컹덜컹 마차를 몰았다. 일단 번갯불이 번쩍이자 계속 빠르게 연속적으로 이어졌다. 생전 처음 보는 광경이었다. 천둥소리 뒤에는 탁탁거리는 이상한 소리가 동반했다. 그것은 일반적인 천둥의 반향음과는 달리 거대한 전기 기계가 움직일 때 나는 소리 같았다. 명멸하는 불빛은 눈이 부셔 정신이 아찔했다. 경사길을 내려오는데 가는 우박이 맹렬히 얼굴에 몰아쳤다.

한동안은 눈앞에 펼쳐진 도로에만 신경을 썼다. 그러다 갑자기 메이버리 언덕 반대편 비탈 아래로 내달리는 무언가에 사로잡혔다. 처음에는 비에 젖은 어느 집의 지붕이겠거니 했지만 또 다른 섬광이 이어지면서 아주 빠르게 굴러 내려가는 것이 보였다. 제대로 파악하기는 힘들었다. 한동안 정신을 혼란시키는 암흑이 이어졌다.

하지만 일순간 대낮처럼 밝은 섬광이 비치자 언덕배기 부근에 있는 붉은색의 고아원, 푸른 소나무의 꼭대기 그리고 문제의 물체가 선명하고 명확하게 모습을 드러냈다.

그것이 보였다! 어떻게 그 물체를 설명할 수 있을까? 어느 집보다도 더 높은 괴기스러운 다리 셋 달린 괴물이 어린 소나무 사이를 성큼성큼 걸어 다니면서 앞을 가로막는 모든 것을 닥치는 대로 파괴했다. 관목 숲을 헤집고 지나가는 번쩍번쩍 빛나는 금속 보행 엔진. 그것에 매달린 강철 관절 로프들. 그것이 움직일 때마다 천둥 같은 소리와 함께 덜커덩거리는 요란한 소리가 들렸다. 번갯불이 번쩍거리자 다리 셋 달린 괴물이 생생히 보였다. 그 괴물이 공중으로 두 다리를 들어올리며 한쪽으로 기우는가 싶더니 어둠 속으로 사라졌다. 다음 번갯불이 번쩍였을 때 그놈은 백 미터 정도 더 가까이 다가와 있었다. 소젖을 짤 때 쓰는 세 다리 의자가 기울어진 채 땅바닥을 맹렬히 달려오는 광경을 상상할 수 있겠는가? 번개가 칠 때 본 그 괴물의 인상이었다. 좀더 정확히 말하자면 의자 대신 세 다리로 걷는 거대한 기계 몸통을 생각하면 될 것이다.

사람이 갈대를 뚝뚝 부러뜨리며 갈대 숲을 헤쳐 지나가듯이, 갑자기 앞쪽에 펼쳐진 숲의 소나무들이 양쪽으로 쓰러졌다. 그것들은 부러지고 거꾸로 머리를 처박았다. 두 번째 거대한 세 다리 괴물이 나타났고 내게 돌진해오는 것 같았다. 나는 놈과 맞서기 위해 말을 힘차게 몰았다. 두 번째 괴물이 보이자 온 신경이 곤두섰다. 멈추지 않고 그 괴물을 다시 보려 말머리를 오른쪽으로 힘껏 잡아당긴 순간 마차는 곤두박질쳤다. 마차의 축이 요란한 소리와 함께 부서졌고 내 몸은 도로변으로 내던져져 물웅덩이 속에 처박혔다.

얼른 물에서 기어 나와 가시금작화 나무 밑에 쪼그리고 앉았다. 하지만 발은 아직도 물에 잠겨 있었다. 불쌍하게도 목이 부러진 채 누워 있는 말은 미동조차 하지 않았다. 번갯불이 번쩍이자 전복된 마차의 검은 형상과 천천히 돌아가는 바퀴의 실루엣이 보였다. 그 순간 거대한 기계 장치가 내 옆을 지나 파이포드를 향해 언덕길로 올라섰다.

가까이에서 본 괴물은 믿을 수 없을 만큼 기괴했다. 단순하게 제 갈 길을 가는 감각 없는 기계가 아니었다. 놈은 금속성 소리를 내며 활보했고 기다랗고 유연한 반짝거리는 촉수는 괴상한 몸체 근처에서 덜컹거리며 흔들렸다. 촉수 중 하나는 소나무를 움켜잡고 있었다. 놈은 성큼성큼 도로로 들어섰다. 놈의 몸체 위에 올려져 있는 놋쇠 빛 후드가 좌우로 움직이며 사방을 둘러보는 것만 같았다. 몸체 뒤에는 어부들이 사용하는 거대한 망태기처럼 생긴 흰 금속 덩어리가 있었다. 그 괴물이 내 옆을 지나갈 때는 사지의 관절에서 초록빛 연기가 뿜어져 나왔다. 그리고 순식간에 놈은 사라졌다.

눈이 멀 정도로 밝게 번쩍이는 번갯불의 깜박임과 짙은 어둠 때문에 괴물의 형상은 모호하게만 보일 뿐이었다. "알루! 알루!" 놈은 지나쳐 가며, 마치 승자의 환성 같이 귀를 멀게 할 정도의 울림으로 천둥소리를 잠재워버렸다. 잠시 후 놈은 다른 놈과 함께 팔백 미터 정도 떨어진 평원에 있는 무언가를 향해 몸을 웅크리고 있었다. 그 들판에 있는 물체는 화성에서 우리에게 쏘아 보낸 열 대의 원통형 우주선 중 세 번째 것임이 분명했다.

얼마 동안 평원에 누워 비를 맞으며 어둠을 응시했다. 간헐적으로 번갯불이 번쩍이자 생나무 울타리 너머 저 멀리로 움직이는 금속 괴물들이 보였다. 이제 가는 우박이 내리기 시작했고 괴물들의 형상은 희미해지는 듯했다. 하지만 번개가 칠 때마다 괴물들의 형상은 또렷이 보였다. 번갯불이 번쩍이는 간격이 커지더니 밤이 그놈들을 삼켜버렸다.

나는 하늘에서 쏟아지는 우박과 웅덩이에 괸 물로 흠뻑 젖었다. 너무 놀란 나머지 머리가 텅 빈 것만 같았다. 메마른 곳으로 힘겹게 기어 나와 내게 닥친 위험을 깨닫기까지 얼마간의 시간이 흘렀다.

그리 멀지 않은 곳에 감자밭으로 둘러싸인 작은 오두막이 있었다. 가까스로 몸을 일으켜 될 수 있으면 몸을 숨기면서 오두막으로 달려갔다. 오두막 앞에 이르러 문을 두드렸지만 아무도 그 소리를 듣지 못한 것 같았다(안에 누군가 있다면 말이다). 잠시 후 체념하고는 도랑에 몸을 숨기고 기어서 괴물 기계의 눈에 띄지 않도록 조심하면서 메이버리 쪽에 있는 소나무 숲으로 숨어들었다.

추위에 몸을 부들부들 떨면서 집으로 향했다. 하지만 샛길을 찾기 위해 나무 사이를 쉴 새 없이 누벼야 했다. 이제 번개가 뜸해져서 숲은 칠흑같은 어둠에 싸였다. 억수같이 쏟아지는 우박은 무성한 나뭇잎 사이로 떨어졌다.

눈앞에서 벌어진 사태를 명확히 인식했다면 나는 당장 바이플리트를 거쳐 초브엄 가를 지나 레더헤드에 있는 아내에게로 돌아갔어야 했다. 그러나 그날 밤 내게 일어난 불가사의한 일들과 녹초가 된 몸은 내 의지를 가로막았다. 타박상을 입었고 지칠 대로 지쳤으며 흠뻑 젖어 있었다. 더욱이 폭풍우로 인해 제대로 소리를 들을 수도 앞을 볼 수도 없는 상태였다.

막연히 집에 가야 한다는 생각에만 골몰했다. 나무 사이를 휘청거리며 걷다가 도랑에 빠졌고 나무토막에 부딪혀 무릎을 다쳤지만 결국 암스 대학으로 이어진 좁은 길로 철벅철벅 물을 튀기며 건너갈 수 있었다. 철벅철벅 물을 튀기며 건넜다는 말은 폭우가 언덕에서 모래를 쓸어내려 진흙탕을 만들었기 때문이다. 얼마 후 어둠 속에서 한 남자와 부딪혔고, 나는 뒤로 휘청이며 넘어질 뻔했다.

그는 공포에 질린 얼굴로 눈물을 흘리며 옆길로 뛰쳐나가 내 앞을 쏜살같이 지나쳐갔다. 그에게 말을 건넬 사이도 없었다. 폭풍우가 더욱 억세게 퍼부었다. 죽을힘을 다해 언덕을 오르기 시작했다. 왼편 울타리를 의지하며 간신히 오를 수 있었다.

꼭대기 가까이에 이르렀을 때 무엇인가 뭉클한 물체에 걸려 넘어졌다. 번개의 섬광이 비치자 내 발 사이에 놓여 있는 검은 옷과 부츠 한 켤레가 보였다. 그 남자를 제대로 확인하기도 전에 번갯불은 사라졌다. 다시 번개가 치기를 기다리며 남자를 내려다보았다. 또다시 번개가 쳤을 때 그가 값싼 옷을 걸치고 있지만 초라하지 않은 건장한 사내라는 것을 알게 되었다. 고개가 몸통 밑으로 확 꺾인 채 울타리 가까이 구겨진 모양새로 누워 있는 걸 보니, 그는 울타리에 거세게 내동댕이쳐진 듯했다.

시체를 만져본 적 없는 사람이 느끼는 본능적인 거부감을 이겨내고 몸을 웅크리고 앉아 그의 몸을 뒤집고서 심장에 손을 갖다댔다. 죽은 지 이미 오래된 것 같았고 목이 부러져 있었다. 세 번째 번개가 칠 때 얼굴이 또렷이 보였다. 순간 무의식적으로 몸을 벌떡 일으켰다. 그는 마차를 빌려주었던 스팟티드 도그의 주인이었다.

조심스럽게 그의 몸을 타넘어 언덕으로 올라갔다. 경찰서와 암스 대학을 지나 집으로 갔다. 산허리에는 불이 붙지 않았지만 여전히 들판 쪽에서는 붉은 불꽃과 용솟음치는 불그레한 연기 기둥이 우박을 삼키고 있었다. 번개 불빛에 드러난 이웃집들은 거의 피해를 입지 않았다. 암스 대학 근방의 도로 위에 검은 퇴적 더미가 놓여 있는 것이 보였다.

메이버리 다리로 내려가는 도로에서 사람들 소리와 발소리가 들렸지만 고함쳐 부르거나 다가갈 용기가 나지 않았다. 자물쇠를 열고 집 안으로 들어가 문을 닫고 빗장을 건 다음 자물쇠를 잠갔다. 그리곤 비틀거리며 걷다가 계단 발치에서 주저앉았다.

머릿속에서는 성큼성큼 걷던 금속 괴물과 울타리에 내동댕이쳐
진 시체가 자꾸만 떠올랐다.

　나는 벽에 등을 대고 계단 발치에 웅크리고 앉아 부들부들 떨
었다.

11
창가에서

폭풍처럼 몰려왔던 복잡한 감정들이 점차 사그라졌다. 얼마 후 몸이 차고 젖었으며 계단 주변의 카펫이 물에 흥건히 젖었다는 것을 알게 되었다. 거의 기계적으로 일어나 부엌에 가서 위스키를 한 모금 마신 다음 옷을 갈아입으려고 움직였다.

왜 그랬는지 모르겠지만 옷을 갈아입고선 이층 서재로 올라갔다. 서재 창 밖으로 나무와 호셀 들판으로 향하는 철로가 보였다. 급하게 도망치는 바람에 창문은 열려 있었다. 실내는 어두컴컴했다. 사각 창틀로 내다보이는 풍경과는 대조적으로 서재는 암흑 그 자체였다. 나는 문 앞에 멈춰 섰다.

폭풍우가 잠잠해졌고 오리엔탈 대학의 첨탑과 주변의 소나무들이 온데간데없었다. 저 멀리 모래 구덩이가 있는 들판에서는 아직도 불그스레한 불꽃이 활활 타오르고 있었다. 불빛 속에서 그로테스크하며 기이하고 거대한 검은 형체가 부산하게 앞뒤로 이리저리 움직이고 있었다.

들판 쪽에 있는 마을 전체가 불길에 휩싸인 것 같았다. 널찍한 산허리에는 화염의 혓바닥이 폭풍우가 잠잠해지는 틈을 타 몸부림쳤고 질주하는 구름에 붉은 음영을 비추었다. 그 순간 근처의 화재 현장에서 피어오르는 화염이 창문을 가리는 바람에 화성인들의 모습이 간헐적으로 보이지 않았다. 그들이 무슨 짓을 하고 있는지 알 수 없었다. 그들의 모습도 분주해 보이는 검은 물체도 명확히 알아볼 수 없었다. 심지어 가까이에서 타오르는 불꽃의 그림자가 서재 벽과 천장에서 춤을 추고 있는데도 그 불길이 이는 곳을 볼 수 없었다. 강렬하면서도 매캐한 화염 냄새가 공기 중에 떠돌았다.

나는 소리 나지 않게 방문을 닫고 창문 쪽으로 기어갔다. 창밖으로 워킹 역 주변의 집과 숯처럼 검게 타버린 바이플리트 소나무 숲이 보였다. 언덕 아래 아치 근방의 철길에서 불빛이 비쳤고 메이버리 거리에 늘어선 서너 채의 집과 역 근처 번화가가 파괴되었다. 처음에는 철로 위의 불빛을 보고 어리둥절했다. 검은 더미가 쌓였고 화염이 타올랐다. 오른쪽으로는 타원형의 형상이 줄지어 늘어서 있었다. 부서진 기차였다. 산산조각이 난 채 화염에 휩싸여 있었고 뒤의 화물 차량만이 철로에 놓여 있었다.

가장 거세게 불타오르고 있는 주택가, 기차, 초브엄 쪽으로 늘어선 마을, 이 세 곳 사이로 군데군데 어둠에 휩싸인 지역이 불규칙하게 펼쳐져 있었다. 그리고 여기저기에서는 일정한 간격을 두고 무너져내리고 엷은 불길과 연기가 피어올랐다. 어둠에 싸인 광활한 공간이 불길에 타들어가는 광경은 아주 기이해보였다. 무엇보다도 그날 밤 포터리스 지역에 대한 기억은 여전히 생생하다. 사람들을 찾아보려 애썼지만 눈에 띄지 않았다. 그 후 워킹 역의 불빛을 뒤로 한 채 수많은 검은 형체가 서둘러 선로를 가로지르는 광경을 볼 수 있었다.

안전하게 살아온 이 작은 세계가 화재의 혼란에 빠지다니! 대체 지난 일곱 시간 동안 무슨 일이 일어났는지 여전히 알 길이 없었다. 우주선에서 흐느적거리며 기어 나온 굼뜬 덩어리 같은 놈들과 다리가 세 개 달린 커다란 기계의 관계가 도무지 이해되지 않았다. 인간의 호기심으로는 도저히 느낄 수 없는 기이한 감정에 사로잡힌 채 의자를 창밖으로 돌려 앉은 나는 어두침침한 대지를 바라보았다. 특히 모래 구덩이 주변에서 이리저리 왔다 갔다 하는 거대한 검은 물체 세 개를 유심히 바라보았다.

놈들은 굉장히 분주해 보였다. 놈들의 존재에 대해서 자문해보았다. 괴물 기계에도 지능이 있을까? 결국 그렇지 않다고 판단했다. 어쩌면 인간의 두뇌가 몸 안에서 신체를 조정하듯이 그 괴물 안에 화성인들이 앉아 통제하고 조정할지도 모른다. 나는 그 기계를 인간이 만든 기계와 비교해보았다. 난생 처음 '어떻게 철갑함이나 스팀 엔진이 지능을 갖춘 하등동물처럼 보일 수 있을까' 생각해보았다.

폭풍우가 지나가자 하늘은 더없이 맑았다. 불타는 대지에서 피어오르는 연기 위로 화성에서 날아온 작고 희미한 물체가 서쪽으로 떨어졌다. 그때 한 군인이 정원으로 찾아왔다. 담장 쪽에서 부스럭거리는 소리가 무기력에 빠져 있던 나를 깨웠다. 밖을 내다보니 군인 하나가 담장을 기어오르는 모습이 희미하게 보였다. 다른 사람을 목격하자 정신이 번쩍 들었다. 정신을 차리고 창문 밖으로 몸을 내밀었다.

"쉿, 조용히!" 속삭이듯 말했다.

그는 의심스럽다는 표정으로 담장에 걸터앉은 채 가만히 있었다. 그러곤 곧 담장을 넘어 들어와 잔디밭을 가로질러 집 앞에 이르렀다. 허리를 숙이고 조용히 걸어왔다.

"누구요?" 그는 창 밑에 서서 위를 올려다보며 낮은 목소리로 물었다.

"어디로 가는 길이오?" 나는 물었다.

"모르겠소."

"숨을 곳을 찾고 있소?"

"그렇소."

"그렇다면 이리로 들어오시오."

아래층으로 내려가 문을 열고 그를 안으로 들어오게 한 뒤 다시 문을 잠갔다. 그의 얼굴을 제대로 살피지는 못했지만 그는 모자를 쓰고 있지 않았고 코트의 단추는 풀어져 있었다.

"하느님 맙소사!" 집으로 들어오자마자 그의 입에서 튀어나온 말이었다.

"무슨 일이 일어났소?"

"무슨 일이냐고요?" 어두워도 그의 절망적인 몸짓을 볼 수 있었다.

"놈들이 우리를 싹 쓸어버렸어요." 그는 같은 말을 되풀이했다. 기계적으로 나를 따라서 식당 안으로 들어왔다.

"자, 위스키 좀 드시오." 독한 술 한 잔을 따르며 내가 말했다.

그는 술을 마시더니 갑자기 테이블 앞에 주저앉아 얼굴을 두 팔에 묻고는 슬픔에 빠진 아이처럼 흐느껴 울기 시작했다. 나의 절망감은 망각한 채 사건 정황이 궁금해서 그의 곁에 서 있었다.

그가 내 질문에 대답할 수 있을 정도로 안정을 찾기까지는 꽤 오랜 시간이 걸렸다. 당황하면서 더듬더듬 말을 꺼냈다. 그는 포병부대 소속 수송대원으로 일곱 시경에 전투에 나섰다고 한다.

당시에 들판을 향해 발포를 개시하자, 첫 번째 화성인 무리가 금속 방패로 몸을 가리고 두 번째 원통형 우주선을 향해 천천히 기어갔다고 했다.

이후 이 방패가 삼각대 같은 세 개의 다리로 기우뚱거리며 걷기 시작하더니 처음에 봤던 전투 기계로 변했다. 그 군인의 대포는 모래 구덩이를 사수하기 위해 호셀 근처에서 발포 태세를 갖추고 있었는데 전투 기계가 나타나면서 작전 행동이 다급해졌다고 한다. 선두 포차의 포병대원들이 후미로 이동할 때 그의 말이 토끼 굴에 빠져 발버둥치다가 그를 땅 구덩이에 내동댕이치고 말았다. 동시에 뒤에서 대포가 폭발했고 연이어 탄약이 터져버렸고 주변이 온통 화염에 휩싸였다. 겨우 정신을 차리고 보니 숯처럼 새까맣게 타버린 병사들과 말 틈에 자신이 깔려 있다는 것을 알게 되었다.

"나는 겁에 질린 채 정신을 못 차리고 가만히 누워 있었어요. 말 머리 부분이 내 몸을 짓누르고 있었죠. 전멸하고 만 거죠. 그 고약한 냄새! 마치 고기가 타는 것 같았어요. 나는 말에서 떨어지는 바람에 등을 다치고 말았죠. 몸을 조금이라도 움직일 수 있을 때까지 그냥 누워 있을 수밖에 없었어요. 방금 전까지만 해도 당당히 진군했는데. 갑자기 우리는 비틀거렸고, 꽝 하는 폭발음과 뭔가 휙휙 스치는 소리와 함께 일격을 당했어요. 우리는 전멸한 겁니다."

그는 오랫동안 말 시체 밑에 숨은 채 들판 쪽을 슬쩍 훔쳐보았다고 한다. 공격 명령을 받은 카디건 부대원들이 구덩이로 진격하던 중 전멸해버리는 것을 보았다고 했다. 그리고 나서 괴물이 발을 들고 일어서더니 도망치는 몇몇 병사들 사이로 자유롭게 이리저리 들판을 활보했다고 한다. 머리처럼 생긴 후드는 두건을 뒤집어 쓴 인간의 머리처럼 자유롭게 움직였고 팔처럼 생긴 것에는 구멍이 나 있는 복잡한 구조의 금속제 상자가 들려 있었는데, 그 주변에서 초록빛 섬광이 번쩍이며 상자의 구멍에서 열광선이 뿜어져 나왔다는 것이다.

들판에는 살아 있는 생명체의 흔적이라곤 개미 한 마리도 찾아볼 수 없고 아직 재로 변하지 않은 숲과 나무들이 활활 타오르고 있다고 했다. 고개를 넘어 도로변에 들어섰던 경기병들의 모습도 볼 수 없었단다. 한동안 맥심 기관총 소리가 들리더니 일제히 조용해졌다. 거대한 괴물은 그때까지 워킹 역과 주변의 집들은 파괴하지 않았다. 하지만 다음 순간 열광선이 불을 뿜더니 그 도시를 화염에 휩싸인 잿더미로 만들어버렸다. 그런 다음 놈들은 열광선을 거두어들이고 포병대 쪽으로는 등을 돌리더니 두 번째 우주선을 감추고 있는, 연기가 피어오르는 소나무 숲으로 뒤뚱거리며 걷기 시작했다고 했다. 그 사이 소나무 숲의 구덩이에서 두 번째 타이탄 같은 전투 병기가 빛을 번쩍이며 몸을 일으키고 나왔다.

두 번째 괴물은 첫 번째 괴물을 뒤따랐고 포병대원들은 뜨거운 관목의 재 위를 기어서 아주 조심스럽게 호셀 쪽으로 갔다고 했다. 그는 도로변의 도랑을 타고 워킹으로 가까스로 탈출할 수 있었단다. 여기부터 그의 이야기는 절규로 변했다. 그 들판은 접근할 수 없는 곳이 되어버렸다. 아직도 몇몇 사람들이 살아남아 있을지도 모른다. 하지만 대부분은 미쳐버렸거나 불에 타 그을었거나 큰 화상을 입었을 것이다. 그는 가까스로 화염을 피해 화성인들의 공격을 받아 검게 그을린 부서진 벽돌담 더미에 숨어들었다. 그는 괴물의 강철 촉수 하나가 도망치는 사람을 쫓더니 잡아 던지는 것을 보았다고 했다. 내던져진 사람은 소나무 몸통에 부딪쳐 나둥그러졌단다. 땅거미가 지고 어둠이 깔리고서야 그는 급히 달려 철로 둑에 닿을 수 있었다.

그는 런던 쪽으로만 가면 위험에서 벗어날 수 있을 것으로 생각하고 메이버리로 도주했다. 그리고 살아남은 사람들은 참호나 지하실로 숨어들거나 워킹 마을과 센드로 달아났고 갈증으로 기진맥진해진 그는 부서진 철로 주변에 쓰러졌다. 그곳에서 수도관이 터져 물이 샘물처럼 도로변으로 쏟아져 나오는 것을 봤다고 말했다.

이 정도 내용이 내가 그에게서 조금씩 들은 이야기였다. 그는 말을 하면서 서서히 평정을 되찾으며, 자신이 목격한 일들을 내게 이해시키려 애썼다. 점심 이후로 아무것도 먹지 못했다는 그의 말이 떠올랐다. 찬장에서 양고기와 빵을 꺼내왔다. 우리는 화성인들의 이목을 끌지 않을까 하는 두려움에 전등을 켤 수 없었다. 어둠 속에서 이따금 빵과 고기를 집었다. 그와 계속 이야기를 나누는 사이 세상은 어둠에서 깨어나 밝아오고 있었다. 창 밖의 짓밟힌 숲과 꺾인 장미 나무들의 윤곽이 명확하게 드러나기 시작했다. 그것은 마치 수많은 사람이나 동물이 잔디밭을 짓밟고 지나간 뒤 남은 흔적 같았다. 밝은 빛에 드러난 병사의 얼굴은 검게 그을려 있었고 매우 초췌해 보였다. 아마 내 얼굴도 별반 다르지 않았으리라.

식사를 마친 후에 조용히 위층 서재로 올라가 다시 열린 창 밖을 내다보았다. 하룻밤 사이에 계곡은 잿더미로 변해 있었다. 이제 불은 거의 꺼졌지만 화염이 휩쓸고 간 자리에서는 연기가 피어오르고 있었다. 셀 수 없이 많은 집들의 잔해가 여기저기 흩어져 있었다. 어둠이 걷히면서 냉혹한 여명은 폭탄을 맞은 듯이 검게 탄 나무들과 무참하고 을씨년스런 풍경을 뚜렷이 비추고 있었다. 하지만 다행히도 이곳저곳에 있는 몇몇 건물들은 파괴의 손아귀에서 벗어나 있었다. 이쪽에 보이는 하얀 철도 신호기와 저쪽에 보이는 온실 끝부분은 황량한 폐허 한복판에서도 하얗고 선명한 모습을 잃지 않고 있었다. 인류의 전쟁사에서 이처럼 무차별적이고 철저한 파괴는 없었을 것이다. 동쪽 하늘이 밝아옴에 따라 세 개의 거대한 금속 기계가 구덩이 주변에 우뚝 버티고 서 있는 광경이 똑똑히 보였다. 놈들은 마치 그들이 이루어낸 폐허의 흔적을 조사라도 하듯이 자신의 거대한 머리통을 이리저리 돌리고 있었다.

문제의 구덩이가 더욱 커진 것 같았다. 초록빛의 수증기가 밝은 여명을 향해 물결처럼 피어올라 공중을 선회하더니 부서지면서 사라졌다.

그 너머 초브엄 근방에서는 불기둥이 치솟아 오르고 있었다. 이 날은 막 깨어난 순간부터 불기둥이 핏빛 연기 기둥으로 변했다.

12
웨이브릿지와 셰퍼턴이
파괴되다

날이 밝아오자 우리는 화성인을 지켜보았던 창가에서 물러나 조용히 아래층으로 내려갔다.

포병대원은 내 집이 숨어 있기에 적당하지 않다는 의견에 동의했다. 그는 런던으로 가서 십이 기병 포병대에 합류하겠다고 했다. 나는 당장 레더헤드로 돌아가기로 마음먹었다. 화성인의 막강한 공격력을 생각해볼 때 아내를 데리고 당장 이곳을 벗어나 뉴헤이븐으로 가야 할 것 같았다. 그 괴물을 파괴하지 않는 한 머잖아 런던도 파멸의 재앙을 피할 수 없을 것이라는 예감이 들었다.

그러나 이곳과 레더헤드 사이에는 거인 괴물이 호위하고 있는 세 번째 우주선이 버티고 있었다. 나 혼자였다면 위험을 무룹쓰고 그곳을 가로질러 갔을 것이다. 하지만 포병대원이 만류했다.

"부인을 과부로 만들 작정입니까?"

결국 그와 함께 가기로 마음먹었다. 숲에 몸을 숨겨 북쪽으로 가서 초브엄까지 동행하기로 한 것이다. 거기서 포병대원과 헤어진 후 엡솜으로 우회해서 레더헤드로 가기로 했다.

당장 출발하고 싶었지만 비상사태라는 심각성을 누구보다도 잘 아는 현역 군인의 말을 따르기로 했다. 그는 집을 샅샅이 뒤져 물통을 찾게 한 다음 거기에 위스키를 가득 채웠다. 그리고 가능하면 모든 주머니에 비스킷과 고기를 잔뜩 집어넣었다. 우리는 조심스럽게 집에서 나와 하룻밤 사이에 엉망이 되어버린 거리를 죽을힘을 다해 달려 내려갔다. 집들은 황폐했고 도로 위에는 숯처럼 까맣게 타버린 시체 세 구가 나뒹굴었다. 열광선의 공격에 당한 것이 틀림없었다. 거리의 이곳저곳에 사람들이 버리고 간 시계, 슬리퍼, 은제 스푼, 값싼 보석들이 지저분하게 널려 있었다. 우체국 근처의 모퉁이에는 상자와 가구로 채워진 작은 마차가 바퀴도 부서지고 말도 없이 한쪽으로 기운 채 버려져 있었다. 부서진 금고 한 대는 열린 채 벽돌 부스러기 더미에 깔려 있었다.

여전히 불타고 있는 고아원을 빼고는 큰 피해를 입은 집은 거의 없는 것 같았다. 하지만 열광선이 굴뚝이란 굴뚝은 하나도 남김없이 박살내고 지나간 모양이었다. 메이버리 언덕에서는 우리 이외의 생명체의 흔적을 찾아볼 수 없었다. 대다수 주민은 내가 레더헤드로 갈 때 택했던 올드 워킹 도로를 따라 도피했거나 어디론가 숨어들었을 것이다.

우리는 골목길을 따라 내려갔고 불에 타고 밤새도록 내린 우박에 흠뻑 젖은 검은 옷 차림의 시신 곁을 지나 언덕 아래 숲으로 뛰어들었다. 살아 숨쉬는 생명의 흔적을 전혀 느끼지 못한 채 철로에 도착했다. 철로 건너편에 있는 숲은 모두 검게 불타 폐허가 되어버렸고 대부분의 나무가 쓰러져 있었다. 간혹 몇 그루의 나무만이 본래의 푸른빛을 잃어버리고 흑갈색을 띤 채 외롭게 서 있었다.

우리 가까이 있는 나무들은 조금 그을렸을 뿐이었다. 불길이 이곳까지는 위력을 발휘하지 못한 모양이었다. 토요일까지만 해도 벌목꾼들이 나무를 베는 모습을 볼 수 있었다. 쓰러진 나무들과 잘려져 잘 다듬어진 목재들이 널려 있었고 톱과 연장 옆에는 톱밥이 수북이 쌓여 있었다. 임시변통으로 지어진 오막살이집은 텅 비어 있었다. 이 날 아침은 바람 한 점 없고 모든 것이 이상할 정도로 고요했다. 심지어 새소리조차 들리지 않았다. 나와 포병대원은 조용히 속삭이고 가끔 뒤돌아보며 걸음을 재촉했다. 우리는 한두 번 발걸음을 멈추고 귀를 기울이기도 했다.

얼마간의 시간이 흐른 뒤 도로로 접어드니 말발굽 소리가 들렸다. 워킹으로 가는 세 명의 말 탄 기병들이 나뭇가지 사이로 보였다. 우리는 큰 소리로 그들을 불렀다. 서둘러 그들 앞에 다다르자 말을 멈췄다. 그들은 제8경기대 소속으로 한 명은 중위였고 두 명은 사병이었다. 그들은 경위의(經緯儀)처럼 생긴 것을 들고 있었는데 포병대원이 말한 바에 따르면 그것은 일광반사 신호기였다.

"아침부터 이곳까지 오는 동안 사람을 만난 건 당신들이 처음이오. 무슨 일이오?" 중위가 물었다.

그의 음성과 얼굴은 진지했다. 그의 뒤에 있는 병사들은 호기심 어린 눈으로 지켜보고 있었다. 나와 함께 온 포병이 둑을 건너 뛰더니 도로변에 서서 거수경례를 붙였다.

"어젯밤에 대포가 파괴됐습니다. 저는 지금까지 숨어 있다가 부대로 복귀하려던 중입니다. 이 길로 팔백 미터쯤 곧장 가면 화성인을 볼 수 있습니다."

"그 빌어먹을 놈들은 어떻게 생겼나?"

"갑옷을 입은 거인 같습니다. 키는 삼십 미터쯤 되어 보입니다. 다리가 세 개고 알루미늄 재질 같은 몸뚱이에 후드를 쓴 거대한 머리통이 있습니다."

"뭐라고! 무슨 잠꼬대 같은 소릴 하는 거야?" 중위가 고함을 질렀다.

"곧 아시게 될 겁니다. 놈들은 상자 같은 것을 가지고 있는데 거기서 내뿜는 불로 사람들을 눈 깜짝할 사이에 죽입니다."

"그럼, 그게 총이란 말인가?"

"총이 아닙니다." 포병대원은 열광선에 대해 생생하게 설명해주었다. 중위는 포병대원의 말을 끝까지 듣기도 전에 그의 말을 가로막고 내게로 시선을 돌렸다. 나는 도로변의 둑 위에 계속서 있었다.

"모두 사실입니다." 내가 말했다.

"음, 그렇다면 가서 놈들을 직접 확인해봐야겠군." 중위는 포병대원을 바라보며 말했다.

"우리는 주민들을 대피시키기 위해서 이곳에 파견되었다. 자네는 연대장이신 마빈 장군님께 가서 보고하게. 장군께 네가 본 모든 것을 보고해라. 장군은 웨이브릿지에 계신다. 가는 길은 알고 있겠지?"

"네, 알고 있습니다." 포병대원이 대답하자 중위는 말머리를 남쪽으로 돌렸다.

"여기서 팔백 미터 거리라고요?" 중위가 내게 물었다.

"그쯤 될 겁니다." 나는 대답해주고 나무 꼭대기 너머로 손을 뻗어 남쪽을 가리켰다. 그는 고맙다는 말을 남기고 말을 몰았다.

그 후로 두 번 다시 그들을 볼 수 없었다.

먼 길을 내려왔을 때 우리는 도로에서 노동자 숙소인 오두막 집을 급히 떠나는 여자 셋과 아이 둘과 마주쳤다. 그들은 노동자의 숙소를 터느라 바빴다. 그들의 조그만 손수레 안에는 불결해 보이는 보따리와 낡아빠진 가구들이 실려 있었다. 분주하게 세간을 챙기느라 우리에게 말을 건네기도 힘들었다.

우리는 소나무 숲을 벗어나 바이플리트 역에 도착했다. 아침 햇빛 속에 마을은 조용하고 평화로웠다. 이제 우리는 열광선에서 멀리 벗어나 있었다. 황폐해진 집들이 주는 적막, 피난을 떠나기 위해 짐을 꾸리는 소란스러움, 철교 위에 서서 워킹으로 뻗은 선로를 내려다보는 군인들만 아니라면 평상시의 일요일과 다를 바가 없는 날이었다.

여러 대의 짐마차와 손수레가 애들스톤으로 향하는 길을 따라 삐걱거리며 움직이고 있었다. 갑자기 목장 저편에 십이 구경 대포 여섯 문이 일정한 간격을 두고 배치되어 있는 것이 시야에 들어왔다. 포신은 워킹 쪽을 향하고 있었다. 대포 옆에 선 포병들은 공격 명령을 기다리고 있었고 포탄을 실은 마차들은 조금 떨어진 근처에 서 있었다. 군인들은 마치 사열을 받는 것처럼 긴장한 듯했다.

"좋았어. 놈들을 한방에 날려버릴 수 있겠군." 내가 말했다.

하지만 포병대원은 코앞에 와서 주저하는 기색이었다.

"그냥 갑시다." 그가 말했다.

우리는 웨이브릿지로 걸음을 재촉했다. 다리 위에는 작업복 차림의 많은 사병들이 긴 보루를 쌓고 있었고 보루 뒤에 많은 대포가 포진되어 있었다.

"번갯불을 향해 화살을 쏘겠다는 얘기군요. 하긴 아직 열광선을 보지 못했으니." 포병대원이 말했다.

작업을 하지 않는 장교들은 서서 나무 꼭대기 너머 남서쪽을 응시했고 구덩이를 파던 사병들은 이따금씩 일손을 멈추고 같은 방향을 지켜보았다.

바이플리트는 시장판처럼 소란스러웠다. 사람들은 짐을 꾸리고 있었고 말에서 내렸거나 타고 있는 기병들은 주민들에게 피신하도록 재촉하고 있었다. 마을 거리에서는 흰 원에 십자형 표지가 있는 서너 대의 정부 소유의 검은 사륜마차들과 한 대의 구형 마차에 짐을 싣고 있었다. 이십여 명에 이르는 사람들이 눈에 띄었는데 대부분 안식일 휴가 여행을 떠나는 것처럼 가장 좋아 보이는 옷을 입고 있었다. 병사들은 그들에게 현 사태의 심각성을 인식시켜주느라 진땀을 빼고 있었다. 주름살투성이 노인이 커다란 상자와 난초를 심은 꽃병을 여러 개 들고 있는 것이 보였다. 노인은 그것들을 두고 떠나라고 종용하는 하사관에게 노기 어린 고함을 질러댔다. 나는 발걸음을 멈추고 노인의 팔을 잡았다.

"저쪽에서 무슨 일이 일어나고 있는지 알고나 계십니까?" 나는 화성인들을 숨기고 있는 소나무 숲 쪽을 가리키며 말했다.

"무슨 소릴 하는 거요. 난 이 화분들이 얼마나 중요한지 설명하고 있는 중이었소." 노인이 돌아서 말했다.

"죽음! 죽음이 지금 다가오고 있어요! 죽음이!" 나는 외쳐댔다. 그리고 노인이 이해하든 말든 내버려두고 서둘러 포병대원을 뒤좇았다. 모퉁이를 돌 때 뒤돌아보니 병사는 이미 노인 곁을 떠나 있었고 노인은 여전히 난초 화분을 올려 놓은 상자 옆어 서서 게슴츠레한 눈으로 숲속 너머 저 먼 곳을 응시하고 있었다.

웨이브릿지에 있는 어느 누구도 작전 사령부가 어디에 있는지 말해주지 못했다. 그곳은 어떤 도시에서도 볼 수 없었던 혼란으로 가득했다. 어디에서든 손수레와 마차가 길을 가로막았고 잡다한 운송 수단과 말도 혼란을 가중시켰다. 골프와 보트용 복장을 한 마을 유지들과 예쁘장한 옷을 차려 있은 부인들은 짐을 꾸리고 있었고 강 기슭의 부랑자들도 열심히 돕고 있었다. 어린 아이들은 몹시 들떠 있었고, 대부분이 여느 때와는 전혀 다른 일요일의 이상한 분위기에 들떠 흥분하고 즐거워하고 있었다. 그 와중에서도 덕망 있는 목사님은 평상시와 다름없이 예배를 거행했고 교회 종소리는 마을의 소란스러움보다 더 크게 땡그랑거렸다.

나와 포병대원은 식수대 앞 계단에 앉아 가져온 음식으로 그럭저럭 배를 채웠다. 이제 경기병이 아닌 흰색 복장을 한 순찰병들이 경비를 돌며 주민들에게 빨리 피난을 가든가 아니면 포격이 시작될 때 지하실에 몸을 숨기라고 경고했다. 우리는 철교를 건너면서 점점 많은 사람들이 역 주변에 몰려드는 것을 보았다. 또한 붐비는 플랫폼이 상자와 짐으로 가득 차는 것도 보았다. 병력과 대포를 처트시로 이동시키기 위해 모든 교통이 통제되었다. 그러고 나서 한 시간 후에 도착한 특별 기차를 타기 위해 큰 소동이 벌어졌다는 소식도 들을 수 있었다.

우리는 정오가 될 때까지 웨이브릿지에 머문 후 웨이강과 템스강이 합류하는 셰퍼턴 수문 근처로 향했다. 한동안 우리는 조그만 손수레에 짐을 싣는 두 노파를 도왔다. 웨이는 세 부분의 강어귀가 있어 빌릴 수 있는 보트가 있었고 강 건너편에는 연락선이 있었다. 셰퍼턴 지역에는 잔디밭이 있는 여관이 있었고 그 너머 나무들 위로는 셰퍼턴 교회 첨탑이 우뚝 솟아 있었다.

셰퍼턴에서는 피난민들의 흥분과 떠들썩한 소란이 있었지만, 공황 상태에까지 이르지는 않았다. 다만 배를 타려는 사람들에 비해 배와 승선 공간이 턱없이 부족했다. 무거워 보이는 짐을 들고 있는 사람들은 헐떡거리고 있었고 붐비는 사람들 틈에 보이는 어느 부부는 작은 화장실 문짝 위에 가재도구를 붙들어 매고서 운반하고 있었다. 어떤 사내는 우리를 쳐다보며 셰퍼턴 역을 떠나겠다고 말했다.

여기저기에서 고함소리가 들려왔다. 그 와중에서도 한 사내는 익살스런 농담을 건넸다. 이곳까지 피난을 온 사람들은 화성인들이 마을을 공격하고 약탈하는 조금 무서운 존재에 불과하며 결국에는 인간에게 궤멸될 것으로 생각하고 있었다. 때때로 사람들은 걱정스럽게 웨이강 너머 처트시로 뻗어 있는 벌판을 쳐다보았다. 하지만 그곳은 조용하기만 했다.

보트가 도착한 곳을 제외하고 템스강 저편은 이상하리만큼 조용했다. 서리 쪽과는 매우 대조적이었다. 보트에서 내린 사람들은 소란스럽게 좁은 길로 내려섰다. 거대한 페리선이 여행을 끝내고 막 도착한 것이다. 서너 명의 군인이 여관 잔디밭에 서서 피난민들을 도와줄 생각은 하지 않고 지켜보기만 하면서 그들을 조롱하기까지 했다. 여관은 문이 닫혀 있었는데 사실 이 시간은 영업외 시간이기도 했다.

"이게 무슨 소리지?" 뱃사람이 외쳤다.

"이 바보 같은 놈, 조용히 있지 못해!"

내 옆에 있는 사람이 짖어대고 있는 개에게 소리를 질렀다. 그

때 또다시 요란한 소리가 들렸다. 이번에는 처트시에서 들려오는 소리였다. 한풀 꺾이는 쿵하는 소리, 그것은 틀림없는 대포 소리였다.

전쟁이 시작된 것이다. 숲에 가려서 보이지 않는 저쪽 강 건너 오른편 포병 진지에서 나는 대포 소리가 코러스를 이루고 있었다. 한 여자가 비명을 질렀다. 갑작스런 전쟁의 폭풍에 사람들은 숨을 멈췄다. 하지만 보이는 것은 없었다. 넓은 목초지, 무관심하게 풀을 뜯고 있는 암소들, 따사로운 태양 아래 미동조차 없이 서 있는 버드나무 외에는 아무것도 보이지 않았다.

"군대가 막아주겠죠?"

내 곁에 있는 여자가 걱정스러운 듯 말을 건넸다. 나무 꼭대기 위로 어렴풋한 연기가 피어올랐다.

그때 갑자기 강어귀에서 버섯 구름이 피어올라 하늘 위를 덮어버렸다. 곧이어 일순간 발밑의 땅이 흔들렸고 엄청난 폭발음이 허공을 갈랐고 근방에 있는 집들의 유리창이 박살났다. 두려움이 엄습했다.

"놈들이 왔구나!" 파란 셔츠를 입은 사내가 소리쳤다.

"저쪽이야, 저쪽에 놈들이!"

처트시 쪽으로 뻗어 있는 목초지를 가로질러 서 있는 키 작은 나무들 너머로 무장한 화성인이 하나, 둘, 셋, 넷, 모습을 드러냈다. 놈들은 아주 빠르게 성큼성큼 강 근처로 다가왔다. 처음에는 작은 두건을 쓴 형상처럼 보이던 그들은 굴러오듯 다가왔고, 날아가는 새처럼 빠르게 다가왔다.

우리를 향해 다섯 번째 놈이 기우뚱거리며 달려오고 있었다. 햇빛에 반짝이는 무장한 화성인의 몸체가 대포를 향해 빠르게 달려들었고, 가까이 올 때마다 그 모습이 점점 더 확연히 커졌다. 그리고 맨 왼편, 그러니까 가장 멀리 있던 한 놈이 거대한 상자를 허공에 휘둘렀다. 그러자 금요일 밤에 목격한 소름끼치는 열광선이 처트시 쪽을 강타하며, 그 도시를 무참히 파괴했다.

괴상하고 빠르고 소름끼치는 이 괴물을 보자마자 강가에 모여 있는 사람들은 공포에 질린 듯했다. 비명도 고함도 멎어버리고 침묵만 흘렀다. 그러나 다음 순간 거칠게 술렁거리는 소리, 첨벙첨벙 물을 튀기며 뛰어가는 발소리가 들려왔다. 한 남자가 공포에 질린 나머지 돌아서며 어깨에 멘 가방을 떨어뜨리는 바람에 나는 그 가방의 모서리에 맞아 휘청거렸다. 한 여자는 나를 밀치고 지나가기도 했다. 나는 밀려드는 사람들의 틈바구니에서 움직였지만 생각을 잃어버릴 정도로 공포에 질린 것은 아니었다. 머릿속에는 무시무시한 열광선 생각뿐이었다. 물! 물에 뛰어들면 되겠구나!

"물에 뛰어들어요!" 나는 큰 소리로 외쳐댔다. 그러나 귀를 기울이는 사람은 없었다.

급히 돌아서서 가까이 다가오는 화성인 쪽으로 달려들었다. 그리고 자갈투성이 강가로 내리달려 물에 쏜살같이 뛰어들었다. 다른 사람들도 나를 따라 물로 들어갔고 보트를 타고 있던 사람들은 뒤로 물러나 있다가 내가 힘껏 지나쳐 가자, 고개를 내밀었다. 발밑의 바위는 진흙투성이에다 미끄러웠다. 수심이 너무 얕아 육 미터 정도 나아가도 물은 겨우 허리에 찰 정도였다. 화성인이 이백여 미터 앞까지 다가왔다. 놈들은 첨탑처럼 우뚝 솟아올라와 있었다. 나는 재빨리 물속으로 들어갔다. 보트에 탄 사람들이 물에 뛰어들 때 나는 소리는 마치 천둥소리 같았다. 사람들은 성급하게 강 양편으로 기어올랐다.

그러나 화성인의 기계는 도망치는 사람 따위는 관심이 없는 듯했다. 인간은 발길에 채이는, 보금자리를 잃고 혼란에 빠진 개미처럼 허둥대고 있었다. 숨이 막힐 것 같아 더 이상 참을 수 없게 되자 얼굴을 수면 밖으로 내밀었다. 화성인의 후드는 강 건너에서 여전히 포를 쏴대는 포병대를 향해 있었다. 화성인은 앞으로 진격하면서, 열광선총임에 틀림없는 것을 천천히 휘둘렀다.

어느 순간 화성인이 강둑에 올라섰다. 그러곤 성큼성큼 걸어 강의 거의 절반이나 건너왔다. 놈은 조금 멀리 있는 강둑을 밟고 앞다리의 무릎을 굽히는가 싶더니 무릎을 쭉 펴자 놈의 키가 원

상태로 우뚝 솟아올랐다. 놈은 벌써 셰퍼턴 마을 가까이에 와 있었다. 바로 그때 마을 외곽에 숨겨져 있어 오른쪽 강어귀에 있던 사람들은 전혀 몰랐던 여섯 대의 대포가 일제히 불을 뿜었다. 갑작스런 육연발 포성에 심장이 요동쳤다. 최초의 포탄은 괴물의 후드 바로 위 오 미터 지점에서 터졌다. 놈들은 이미 열광선총을 하늘 위로 치켜들고 있었다.

나는 공포에 사로잡혀 비명을 질렀다. 신경은 온통 가까이에서 벌어지고 있는 일에 집중되어 다른 네 괴물에 대해서는 생각할 겨를이 없었다. 또 다른 두 개의 포탄이 놈의 몸통 근처에서 동시에 터지자, 놈의 후드가 뒤틀려 돌아갔다. 하지만 네 번째 포탄을 피하지는 못했다. 포탄이 괴물의 얼굴에 정확히 명중한 것이다. 놈의 후드가 팽창하면서 섬광을 발하는가 싶더니 붉은 살덩어리와 금속 파편이 사방으로 튀었다.

"맞았다!" 나는 비명인지 환호인지 모를 소리를 질렀다.

주변에 있는 사람들도 환호성을 질러댔다. 나는 순간적인 환희에 취해, 물 밖으로 뛰어나올 뻔했다.

머리가 날아간 거대한 괴물은 술 취한 거인처럼 휘청거렸다. 하지만 쓰러지지는 않았다. 괴물은 기적적으로 몸의 균형을 되찾았지만 더 이상 제대로 걷지 못하고 있었다. 이제 열광선을 뿜어댔던 장치를 위로 치켜든 채 괴물은 셰퍼턴 쪽으로 비틀거리며 빠르게 다가갔다. 괴물의 후드 속에 있던 지능을 가진 생명체인 화성인의 몸이 공중에서 사방으로 흩어졌다. 이제 그 괴물은 파괴될 운명을 목전에 둔, 움직이는 복잡한 금속 장치에 지나지 않았다. 조종을 받지 못하는 괴물은 일직선으로 걷다가 셰퍼턴 교회의 첨탑을 들이받았다. 그러자 교회는 공성퇴를 맞은 듯 무너져내렸고 괴물은 휘청거리더니 강물로 쓰러져 엄청난 충격파를 일으키며 우리 시야에서 완전히 사라졌다.

격렬한 폭발음이 하늘을 찢어놓았고 물줄기, 증기, 부서진 금속 파편이 하늘로 치솟았다. 열광선총이 물에 닿자마자 증기를 내뿜었다. 다음 순간 진흙을 휩쓸며 조수와 같은 거대한 물결이 밀어닥쳤고 살결에 닿으면 바로 화상을 입을 정도로 뜨거워진 강물이 상류로 굽이쳐 올랐다. 사람들은 강가로 기어오르려고 죽을힘을 다했다. 화성인의 괴물 기계가 파괴되어 물속으로 가라앉으면서 일으키는 소용돌이와 포효 너머로 사람들의 비명소리와 고함소리가 어렴풋이 들려왔다.

한동안 나는 열기의 위험성을 의식하지 못한 채 자기 방어의 욕구조차 망각하고 있었다. 소용돌이치는 물속에서 철벅철벅 물을 튀기며 검게 타버린 시체를 한쪽으로 밀어냈다. 그러자 강의 굴곡부가 보였다. 주인을 잃은 여섯 편의 보트들이 물결 속에서 제멋대로 춤추었다. 하류 쪽으로 떠내려온 추락한 화성인이 보였다. 놈은 널브러진 채 대부분 몸체가 물에 잠겨 있었다.

짙은 수증기 구름 층이 파괴된 화성인의 기계 잔해에서 쏟아져 나왔다. 격렬하게 소용돌이치는 파편 조각 속에서 괴물의 거대한 사지들이 물을 휘저으며 허공을 향해 간헐적으로 진흙탕과 물보라를 일으켰다. 촉수들은 살아 있는 팔처럼 요동치며 강물을 두들겼다. 이미 생명 없는 무익한 움직임이라는 것을 알지 못했다면 그것을 마치 물속에서 상처 입은 생물이 살기 위해 치열하게 몸부림치고 있는 것으로 착각할 수 있을 정도였다. 엄청난 양의 적갈색 액체가 요란한 소음을 내며 괴물 기계의 몸 밖으로 뿜어져 나왔다.

그때 갑자기 공장 지대의 사이렌 같은 날카로운 비명소리가 죽음의 아비규환에 빠져 있던 나를 정신차리게 했다. 무릎 정도 깊이의 예선로 근처에 서 있던 한 남자가 알아들을 수 없는 소리로 외쳐대며 뭔가를 가리켰다. 뒤돌아보니 또 다른 화성인들이 처트시 방향에서 강둑으로 성큼성큼 걸어오고 있었다. 화성인을 태운 기계가 내딛는 다리는 거대했다. 이는 셰퍼턴의 대포들이 무용지물이었다는 걸 의미했다.

재빨리 물속에 몸을 숨겼다. 숨이 막혀오는 것을 겨우 참으며 죽을힘을 다해 가능한 멀리 헤엄쳐 갔다. 주변의 강물이 소용돌이치며 점점 뜨거워졌다.

잠시 후 숨을 쉬기 위해 물 위로 얼굴을 내밀고 머리카락을 쓸어 올리며 눈가의 물기를 닦았다. 소용돌이치며 피어오르는 하얀 수증기에 가려 화성인들은 보이지 않았다. 귀청을 찢는 듯한 소음만이 들려왔다. 다음 순간, 안개 속에 보이는 어스레한 회색빛 형상은 더욱더 커보였다. 놈들이 내 곁을 지나쳤는데 그중 두 놈은 포말을 일으키는 파괴된 동료의 잔해를 몸을 웅크린 채 쳐다보았다.

세 번째와 네 번째 놈은 그 곁에 있었는데, 그중 하나는 내게서 이백 미터 가량 떨어져 있었고 다른 놈은 레일햄 쪽을 향해 서 있었다. 놈들은 열광선총을 높이 휘두르며 광선을 쏘아댔다. 그러자 쉬익거리는 광선이 이곳저곳을 강타했다.

대기는 귀청이 터질 것 같은 혼란스러운 소음으로 가득 찼다. 귀청을 울리는 화성인들의 철커덩거리는 소리, 집이 무너지는 소리, 나무가 쓰러지는 소리, 울타리나 헛간들이 화염에 휩싸여 활활 타오르는 소리, 불꽃을 튀기며 으르렁거리는 화염의 포효가 들려왔다. 주위를 살펴보니 두툼한 검은 연기가 강에서 올라오는 수증기와 섞이고 있었다. 열광선이 흰 섬광을 남기며 웨이브릿지를 쓸어버렸다. 열광선이 스친 곳에서는 시뻘건 불꽃과 함께 검은 연기가 피어올랐다. 아직 불길에 닿지는 않았으나 불길의 손아귀에서 그리 멀지 않은 집들은 무섭게 공격해오는 화염을 뒤로 하고 수증기 자욱한 어두운 그림자 속에서 비극적 운명을 기다리고 있었다.

나는 펄펄 끓는 강물에 가슴께까지 몸을 담그고 달아날 희망을 잊은 채 한동안 서 있을 따름이었다. 수면에서 피어오르는 수증기 사이로 강물 속에 같이 있던 사람들이 갈대밭을 헤치며 강가로 기어오르는 모습을 보았다. 예인되는 배에 당황하여 풀숲을 헤치며 이리저리 날뛰고 달아나는 개구리처럼 보였다.

그때 갑자기 열광선의 흰 섬광이 내 쪽으로 다가왔다. 집들은 열광선에 노출되는 즉시 함몰되면서 화염에 휩싸였고 나무들은 포효와 함께 불타올랐다. 예인 뱃길의 위아래에서 광선의 섬광이 명멸했다. 열광선이 도망치는 사람들을 훑었고, 내가 서 있는 곳에서 오십 미터도 채 떨어지지 않은 수면을 휩쓸고 지나갔다. 강을 가로질러 셰퍼턴까지 휩쓸었고 광선이 지나간 수면 위로 자욱한 수증기가 솟아오르며 강물이 끓어올랐다. 나는 강가 쪽으로 몸을 돌렸다.

이윽고 끓어오르는 거대한 물결이 세차게 밀려왔다. 나는 큰 소리로 비명을 질렀다. 살갗이 벗겨지고 눈이 머는 듯 너무나 고통스러웠다. 쉬익 소리를 내며 끓어오르는 물살을 헤치고 강가로 비틀거리며 나아갔다. 만에 하나 발을 헛디디기라도 한다면 그것으로 삶은 끝이었다. 나는 화성인들을 똑바로 쳐다보면서 자갈이 깔린 모래밭 위로 무력하게 쓰러졌다. 그곳은 웨이강과 템스강이 각을 이루고 있었다. 죽음밖에는 올 게 없었다.

어렴풋이 기억나는 것은 이십 미터 가량 앞에서 내려오던 화성인의 발이었다. 놈은 그 발을 성긴 자갈밭에 곧장 처박더니 이리저리 휘젓다가 다시 들어올렸다. 그러곤 한동안 움직임이 없었다. 그러나 다음 순간 네 놈이 파괴된 동료의 파편을 운반하는 모습이 분명하게 보였지만 어느 순간 그 광경은 짙은 연기에 가려 보이지 않았다. 놈들은 저 멀리 사라지고 있는 듯했다. 마치 강의 광대한 공간을 가로질러 드넓은 초원으로 사라지는 것처럼 보였다. 그때서야 기적적으로 위험에서 벗어났다는 사실을 어렴풋이 실감할 수 있었다.

13
목사와 우연히 마주치다

지구의 무기가 보여준 갑작스런 위력에 놀란 화성인들은 호셀 들판에 있는 그들의 본거지로 후퇴했다. 부서진 동료의 파편에 신경이 날카로워져 분주해진 화성인들에게 나같이 길을 잃은 하 찮은 희생자는 눈에 들어오지도 않았음이 틀림없었다. 만약 그 들이 희생된 자신의 동료를 내버려둔 채 앞으로 진격했다면 그 들과 런던 사이에는 십이 파운드 대포를 갖춘 포대만 있을 뿐이 라 그들은 자신들의 침입을 알리는 소식보다 먼저 런던에 도착 했을 것이다. 그랬다면 돌연한 그리고 무시무시한 파괴적인 화 성인의 출현은 한 세기 전 리스본을 초토화시킨 대지진에 비견 될 충격을 주었을 것이다.

그러나 그들은 서두르지 않았다. 우주 공간에서는 원통형 우주선들이 꼬리를 물며 지구를 향해 날아왔다. 스물네 시간마다 새로운 지원 함대가 도착한 셈이다. 적의 가공할 만한 무력을 깨달은 육·해군 당국은 모든 에너지를 결집해 적과 맞설 준비를 갖췄다. 해가 지기 전까지 매분마다 새로운 대포가 배치되었다. 킹스턴과 리치먼드 주변의 관목 숲과 경사진 언덕 위에 지은 교외의 대저택들이 검은 포구를 가려주었다. 호셀 들판에 있는 화성인의 본거지를 에워싸고 있는 삼십이 평방킬로미터의 황폐화된 지역, 푸른 숲 한가운데에 잿더미로 변해버린 마을들, 하루 전만 해도 소나무 덤불 숲이었지만 이제는 검게 변해버려 화염만이 솟아오르는 곳. 이곳에는 화성인들의 접근을 포병대에게 알리는 순찰병들이 일광 반사 신호기를 가지고 숨어 있었다. 그러나 이제 화성인들은 대포의 위력과 인간의 공격에 위협을 느꼈다. 그리고 우주선의 천육백 킬로미터 이내로 생명의 위험을 감수하면서까지 들어갈 사람도 없었다.

이른 오후에 거대한 괴물에 탄 화성인들은 애들스톤 골프 링크스에 있는 두 번째 우주선과 파이포드에 있는 세 번째 우주선 사이를 오가며 호셀 들판의 본거지로 물건들을 옮기느라 분주해 보였다. 길고도 넓게 펼쳐진 검게 그을린 관목 숲과 폐허로 변한 건물 위로 한 놈이 파수를 서고 있었고 다른 놈들은 자신들의 거대한 전투 병기를 버려둔 채 구덩이 속으로 내려가 있었다. 놈들은 밤을 세워가며 일에 몰두했다. 그곳에서 솟아오르는 짙은 푸른빛의 연기 기둥은 메로우 부근의 언덕과 밴스테드 그리고 엡솜 다운스에서조차 볼 수 있었다.

내가 서 있는 곳의 후방에 있는 화성인들이 다음날의 출격을 준비하는 동안, 전방의 인간들도 전투를 준비하고 있었다. 나는 엄청난 고통과 고난 속에서도 불타고 있는 웨이브릿지의 화염과 연기를 뚫고서 런던으로 향했다.

조그마한 보트 한 척이 강 하류로 떠내려가는 것을 발견하고는 물에 젖은 옷을 벗어 던지고 헤엄쳐 그 보트에 올라탔다. 그렇게 해서 그 파괴의 현장을 벗어날 수 있었다. 배에는 노가 없었다. 하지만 뜨거운 물에 데인 두 손으로 강물을 저어가며 핼리퍼드와 월턴으로 향했다. 그럴 만도 한게, 배를 타고 가는 동안 쉬지 않고 반복해서 뒤를 돌아보았다. 강줄기를 따라 배를 저어가면서도 혹시나 되돌아올지도 모르는 그 거대한 괴물을 피할 수 있는 최선책은 강물에 뛰어드는 것이라 생각했기 때문이다.

화성인의 공격으로 뜨거워진 강물은 나를 싣고 하류 쪽으로 흘러내려 가고 있었다. 천육백 미터 가량을 내려갈 때까지 양쪽 강둑에는 아무것도 보이지 않았다. 그러나 단 한 번 웨이브릿지 방향의 초원을 가로질러 빠르게 스쳐 지나가는 검은 형체들이 보였다. 핼리퍼드는 완전히 황폐화되어 있었고 강을 바라보고 있는 여러 집이 불타올랐다. 오후의 열기 속으로 연기와 불꽃이 치솟는 가운데 열기 가득한 푸른 하늘 아래로 고요하고 황폐화된 지역을 보고 있으니 이상한 기분이 들었다. 방해되는 많은 구경꾼들 없이 불타는 집을 보기는 이번이 처음이다. 강둑 위쪽에 있는 마른 갈대밭 저편에서는 연기와 불길이 치솟았고, 내륙의 불길은 마른 건초가 무성한 들판으로 차츰차츰 번지고 있었다.

오랫동안 강물을 따라 떠내려 온데다 크나큰 시련을 겪고 뜨거운 강물의 열기에 시달렸기 때문에 몹시 고통스러웠고 지쳤다. 공포가 다시 몰려왔다. 또다시 손으로 노를 저었다. 태양은 등을 까맣게 태웠다. 마침내 강의 굽이진 곳을 돌아서자 월턴의 다리가 보였다. 몸은 열기와 피곤함에 지쳐 공포를 느낄 여유조차 없었다. 나는 미들섹스 강둑으로 기어올라 풀밭에 쓰러지고 말았다. 그리고 거기에서 죽은 사람처럼 꼼짝하지 않은 채 쓰러져 있었다. 아마도 그때가 네다섯 시쯤 되었을 것이다. 얼마간 시간이 흐른 뒤 풀밭에서 일어나 팔백 미터 정도를 걸었는데 그때까지 아무도 만날 수 없었다. 산울타리 그늘 아래에 이르러 다시 누워버렸다. 그 마지막 분투 동안 스스로에게 말을 걸었다. 목이 타는 듯이 말랐다. 물을 충분히 마셔두지 못한 것이 후회되었다. 이상한 일이지만 아내에게 화가 났다. 이유는 설명할 수 없다. 그러나 레더헤드에 도착해야 한다는 무력한 욕망이 엄청나게 나를 괴롭힌 것만은 사실이다.

한동안 잠들었던 것 같다. 그래서인지 목사를 만난 순간이 또렷이 기억나지 않는다. 하지만 검댕으로 얼룩진 셔츠 차림으로 앉아 있던 그를 떠올릴 수는 있다. 그는 말끔히 면도한 얼굴이었고 하늘에서 춤을 추고 있는 희미한 불빛을 바라보고 있었다. 소위 비늘 구름이 하늘을 뒤덮고 있었다. 한 여름 저녁 노을이 붉게 물든 하늘에 깃털 구름이 줄줄이 걸려 있었다.

몸을 일으키고 부스럭대자 그는 재빨리 나를 쳐다보았다.

"물 한 잔 마실 수 있을까요?" 나는 무턱대고 말했다.

그는 머리를 가로저었다.

"한 시간 전부터 내내 물을 달라고 하는군요."

우리는 한동안 서로의 눈치를 살피며 침묵을 지켰다. 분명 그는 나를 이상한 사람이라 생각했을 것이다. 나는 물에 젖은 바지와 양말 외에는 아무것도 입지 않았고 온몸은 데었을 뿐만 아니라 얼굴도 어깨도 온통 연기에 시꺼멓게 그을려 있었다. 그의 얼굴은 꽤나 수척해 보였다. 턱은 움츠러들었고 황갈색 곱슬머리는 이마로 흘러내려와 있었다. 크고 연한 푸른색 눈은 초점을 잃은 듯 멍해보였다. 그는 갑자기 내게서 공허한 눈빛의 시선을 거두며 말했다.

"이게 뭘 뜻하는 거죠? 이런 일들이 뭘 의미하는 거죠?"

나는 그를 쳐다볼 뿐 아무런 말도 하지 않았다.

그는 가느다란 흰 손을 내밀면서 불평하듯 말했다.

"왜 이런 일이 일어나게 놔두는 겁니까? 우리가 무슨 죄를 지었길래? 아침 예배를 끝내고 오후 예배를 위해 머리를 식히려고 산책을 하고 있었습니다. 그런데 갑자기 화재와 지진이 일어나 수많은 사람들이 죽는 겁니다. 소돔과 고모라라고나 할까요. 우리의 일도 다하지 못했는데 화성인이란 놈들이 뭡니까?"

"그럼 우리는 뭐죠?" 나는 목청을 가다듬으면서 응수했다.

그는 자신의 무릎을 잡은 채 다시 나를 바라보았다. 그러고는 한동안 아무런 말 없이 나를 그냥 응시하기만 했다.

"저는 머리를 식히려 도로를 따라 산책하고 있었어요. 그런데 갑자기 불이 나고 지진이 일더니 사람들이 죽는 겁니다."

그는 턱을 양 무릎에 거의 파묻은 채 또다시 침묵에 빠졌다. 이제는 손을 흔들기 시작했다.

"모든 것이 사라졌어요. 주일 학교마저도! 대체 우리가 무슨 잘못을 했길래? 웨이브릿지 사람들이 대체 무슨 잘못을 했길래? 모든 것이 사라지고 파괴됐어요. 교회조차! 겨우 삼 년 전에 복원했는데 사라져버린 겁니다! 모조리 사라졌어요! 왜죠?"

또다시 침묵이 흐른 다음 그는 마치 미친 사람처럼 말문을 터트리기 시작했다.

"교회에서 피어오르는 연기가 영원히 언제까지나 하늘로 올라가고 있습니다." 그는 외쳤다.

그의 두 눈은 번득였고 손가락은 웨이브릿지를 가리키고 있었다. 그제야 비로소 그의 상태를 짐작할 수 있었다. 웨이브릿지에서 도망나온 것이 틀림없었다. 그가 겪은 엄청난 비극 때문에 이성을 잃어버린 것 같았다.

"여기서 선베리는 먼가요?" 나는 냉정한 어조로 물었다.

"우리는 대체 무얼 해야 되나요? 괴물들은 어디에나 있나요? 지구는 그놈들에게 완전히 정복당한 걸까요?" 그가 주절거렸다.

"선베리는 여기에서 먼가요?"

"바로 오늘 아침에도 예배를 집전했는데."

"모든 것이 변했습니다. 침착해야 합니다. 아직 희망은 있습니다."

"희망!"

"네, 모든 것이 파괴됐지만 희망은 있습니다!"

나는 우리가 처해 있는 사태를 설명하기 시작했다. 그는 처음에는 내 말을 듣고 있는 듯했으나 이야기가 계속될수록 그의 눈길은 내 시선을 피해 이리저리 배회했다.

"이것으로 세상의 종말이 다가왔습니다." 그는 내 말을 가로막고 말했다.

"종말인 거지! 하느님의 위대하고 끔찍한 심판의 날이 도래

한 거야! 권자에 앉으신 주님의 얼굴을 회피하기 위해 인간이 산으로 달아나 자신들을 덮친 바위 덩어리에 몸을 숨긴 것이야!"

나는 그가 처한 상황을 이해하기 시작했다. 더 이상 애써 추론해보려던 생각을 그만두고 어렵게 자리에서 일어났다. 그러고는 그의 어깨를 다독거렸다.

"정신 차리고 힘내세요. 목사님은 겁에 질려 분별력을 잃고 계십니다! 거대한 재앙 앞에서 신앙을 잃어버려서야 종교가 무슨 소용이 있겠습니까? 지금껏 겪은 지진, 홍수, 전쟁, 화산 폭발이 인간에게 어땠는지 생각해보세요! 주님이 웨이브릿지만을 면제해주시리라 생각하시나요? 하느님은 보험 대리점이 아니에요."

한동안 그는 무표정한 얼굴로 묵묵히 앉아 있었다.

"그럼, 어떻게 피할 수 있죠? 그자들은 무자비한 불사신이잖아요." 그가 갑자기 물었다.

"화성인들은 생각만큼 무자비하지도 않으며, 불사신도 아니에요. 놈들이 강하면 강할수록 우리는 더 냉정하게, 그리고 더욱 신중하게 맞서면 됩니다. 그들 중 한 놈은 바로 세 시간 전에 우리 손에 죽었어요."

"죽었다고요? 하느님의 사자가 어떻게 죽을 수 있습니까?" 그의 시선이 내 주위를 맴돌았다.

"놈들이 죽는 것을 똑똑히 봤습니다. 우리에게 놈을 쓰러뜨릴 유리한 기회가 왔어요. 그거면 됩니다."

"하늘에서 깜박이는 저것은 뭡니까?" 그가 갑자기 물었다.

나는 하늘을 통해 도움의 필요성과 상황을 신호하는 일광 반사 신호기라고 말해주었다.

"우리는 군사작전 지역 한복판에 있습니다. 하늘에서 깜박이는 저 신호는 곧 임박한 대전투를 알리는 겁니다. 저쪽에는 화성인들이 있어요. 그리고 런던 방향, 리치먼드와 킹스턴 주변의 언덕과 나무 숲에는 보루를 쌓고 대포들을 배치하고 있어요. 은폐하기 좋은 곳이죠. 이제 조만간 화성인들이 또다시 이곳으로 올 겁니다."

내가 미처 말을 다 끝내기도 전에 그가 벌떡 일어나 손짓으로 말을 막았다.

"들어봐요!"

강 건너편 낮은 언덕 저편에서 포성과 섬뜩한 비명소리가 반향음처럼 희미하게 들려왔다. 그런 다음에 모든 것이 적막 속으로 빠져들었다. 풍뎅이 한 마리가 산울타리를 지나 윙윙거리며 우리 곁으로 날아갔다. 서쪽 하늘에 높이 솟은 초승달이 웨이브릿지와 셰퍼턴에서 피어오르는 연기와 여전히 장엄한 붉은 석양을 배경으로 어렴풋하고 창백한 빛을 발하고 있었다.

"이 길을 따라 북쪽으로 가는 게 좋을 것 같습니다."

14
런던에서

화성인들이 워킹에 착륙했을 때 내 동생은 런던에 있었다. 의대생인 그는 코앞에 닥친 시험공부에 쫓긴 나머지 토요일 아침이 될 때까지 화성인의 지구 침입에 대해 아무런 소식도 듣지 못하고 있었다. 토요일 자 조간신문에는 화성과 화성의 생물체에 대한 장황한 특별 기사와 아울러 모호하고 짧은, 인상적인 전보가 실려 있었다.

많은 군중이 몰려들자 화성인들이 겁을 먹고 속사포를 쏘아 사람들을 많이 죽였다는 내용이었다. "무시무시해 보이는 화성인들은 자신들이 떨어진 구덩이에서 움직이지 않았으며 그럴 능력도 없어 보인다. 상대적으로 지구의 중력이 그들에게는 너무 강하기 때문이다." 신문에 실린 전보 내용은 이렇게 끝을 맺었다. 논설위원이 덧붙인 이 마지막 문장은 사람들에게 큰 위안을 주었을 것이다.

그날 동생이 출석한 생물학 수업을 듣는 모든 학생들은 신문 기사에 굉장한 흥미를 느끼고 있었다. 그러나 거리에서는 어떠한 동요의 조짐도 보이지 않았다. 그날의 석간들은 커다란 헤드라인 아래 화성인에 대한 다양한 기사를 쏟아내고 있었다. 하지만 군대가 들판으로 출동했으며 워킹과 웨이브릿지 중간의 소나무 숲이 불타고 있다는 것이 기사 내용의 전부였다. 저녁 여덟 시경《세인트 제임스 가제트》는 특별 호외를 발간하고 전보 통신이 중단되었다는 사실을 알렸다. 그것은 아마도 소나무 숲이 불타 전선 위로 불타는 나무들이 쓰러졌기 때문일 것이다. 그날 밤 전투에 관한 소식은 더 이상 들리지 않았다. 이 날 밤이 바로 내가 레더헤드로 마차를 몰았다가 워킹 마을로 되돌아오던 날이었다.

동생은 우주선이 내 집에서 삼 킬로미터 정도 떨어진 곳에 있다는 신문 보도를 읽고 그다지 걱정하지 않았다고 한다. 오히려 화성인들이 죽기 전에 그들의 모습을 한번 봐야겠다는 생각에 그날 밤 우리에게 오기로 결심했다는 것이다. 그는 오후 네 시경에 이 사실을 전보로 알렸고 저녁을 뮤직홀에서 보냈다고 한다. 물론 그 전보는 내게 전달되지 않았다.

런던에서도 토요일 밤에는 굉장한 폭풍우가 몰아쳤다. 동생은 마차를 타고 워털루로 갔다. 그는 밤 열두 시에 출발하는 워킹 행 기차가 사고로 출발할 수 없다는 사실을 플랫폼에 도착해서야 알게 되었다. 사고 원인은 확인할 수 없었다. 철도 관계자들도 정확한 사실을 알지 못했다. 역에는 별 긴장감이 감돌지 않았다. 워킹 역과 바이플리트 사이에서 교통이 두절되었다는 것뿐, 그 이상을 알지 못하는 철도 관리자들은 버지니아 워터나 길퍼드를 우회해서 워킹으로 향하는 시어터 열차를 운행하기로 했기 때문이다. 그들은 사우샘프턴과 포츠머스 선데이 리그 유람 열차의 경로를 변경하는 데 필요한 준비를 하느라 여념이 없었다. 야간에 취재 활동을 하는 신문기자가 동생을 철도 관리자로 착각하고 인터뷰를 하자고 달려들었다. 사실 어떤 면에서는 철도 관리자로 보이기도 했다. 아직까지 철도 관리자를 제외하고는 화성인들로 인해 철도 교통이 두절되었다는 것을 아는 이는 거의 없었다.

나는 이 사건을 일요일 자 신문에서 읽었다. 기사 제목은 "모든 런던 시민, 워킹에서 날아온 소식에 경악하다"였다. 실제 신문에 그런 엄청난 제목을 쓰는 것은 온당치 못했다. 월요일 아침이 될 때까지 런던 시민 대부분은 화성인에 대한 소식을 전혀 듣지 못했다. 하지만 월요일 아침 화성인의 소식을 전해들은 시민들은 공포에 사로잡혔다. 급하게 보낸 전보 내용이 실린 일요일 자 신문이 배달되었고 사람들은 신문을 읽고 나서야 사태의 심각성을 깨닫기 시작했지만 그것을 읽은 시민은 그리 많지 않았다.

게다가 그들의 정신에는 습관적인 무사안일의 태도가 깊숙이 뿌리박고 있었다. 충격적인 지성체인 화성인에 대한 소식이 관심거리이긴 했지만 별다른 두려움 없이 읽었을 뿐이었다. "어젯밤 일곱 시경 화성인들이 원통형 우주선에서 모습을 드러냈다. 그들은 금속 방패 갑옷을 착용하고 이동하면서 워킹 역과 인근 주택을 완전히 파괴했다. 화성인들은 카디건 연대병력까지 전멸시켰다. 자세한 내용은 아직 알려지지 않고 있다. 맥심 기관총도 그들의 갑옷 앞에서는 무용지물이었다. 야전포도 그들의 공격을 받아 파괴되었다. 별동 기병대가 처트시로 급파되었다. 화성인들은 처트시나 윈저 방면으로 서서히 움직이며 모습을 드러냈다. 웨스트 서리 지방에는 불안이 고조되고 있고 그들이 런던으로 진격해오는 것을 저지하기 위해 보루를 구축하고 있는 중이다." 이는 《선데이 선》이 보도한 내용이었다. 《레퍼리》에 실린 긴박한 호외 기사는 그 사건을 동물원에서 갑자기 뛰쳐나온 야수들이 마을을 점거한 것에 비유했다.

런던 시민 중 어느 누구도 무장한 화성인의 특성에 대해 명확히 알지 못했다. 다만 화성인을 느려터진 괴물쯤으로 생각할 뿐이었다. 화성인에 대한 기사를 처음 보도한 거의 모든 신문은 화성인을 "느릿느릿 기어다니는", "고통스럽게 기어다니는" 괴물로 표현했다. 그것은 신문에 보도된 어떠한 전보도 직접 화성인을 목격한 사람이 작성한 것이 아니기 때문이다. 일요일 자 신문은 새로운 소식이 들어올 때마다 특별판을 찍어내기 바빴다. 어떤 신문은 별 다른 내용이 없어도 그렇게 찍어냈다. 사실상 일요일 늦은 오후에 정부 당국이 언론을 통해 화성인의 침입에 대해 공식적인 입장을 밝힐 때까지 국민에게 전해줄 새로운 뉴스는 없었다. 월턴과 웨이브릿지 그리고 인근 지역의 사람들이 거리로 쏟아져나와 런던으로 향하고 있다는 사실만이 정부 당국이 발표한 내용의 전부였다.

일요일 아침 동생은 어제 밤에 무슨 일이 일어났는지 모른 채 파운들링 병원에 있는 교회에 갔고 거기에 가서야 비로소 화성인들의 침입에 관한 소문을 들을 수 있었다. 교인들은 평화를 기원하는 특별기도를 올렸다. 교회에서 나온 그는 《레퍼리》를 샀다. 그 소식에 충격을 받은 동생은 그 길로 워털루 역으로 가 통신이 복구되었는지 알아보았다. 승합마차, 사륜마차, 자전거를 탄 사람들 그리고 가장 좋은 외출복을 입고 거리로 쏟아져 나온 무수한 사람들은 신문팔이들이 유포하고 있던 이상한 지성체의 출현에 별 영향을 받지 않는 것 같았다. 다만 좀 관심을 보이거나 놀랐다면 지방 주민들의 안위가 걱정되서였다. 동생은 역에서 윈저와 처트시 노선이 현재 중단되었다는 소식을 처음으로 들었다. 짐꾼들은 그에게 그날 아침 바이플리트와 처트시에서 놀랄 만한 전보 몇 통이 수신되던 중에 갑자기 끊어졌다고 했다. 동생은 구체적인 내용을 정확히 듣지는 못했다. "웨이브릿지 근처에서 교전이 벌어지고 있습니다." 그들이 전해주는 소식은 이것이 전부였다.

열차 운행은 이제 몹시 혼란스러웠다. 사우스-웨스턴 노선을 타고 올 친구와 친지를 마중 나온 수많은 사람들이 역 부근에서 서성였다. 백발의 한 신사가 다가오더니 동생을 쳐다보며 사우스-웨스턴 회사를 거세게 비난했다. "본때를 보여줘야 해."

리치먼드, 푸트니, 킹스턴에서 출발한 한두 대의 열차가 들어왔다. 일요일 하루 동안 보트놀이를 즐기기 위해 떠났던 사람들이 타고 있었는데 창문이란 창문은 모두 닫혀 있었고 사람들의 얼굴에는 싸늘한 공포의 그림자가 서려 있었다. 푸른색에 흰 코트 차림을 한 남자가 동생에게 불가사의한 이야기를 들려주었다.

"많은 사람들이 귀중품을 챙겨 이륜마차나 짐마차를 타고 킹스턴으로 달려가고 있어요. 그들은 몰시, 웨이브릿지나 월턴에서 도망쳐온 사람들일 겁니다. 처트시에서는 대포 소리가 들렸다는군요. 기병대원들이 화성인들이 공격해오니까 빨리 그곳을 떠나라고 소리쳤답니다. 우리도 햄프턴 코트 역에서 대포 소리를 들었는데 처음엔 천둥소리인 줄 알았어요. 도대체 어떻게 된 영문인지 모르겠어요. 빌어먹을 화성인은 구덩이 속에서 나오지 못할 거라고 하더니만."

동생은 그에게 아무 말도 할 수 없었다.

잠시 후 동생은 열차 승객들의 얼굴에 막연한 불안감이 드리워져 있는 것을 볼 수 있었다. 반즈, 윔블던, 리치먼드 파크, 큐 등 사우스-웨스턴 노선을 타고 소풍을 나갔던 사람들이 돌아오기 시작했다. 그들의 귀가는 평소와는 달리 너무 일렀다. 기차에서 내리는 사람들 중 어느 누구도 화성인의 소식에 대해 막연한 소문 외에는 아는 바가 없어 보였다. 종착역까지 가야 할 사람들은 매우 화가 나 있었다.

저녁 다섯 시쯤 역에 몰려든 사람들은 완전히 폐쇄되어 있던 사우스-웨스턴 그리고 사우스-이스턴 역 사이의 통신이 재개되었다는 소식에 흥분했다. 거대한 대포들을 실은 화물차와, 군인들을 빈틈없이 빼곡히 실은 차량이 지나갔다. 킹스턴을 방어하기 위해 울리치와 채텀에서 동원된 병력이었다. 역에 모인 사람들도 이 광경을 보고 점차 흥분해서 떠들어댔다. 군인들 사이에 농담이 오고갔다. "넌 잡아먹힐 거야!" "우리는 야수 조련사!" 잠시 후 경찰관들이 역에 나타나 플랫폼에 몰려든 군중을 해산시키기 시작했다. 동생은 역에서 거리로 내몰렸다.

저녁 기도를 알리는 교회의 종소리가 울려 퍼졌다. 한 무리의 구세군 아가씨들이 찬송가를 부르며 워털루 거리를 따라 지나갔다. 다리 위에 있던 수많은 부랑자들이 강을 따라 표류하는 이상한 갈색 부유물을 지켜보고 있었다. 해는 서산 너머로 기울고 있었다. 상상할 수 있는 가장 평화로운 하늘을 배경으로 시계탑과 의사당이 우뚝 솟아 있었다. 진홍빛 구름이 길게 뻗어 있는 황금빛 하늘이었다. 강줄기를 따라 떠내려온 시신에 대한 얘기가 여기저기서 들려왔다. 예비군이라고 자신을 소개한 한 남자가 동생에게 서쪽 하늘에서 일광 반사 신호기가 번쩍이는 것을 봤다고 말했다.

동생은 웰링턴 거리에서 잉크가 채 마르지 않은 신문과 현란한 플래카드를 들고 플리트 거리에서 막 달려나온 거친 사내 둘을 만났다. "무서운 대재앙이오!" 그들은 웰링턴 거리를 뛰어다니면서 외쳤다. "웨이브릿지에서 전투가 시작됐습니다! 여기 상세한 기사가 있어요! 화성인의 반격! 런던도 재앙이 코앞에 닥쳤다!" 동생은 삼 펜스를 주고 신문을 샀다.

신문을 읽는 순간 그 괴물들의 막강한 괴력과 공포를 실감할 수 있었다. 그들이 어슬렁거리며 다니는 단순한 생명체가 아니라 거대한 기계 몸통을 조종하고 있는 지성체라는 사실을 알게 되었다. 또한 놈들의 행동은 상당히 민첩하며 막강한 대포로도 상대할 수 없는 화력을 갖추고 있다는 것도 알게 되었다.

"거미처럼 생긴 거대한 크기의 기계, 높이는 무려 삼십오 미터에 달하며 급행열차처럼 빠른 속력을 낼 수 있다. 더욱이 강력한 열광선을 쏘아댄다." 신문이 보도한 괴물들에 대한 묘사였다. 야포를 주 무기로 한 포병부대가 호셀 들판 부근과 특히 워킹 지역과 런던 중간 지대에 매복하고 있었다. 화성인의 커다란 기계 다섯이 템스강 쪽으로 움직이는 것이 목격되었고 다행스럽게도 그중 한 놈이 파괴되었다. 하지만 다른 놈들은 날아오는 포탄을 재빨리 피하며 열광선으로 포병부대를 전멸시켰다. 특보를 전하는 언론은 상당히 많은 군인들이 목숨을 잃은 것이 사실이지만 아직은 낙관적이라고 전했다.

화성인들은 격퇴되었다. 놈들은 결코 불사신이 아니었던 것이다. 그들은 워킹 부근에 있는 우주선 삼각지대로 후퇴하고 있었다. 일광 반사 신호기를 든 신호병들이 그들을 사방에서 포위하며 거리를 좁혀가고 있었다. 윈저, 포츠머스, 올더숏, 울리치, 심지어 북부에서도 대포가 수송되었다. 그중에는 울리치에서 수송된 구십오 톤급 거대 강선포(鋼線砲)도 있었다. 런던을 방어하기 위해 대포가 주요 거점 지대에 신속하게 배치되었다. 배치된 대포는 모두 백십육 문에 달했다. 영국 역사상 그렇게 엄청난 화력이 신속하게 한 지역에 집중 배치된 것은 처음이었다.

지속적으로 그 수가 증가할 것이 분명한 화성인의 우주선이, 신속히 제조되어 배치된 고성능 포탄으로 파괴되기를 바란다. 언론은 현 사태를 아주 특별하고 중대한 상황으로 보도하면서도 너무 불안해할 필요는 없다고 조언했다. 뭐라 말할 수 없을 정도로 화성인들은 기이했고 소름끼쳤지만, 수백만에 달하는 우리에 비해 이십여 명에 불과했다.

우주선의 크기로 보아 한 대에 다섯 이상 탈 수 없다면 화성인은 모두 합쳐도 열다섯 명밖에 되지 않는다는 정부의 발표는 합당해 보였다. 그리고 적어도 한 명은 사살되었고 어쩌면 더 많이 죽었을지도 모른다. 정부는 런던 시내에 위험이 닥치고 있음을 슬슬 경고하기 시작했다. 그리고 위험지대에 있는 남서부 교외의 시민을 보호하기 위해 정교한 대비책을 마련하는 중이라고 했다. 런던의 안전을 보장하며 당국은 이 난국을 극복할 수 있는 능력을 갖추고 있다는 말을 반복적으로 언급하는 것으로 준(準)성명을 마쳤다.

이러한 기사가 신문에 큰 활자로 인쇄되어 있었다. 하지만 아직 채 마르지 않은 신문에는 너무 급히 내서인지 그에 대한 논평이 없었다. 동생은 평상시 단골 메뉴로 등장하던 기사가 과감히 잘리고 대신에 정부의 발표문이 주요 지면을 차지하고 있는 것에 상당한 관심을 보였다.

동생은 윌링턴 거리를 따라가면서 분홍색 신문지를 펼치며 기사를 읽는 사람들을 보았다. 스트랜드 거리에서는 갑자기 공병들을 뒤따라가는 행상인들의 음성으로 시끌벅적했다. 마차를 타고 가던 사람들은 신문을 구하기 위해 뛰어내렸다. 냉담한 반응을 보였던 사람들조차 새로운 소식에 무척 흥분했다. 스트랜드에 있는 지도 가게는 셔터가 내려져 있었는데, 유리창 안에서는 한 남자가 일요일 외출복 차림에 담황색 장갑까지 낀 채, 서리 지도를 돋보기로 살펴보는 모습이 보였다. 이상은 동생이 전해준 이야기다.

동생은 손에 신문을 든 채 스트랜드 거리에서 트래펄가 광장 쪽으로 가다가 웨스트 서리에서 온 피난민들이 보였다. 한 남자가 아내와 두 아들과 함께 과일장수가 쓰는 수레에 세간 몇 가지를 싣고 있었다. 그는 웨스트민스터 다리 방향에서 오는 길이었다. 바로 뒤에는 점잖아 보이는 대여섯 사람이 타고 있고 상자 몇 개와 꾸러미가 실린 건초 운반용 마차가 따르고 있었다. 그들의 얼굴은 초췌해 보였다. 앞서 가는 부부의 외모는 승합마차에 타고 있는 사람들의 안식일 정장 차림과 너무나 대조적이었다. 화려하게 차려 입은 사람들이 마차 밖으로 부부와 아이들을 흘긋 엿보았다. 피난민들은 정확한 목적지를 정하지 못한 듯 광장에서 멈췄다가는 방향을 바꿔 스트랜드 거리를 따라 동쪽으로 향했다. 그들의 뒤에는 작은 앞바퀴가 달린 낡아빠진 세발자전거를 탄 작업복 차림의 한 남자가 따르고 있었다. 그의 얼굴은 더럽고 창백했다.

동생은 빅토리아 거리로 향했다. 가는 길에 수많은 피난민을 볼 수 있었다. 그는 혹시 나를 볼 수 있지 않을까 하는 막연한 기대를 가졌다. 길에는 평상시보다 훨씬 많은 경찰관들이 교통을 정리하고 있었다. 일부 피난민들은 승합마차를 탄 사람들과 소식을 주고받았다. 화성인을 보았다고 떠들어대는 사람도 있었다. "죽마(竹馬) 위에 얹힌 둥근 철통 같다고나 할까요. 그런 놈들이 사람처럼 성큼성큼 걸어 다니더군요." 사람들은 대부분 저마다 기이한 경험으로 흥분한 상태였고 감정이 고조되어 있었다.

빅토리아 거리 저편에 있는 선술집은 피난민으로 북새통을 이뤘다. 거리 여기저기에 모인 사람들은 신문을 읽으며 흥분된 어조로 이야기를 주고받거나 진귀한 일요일의 불청객을 바라보았다. 밤이 가까워지자 피난민의 인파는 계속적으로 늘어나 더비 경마일에 엡솜 하이 스트리트가 사람들의 물결로 가득 찼던 것처럼 온통 발 디딜 틈도 없었다. 동생은 여러 피난민과 이야기를 나눠봤지만 만족할 만한 소식을 들을 순 없었다.

단 한 명만이 전날 밤 워킹이 완전히 쑥대밭이 됐다는 말을 남겼다고 했다.

"바이플리트에서 오는 길입니다. 아침 일찍 자전거를 탄 남자가 이 집 저 집을 뛰어다니며 빨리 도망가라고 경고하더군요. 곧이어 군인들이 들어왔습니다. 집을 빠져나와 보니 남쪽 하늘에서 연기가 치솟고 있더군요. 보이는 건 연기뿐이었어요. 그쪽으로 가는 사람은 한 사람도 없었어요. 순간 처트시 쪽에서 대포 소리가 들리더니 웨이브릿지에서 사람들이 밀려오기 시작하더군요. 그래서 난 대문을 잠그고 이리로 온 겁니다."

바로 그때 시민에게 불편을 초래하며 침략자를 물리치지 못하는 정부의 무능력을 불평하는 소리가 거리 이곳저곳에서 들려왔다.

여덟 시가 되었을 무렵 런던의 남쪽 전 지역에 육중한 포성이 울렸다. 처음에 대로변 한가운데에 발이 묶여 있었던 동생은 사람과 마차의 시끄러운 소음 때문에 그 소리를 들을 수 없었다. 그러나 조용한 뒷골목을 따라 강변으로 들어서면서 포성이 분명하게 들렸다.

그는 두 시경에 웨스트민스터에서 리젠트 공원 근처에 있는 자신의 아파트까지 걸어갔다. 엄청난 사건 앞에 그는 내 신변이 걱정되었고 혼란에 빠졌다. 그는 내가 토요일에 그랬던 것처럼 군부대의 특수작전에 관심이 쏠렸다. 그는 주변의 침묵에 대해서, 별안간 목가적인 시골에 배치된 대포들에 대해서 생각해보았다. 그런 다음 삼십오 미터 높이의 "죽마 위에 얹힌 둥근 철통" 형상을 한 괴물들을 상상해보았다. 피난민을 가득 태운 한두 대의 마차가 옥스퍼드 거리를 따라 지나갔고 메릴본 거리에서는 대여섯 대가 지나가는 게 보였다. 그러나 그 소식은 매우 느리게 퍼져 아직 소식이 전해지지 않은 리젠트 거리와 포틀랜드 플레이스는 일요일 밤의 산책을 즐기는 사람들로 붐볐다. 여럿이 몰려다니며 대화를 나누는가 하면, 늘 그렇듯 리젠트 공원 가장자리를 따라 드문드문 있는 가스등 밑을 말없이 걷는 커플도 많았다. 그날 밤은 조용하고 평온했지만 날씨는 다소 무더워 답답했다. 간헐적으로 대포 소리가 들려왔고 자정이 넘은 후에 남쪽 하늘에서는 전광이 보였다.

동생은 나에게 최악의 사태가 벌어진 것은 아닌지 걱정하며 신문을 읽고 또 읽었다. 그는 안정을 찾지 못하고 불안해하다가 저녁을 먹고 난 다음에는 무작정 밖으로 나가 배회했다. 집으로 돌아와 시험공부에 집중하려 했지만 헛수고였다. 자정이 넘어 잠자리에 들었지만 월요일로 접어든 시간이 얼마 되지 않아 문을 두드리는 소리, 거리를 달려가는 사람들의 발소리, 멀리서 들려오는 드럼 소리, 그리고 아우성치는 종소리 때문에 소름끼치는 악몽에서 깨어났다. 천장에서 빨간 불빛이 반사되어 춤을 추고 있었다. 그는 한동안 깜짝 놀란 마음으로 누운 채, 날이 밝은 것일까, 아니면 세상이 미쳐버린 것일까 하고 생각했다. 그러다가 침대에서 벌떡 일어나 창가로 달려갔다.

그의 방은 다락방이었는데 창문을 열고 밖을 내려다보니 열 명 이상이 외쳐대는 소리가 메아리쳐 창문에 부딪혔고 혼란스런 밤중에 여기저기에서 내미는 머리가 보였다. 무슨 일이냐고 외치는 소리도 들렸다. "놈들이 오고 있다!" 한 경찰관이 문을 두드리며 소리를 질렀다. "화성인들이 쳐들어오고 있어요!" 경찰관은 다음 집으로 서둘러 발길을 옮기며 외쳐댔다.

바로 그 순간 올버니 거리에 있는 군부대에서 드럼 소리와 트럼펫 소리가 들려왔다. 근방의 여러 교회에서는 비상사태를 알리는 종소리가 미친 듯이 울려 사람들을 깨웠다. 문이 열리는 소리가 들렸고, 맞은편 집들의 창문마다 어둠을 밝히는 노란 조명이 들어왔다.

포장마차 한 대가 요란한 말발굽 소리를 내며 지나가고 있었다. 그 소음은 모퉁이에서 별안간 커지더니 창문 바로 아래에서 최고조에 달했다가 저편으로 멀어져가며 서서히 사라졌다. 그 뒤를 이어 두 대의 승합마차가 다가오더니, 그것을 선두로 수많은 마차가 꼬리를 물었다. 초크 팜 역으로 가는 것이 틀림없었다.

그곳에는 유스턴으로 가는 기차 편 대신에 노스-웨스턴 특별 열차가 대기하고 있었다.

오랫동안 동생은 멍하니 창 밖을 내다보고만 있었다. 경찰은 여전히 집집마다 문을 두드리며 이해할 수 없는 메시지를 전하고 있었다. 바로 그때 등 뒤에서 문이 열렸다. 맞은편 방에 사는 남자였다. 셔츠와 바지 차림에 슬리퍼를 신었고 멜빵은 허리춤에 느슨하게 매어져 있었다. 자다가 일어났는지 머리카락은 제멋대로 헝클어져 있었다.

"대체 무슨 일이야? 불이라도 난 거야? 웬 야단들이지!"

그와 동생은 다시 창 밖으로 귀를 기울였다. 경찰들이 외치는 목소리가 들려왔다. 양쪽 가에서 거리로 쏟아져 나온 사람들은 모퉁이마다 무리를 지어 얘기를 주고받았다.

"대체 무슨 일이 벌어진 거지?" 맞은편 방 남자가 말했다.

동생은 적당히 얼버무리고 옷을 입기 시작했다. 밖에서 벌어지는 소동을 하나라도 놓치고 싶지 않은 마음에 옷을 하나씩 걸칠 때마다 창가로 달려갔다. 평소보다 훨씬 이른 시간에 신문팔이 소년들이 외쳐대는 고함소리가 거리에 울려 퍼졌다.

"런던 질식 위험! 킹스턴과 리치먼드의 방어선이 무너졌어요! 템스 계곡에 가공할 대학살 발생!"

주변 집들의 창문이란 창문이 모두 열렸다. 아래층 방, 양쪽으로 늘어서 있는 집들, 도로 건너편 집들, 공원 단지 뒤편에 있는 집들과 메릴본 거리, 웨스트본 파크 구역, 세인트 판크라스, 킬번과 세인트 존스 우드의 동북쪽 지역, 햄스테드, 쇼디치와 하이버리 동쪽, 헤겔스턴, 혹스톤 그리고 일링에서 이스트 햄에 이르기까지 런던 시내 전역에 걸쳐 셀 수 없이 많은 집들의 창문이 죄다 열렸다. 사람들은 눈을 비비면서 창문을 열고 밖을 내다보며 뭔가 별 의미 없는 얘기를 주고받았으며, 공포스런 폭풍의 첫 숨결이 거리로 불어닥치자 황급히 옷을 챙겨 입었다. 대공황의 새벽이었다. 건망증 환자와 아둔한 사람처럼 일요일 밤에 잠들었던 런던은 월요일 이른 아침에 깨어나 닥쳐온 위험을 생생히 느꼈다.

창 밖을 내다보는 것만으로는 사태를 정확히 파악할 수 없다는 것을 깨달은 동생은 황급히 거리로 뛰쳐나왔다. 발코니 사이에 걸린 하늘이 분홍빛으로 물들며 날이 밝아오기 시작했다. 걷거나 마차를 타고 피난을 떠나는 사람들의 행렬이 늘어만 갔다.

"검은 연기다! 검은 연기!" 그는 사람들이 울부짖는 소리를 들었다.

피할 길 없는 공포가 전염병처럼 사람들 사이로 번져갔다. 현관에서 머뭇거리던 동생은 그에게 접근해오는 신문팔이에게서 신문을 샀다. 그 신문팔이는 아주 빠르게 사람들 틈을 헤치고 다니며 일 실링에 신문을 팔았다. 그의 행동에서 돈에 대한 탐욕과 죽음의 공포가 뒤섞인 그로테스크한 감정을 느낄 수 있었다.

동생은 신문에 실린 군총사령관의 절망적인 성명서를 읽었다.

"화성인들은 로켓을 이용하여 엄청난 양의 독가스를 방출할 수 있습니다. 그들은 우리의 포병들을 질식시키고 리치먼드, 킹스턴, 윔블던을 파괴했습니다. 지금은 닥치는 대로 파괴하며 런던 시내로 서서히 진격해오고 있습니다. 그들을 저지하기란 불가능합니다. 검은 독가스로부터 안전하려면, 즉시 피난을 가는 것 외에 다른 방법이 없습니다."

성명서 내용은 이것만으로도 충분했다. 대도시 런던의 육백만 시민들은 동요했고 공포에 휩싸여 성급히 달아나기 시작했다. 북쪽으로 피난민들이 밀물처럼 밀려나가고 있었다.

"검은 연기다! 불이야!" 사람들의 목소리가 아우성쳤다.

근처에 있는 교회의 종이 소란스럽게 요란히 울려댔고 부주의하게 몰던 마차는 거리의 물통과 부딪쳐 부서졌다. 그 바람에 비명과 저주가 오갔다. 집 안에서는 희미한 불빛들이 이리저리 오갔으며, 지나가는 마차 중에는 꺼지지 않는 전등을 자랑하듯 환하게 밝히고 있는 것들도 있었다. 여명이 비치는 하늘은 더욱더 밝아지면서 맑고 안정적인 조용한 모습을 되찾고 있었다.

동생은 등 뒤에서 방 사이를 오가고 계단을 오르내리는 발소리를 들었다. 집주인 여자가 느슨하게 가운과 숄을 걸치고 문 앞에 나타났다. 그녀의 남편도 소리를 지르며 따라 나왔다.

　사태의 심각성을 깨닫기 시작한 동생은 서둘러 방으로 뛰어올라가 있는 대로 주머니에 돈을 쑤셔 넣은 다음(십 파운드 정도였다) 다시 거리로 나갔다.

15
서리에서 일어난 사건

화성인의 공격이 재개된 때 나는 핼리퍼드 근처의 평원 울타리 아래에서 거친 말을 늘어놓는 목사와 이야기를 나누고 있었고 동생은 웨스트민스터 다리로 피난민 무리가 몰려드는 광경을 지켜보고 있었다. 사람들이 들려주는 이야기는 제각각이었다. 하지만 모순되는 이야기 속에서도 확인할 수 있는 것은 화성인이 그날 밤 아홉 시가 될 때까지 호셀의 모래 구덩이에서 엄청난 양의 푸른 연기를 내뿜으며 공격 준비에 분주했다는 것이다.

그러나 여덟 시 무렵, 다리가 셋 달린 거대한 괴물 기계 세 놈이 구덩이에서 나와 조심스럽게 천천히 바이플리트와 파이포드를 지나 리플리와 웨이브릿지 쪽으로 진격해왔다. 이윽고 석양을 배경으로 진격해오는 그들의 모습이 포병부대의 시야에 들어왔다. 화성인들은 무리를 짓지 않은 채 그들끼리 이 킬로미터 정도의 거리를 두고 일렬로 진격해왔다. 그들은 소리를 높이고 낮추는 음의 고저를 이용하는 사이렌 비슷한 울부짖음으로 의사소통을 하는 듯했다.

우리가 핼리퍼드 위쪽에 이르렀을 때 리플리와 세인트 조지 힐에서도 괴물들의 울부짖음과 대포 소리가 들렸다. 결코 그런 중대한 교전에 투입되어서는 안 될 듯한 어설픈 풋내기 지원병들은 무모하고 어리석게도 무턱대고 대포를 쏘아댔다. 그러고는 말을 타거나 걸어서 황폐화된 마을로 도망쳤다. 그동안 화성인은 열광선을 쏘지 않고도 침착하게 배치된 대포들을 넘어 사람들 사이를 헤집고 다녔다. 그리고 페인스힐 공원에 배치된 대포를 우연히도 화성인들이 모조리 파괴해버렸다.

그러나 세인트 조지 힐에 배치된 군인들은 훈련을 잘 받았고 사기 또한 높았다. 그쪽 진지는 소나무 숲에 숨겨져 있었기 때문에 화성인들이 가까이 접근해와도 그들 시야에서는 발견되지 않았다. 포병부대는 마치 퍼레이드를 하듯이 신중하게 대포를 조준했고 사정거리 구백 미터 안에 들어왔을 때 포탄을 발포했다.

포탄이 괴물 기계의 주변에서 터졌다. 괴물 기계는 비틀거리며 몇 걸음 걷더니 쓰러졌다. 군인들 모두 일제히 고함을 지르며 재빨리 포탄을 다시 장전했다. 전복된 화성인이 긴 톤으로 울부짖었고 그에 응답하며, 번뜩이는 두 번째 괴물 기계가 남쪽 숲에서 나타났다. 삼각대처럼 생긴 세 다리 중 하나가 포탄에 떨어져 나간 것 같았다. 연이어 일제히 발사된 포탄이 화성인을 빗나가 땅에 떨어지자 다른 화성인 괴물 기계들이 포병대를 향해 열광선을 발사했다. 순식간에 포탄이 커다란 폭발을 일으키면서 대포가 배치되었던 소나무 숲은 불길에 휩싸였다. 겨우 한두 명만이 미리 도주해 언덕배기를 넘어 도망칠 수 있었다.

화성인 셋이 모여 새로운 작전을 모의하고 있는 듯했다. 그 모습을 목격한 정찰병들은 화성인들이 거의 삼십 분 동안이나 꼼짝하지 않고 있다고 보고했다. 전복된 거대한 기계의 머리통에서 조그만 갈색 형체의 화성인이 천천히 구물구물 기어 나왔다. 멀리 폐허로 변한 곳에 있는 그들의 그런 모습은 기묘해 보였다. 언뜻 보기에 그 화성인은 동료와 함께 기계를 수리하는 것처럼 보였다. 아홉 시가 되어서야 수리가 끝난 모양이었다. 두건을 쓴 듯한 기계의 머리통이 다시 나무들 위로 모습을 드러냈다.

밤 아홉 시가 조금 넘었을 무렵 두꺼운 검은색 튜브를 운반하는 네 대의 화성인 기계가 보초를 서던 세 명의 화성인과 합류했다. 그들은 똑같은 검은 튜브를 세 화성인에게 건네주었다. 일곱 대의 화성인 기계는 곡선을 이룬 길을 따라 일정한 간격을 유지하며 세인트 조지 힐, 웨이브릿지, 센드, 리플리 남서부 지역 사이로 흩어져 진격해나갔다.

화성인들이 움직이기 시작하자 언덕에 배치된 포대에서 열두 개의 로켓이 발사되었다. 또한 디튼과 에셔에서 대기하고 있는 포병 진지에 경고 신호가 갔다. 더불어 튜브로 똑같이 무장한 네 대의 전투 병기가 강을 건넜다. 그중에 서쪽 하늘을 배경으로 검게 보이는 두 대의 전투 병기가 보였다. 당시 목사와 나는 서둘러 핼리퍼드를 벗어나 고통스럽고 지칠 대로 지친 몸을 이끌고 북쪽으로 향하던 중이었다. 화성인의 거대한 괴물 기계들은 구름 위를 걷는 것 같았다. 들판을 덮은 우윳빛 안개가 그놈들 몸체의 삼분의 일까지 솟아 올라와 있었기 때문이다.

그 광경을 목격한 목사는 숨이 넘어갈 듯 외마디 비명을 지르고서 도망치기 시작했다. 그러나 나는 화성인에게서 도망친다고 해서 살아날리 없다는 것을 알고 있었다. 나는 옆으로 방향을 돌려 이슬이 맺힌 쐐기풀과 가시나무 더미 사이를 기어서 도로변의 폭이 넓은 도랑 속으로 들어갔다. 목사는 도망가다 뒤돌아보더니 내가 숨은 것을 눈치채고는 같은 도랑 안으로 기어 들어왔다.

두 놈의 괴물 기계가 멈추었다. 우리 근처에 있던 놈은 선베리 쪽을 향해 있었고, 저녁 별빛 아래 어슴푸레하게 윤곽만 희미한 저 먼 곳에 있는 놈은 스테인스를 향해 서 있었다.

이따금씩 들려오던 화성인의 울부짖음은 더 이상 들리지 않았다. 그들은 완전한 침묵 속에서 거대한 초승달 모양으로 우주선 주변에 늘어서서 전투 대형을 취하고 있었다. 초승달 모양의 한쪽 끝에서 다른 쪽 끝까지의 거리는 무려 이십 킬로미터나 되었다. 화약이 발명된 이래 전투가 이처럼 조용히 시작된 적은 단 한 번도 없었다. 우리나 리플리를 지켜보는 자들이나 적막감에 비슷한 감정을 느꼈을 것이다. 화성인들은 어스름한 어둠 속에서 고독감에 빠져 있는 듯했다. 그들은 달빛, 별빛, 황혼의 저녁놀, 그리고 세인트 조지 힐과 페인스힐 숲속의 타는 듯한 붉은 섬광과 함께 모습을 드러낼 뿐이었다.

반원형으로 늘어선 화성인들의 앞쪽에는 스테인스, 하운슬로, 디턴, 에셔, 오컴 그리고 강 남쪽의 언덕과 숲, 평원을 가로질러 북쪽에 이르기까지 나무나 마을의 주택이 제공하는 은폐막 뒤에 감추어진 대포들이 그들을 기다리고 있었다. 로켓 신호탄이 공중에서 폭발해 밤하늘을 가르며 불꽃을 뿌리고 사라졌다. 적의 진격을 기다리고 있던 포병대원들은 팽팽한 긴장감에 사로잡혀 있었다. 화성인들은 그 불빛을 따라 진격하지 않을 수 없었다. 그러나 검은 형체의 병사들은 움직이지 않은 채 숨을 죽이고 있었다. 곧 초저녁에 어둡게 반짝거리는 대포들이 전투의 서곡을 알리는 우레와 같은 포효를 발하게 될 것이다.

경계를 서고 있는 천여 명의 군인들뿐만 아니라 내 마음속에 맨 먼저 떠오르는 수수께끼는 화성인이 우리를 얼마나 이해하고 있을까 하는 것이었다. 그들은 수백만에 달하는 우리가 함께 조직되고 훈련되며 함께 움직인다는 사실을 알고 있을까? 그들은 화기 발사, 기습적인 대포 발사, 그들의 근거지 봉쇄를 벌집이 공격받자 성난 벌들이 떼 지어 반격하는 정도로 이해하고 있는 것은 아닐까? 우리를 완전히 전멸시키겠다는 꿈을 꾸고 있는 게 아닐까? 당시에 우리는 그들이 무엇을 먹는지조차 알지 못했다. 거대한 보초병의 모습을 한 화성인을 보는 순간, 각기 다른 수백 가지 의문들이 머릿속에서 충돌하고 있었다. 그리고 내 마음 한 구석에는 런던 시내 어딘가에 거대한 미지의 힘이 숨겨져 있을 거란 느낌이 들었다. 놈들이 함정을 만들어놓지는 않았을까? 혹시 하운슬로에 있는 화약 공장이 함정은 아닐까? 런던 시민들은 모스크바 사람들처럼 자신의 주거지를 군건히 지킬 배짱과 용기가 있을까?

지루한 시간이 길게 흐른 뒤 울타리 아래에서 웅크리며 괴물 기계들을 훔쳐보던 우리에게 대포의 진동 소리가 희미하게 전해졌다. 그 소리는 점점 가깝게 느껴졌다. 바로 다음 순간 우리에게서 그리 멀지 않은 곳에 있던 화성인이 튜브를 높이 치켜세우더니 대포처럼 발사했다. 거의 동시에 묵직한 소리와 함께 땅이 흔들릴 정도로 큰 충격이 일어났다. 스테인스 방향으로 향하던 놈들도 같은 대응을 했다. 어떠한 불빛과 연기의 흔적도 남기지 않고 폭발음만이 울려 퍼졌다.

나는 나 자신의 안전도 망각한 채 꼬리를 물며 발포되는 그 막강한 분시포(分時砲)에 넋이 나갔다. 뜨거운 열에 다친 손의 아픔도 잊은 채 울타리 위로 기어올라 선베리 쪽을 바라보았다. 두 번째 포탄이 하늘을 가르며 하운슬로로 날아갔다. 최소한 연기나 불꽃 아니면 어떤 다른 유사한 흔적을 볼 수 있으리라 기대했다. 하지만 내가 본 것은 별 하나가 고독하게 떠 있는 깊고 푸른 하늘뿐이었다. 그 아래로 흰 안개가 넓고 낮게 퍼져가고 있었다. 부서지는 소리도 폭발음도 들리지 않았다. 또다시 고요함이 세상을 지배했다. 정적은 일 분을 지나 이 분, 삼 분으로 길게 이어졌다.

"무슨 일이 일어난 거죠?" 곁에 서 있던 목사가 말했다.

"글쎄, 하늘이 알까요!"

한 마리 박쥐가 날갯짓을 하며 사라졌다. 먼 곳에서 고함치는 소동이 일더니 금세 그치고 말았다. 다시 화성인 쪽으로 눈길을 돌렸다. 화성인은 강둑을 따라 민첩하게 구르듯이 동쪽으로 움직였다.

나는 매순간 숨겨진 대포들이 화성인들에게 공격을 퍼부으리라 기대하고 있었다. 하지만 저녁의 고요는 깨지지 않았다. 화성인이 점점 멀어지자 형체도 점점 작아졌다. 이제 안개와 깊어지는 밤이 그들을 완전히 삼켜버렸다. 우리는 본능적으로 더 높이 올라갔다. 선베리로 향하는 검은 형체가 움직이고 있었다. 그것이 시야를 가렸다. 별안간 원추형 언덕이 생겨나 아득히 먼 시골 산야를 가린 것만 같았다. 강 건너 저 멀리 월턴 위로 또 다른 산봉우리가 보였다. 그리고 우리가 바라보는 사이에 산봉우리 같은 형체들이 점점 낮아지면서 폭을 넓혀갔다.

순간 알 수 없는 생각에 이끌려 북쪽을 바라보았다. 구름에 덮여 있는 검은 산봉우리 중 세 번째가 치솟아 오른 것이 보였다.

갑자기 모든 것이 적막에 휩싸였다. 저 멀리 남동쪽에서 화성인들이 서로에게 신호를 전달하는 괴성이 들려왔다. 이윽고 그들은 포를 발사했고 대기가 진동했다. 그러나 포병대는 전혀 반격하지 않았다.

당시 우리는 이 사태를 이해할 수 없었고 나중에야 알 수 있었다. 여명과 함께 모여든 불길한 징조의 그 산봉우리가 무엇인지 이해할 수 있게 된 것이다. 거대한 초승달 대열로 서 있던 화성인들은 지니고 있던 대포처럼 생긴 튜브로 앞의 숲이며 언덕, 주택가, 대포가 숨어 있을 만한 곳이라면 어디든 가리지 않고 산탄통처럼 생긴 거대한 포탄을 발사했던 것이다. 이미 목격한 바처럼 어떤 놈들은 하나의 포를, 어떤 놈들은 두 개의 포를 발사했다. 이후에 리플리에 있던 사람이 들려준 말로는 다섯 발 이상 발사됐다고 한다. 땅에 곤두박질친 산탄통은 폭발하지 않았다. 하지만 곧바로 잉크처럼 시커먼 연기를 엄청나게 내뿜으면서 거대하고 새까만 구름 층을 만들어 소용돌이치며 솟아올랐다. 이제 가스 언덕은 가라앉으며 주변 지역으로 서서히 번졌다. 그 맹독성 기체에 접촉하거나 조금이라도 들이마시면 살아 숨쉬는 생명체는 즉시 죽을 수밖에 없었다.

가장 짙은 안개보다도 더 무거운 이 독가스는 처음 땅에 떨어질 때의 충격으로 높이 솟아올랐다가 내려앉아 마치 액체처럼 퍼져나갔다. 언덕을 집어삼킨 독가스는 마치 화산 분출구에서 분출된 탄산가스처럼 계곡과 개울로 흘러내렸다. 이 독가스는 물에 닿을 경우 화학작용을 일으켜 가루 모양의 찌꺼기로 변했고 물 표면을 뒤덮은 후 천천히 가라앉았다. 그 찌꺼기는 결코 물에 녹지 않았으며 가스처럼 사람의 몸에 닿는 즉시 죽음을 초래했다. 하지만 이상하게도 그 찌꺼기를 걸러 낸 물은 마셔도 아무런 해가 없었다. 보통의 가스처럼 확산되지 않았다. 강기슭에 한 덩어리로 모여 있다가 경사를 따라 천천히 흘러내렸다. 그리고 바람결에 마지못해 움직이는 듯하더니, 공기 중의 안개나 수분과 아주 천천히 합쳐져 먼지가 되어 땅에 내려앉았다. 우리는 스펙트럼상의 파란색 층에 네 가지 띠가 존재하는 미지의 원소와 관련이 있다는 것을 제외하고는 그 물질에 대해 아는 바가 전혀 없었다.

일단 독가스가 퍼질 대로 퍼져 소란스런 격변이 끝나면 검은 연기가 지면에 아주 가깝게 내려 앉았다. 따라서 약 십오 미터 높이의 지붕 위나 높은 건물의 위층, 큰 나무 꼭대기 위로 도피하면 독가스의 위험을 면할 수 있었다. 이는 그날 밤 초브엄의 거리와 디턴에서 증명되었다.

초브엄 거리에서 탈출한 한 남자가 우리에게 휘감기며 흐르는 그 불가사의한 독가스에 대해 얘기를 해주었다. 교회의 첨탑에서 내려다보니 잉크처럼 번진 죽음의 그림자가 유령처럼 마을의 집들 위로 비상하는 듯했다는 것이다. 그는 하루하고도 반나절 동안 지치고 굶주린 상태로 뜨거운 햇빛을 받으며 교회의 첨탑 위에 매달려 있었다. 푸른 하늘과 저 멀리 보이는 언덕 아래로 독가스가 검은 벨벳처럼 대지를 잠식한 광경을 볼 수 있었다. 빨간 지붕, 푸른 나무, 그리고 시간이 지나면서 검은 장막에 싸여가는 관목 숲과 성문, 곡식 창고, 헛간, 성벽들이 여기저기에서 햇빛을 받으며 솟아올라 있었다.

그러나 이러한 모습의 초브엄 가에서는 검은 독가스가 땅으로 가라앉을 때까지 한동안 공중을 떠돌았다. 화성인들은 자신들의 목적을 이루었다고 판단했는지 증기 속으로 유유히 걸어 들어와 스팀을 분사해 다시 공기를 정화했다.

우리가 어퍼 헬리퍼드의 어느 버려진 집에서 창 밖으로 별빛을 보고 있을 때, 놈들은 그처럼 공기를 정화했다. 그곳에서 우리는 리치먼드 힐과 킹스턴 힐에서 서치라이트를 이리저리 비치는 광경을 보았다. 그리고 열한 시 무렵 창문이 덜컹거리더니 곳곳에 배치된 포대에서 발포된 거대한 대포 소리가 들려왔다. 그 소리는 십오 분 동안 간헐적으로 들렸다. 햄프턴과 디턴에 있는 화성인들을 겨냥한 것인 듯했다. 창백한 서치라이트 조명이 사라지자 대신 밝고 붉은 빛이 나타났다.

바로 그때 눈부신 초록빛 유성 그러니까 네 번째 원통형 우주선이 부시 공원에 떨어졌다. 이는 나중에 안 사실이다. 리치먼드와 킹스턴의 언덕에 배치된 대포들이 전면적인 공격을 감행하기 전에 멀리 남서쪽에서 간헐적인 포성이 들려왔다. 검은 독가스가 자신들을 물리치기 전에 포병들이 무턱대고 발포했던 것 같다.

인간이 불을 피워 벌집에 연기를 뿜어대듯이 화성인은 숨막히게 하는 이상한 독가스를 런던 쪽으로 살포하는 일을 착착 체계적으로 진행했다. 초승달 모양의 포위 전선은 조금씩 넓어져 한웰에서부터 쿰, 몰든Malden까지 포함하게 되었다. 밤새도록 화성인들의 파괴적인 튜브가 진격해왔다. 화성인들은 세인트 조지 힐에서 한차례 타격을 받은 후 더 이상 포병대에게 공격의 기회를 주지 않았다. 그들은 포병 진지가 숨어 있을 만한 곳은 어디든지 검은 독가스탄을 발사했다. 대포가 드러나 보이는 곳에는 열광선을 집중적으로 쏘아댔다.

한밤중에는 리치먼드 공원 언덕에 줄지어 서 있는 나무들에서 타오르는 불꽃과 킹스턴 힐에서 치솟는 불길에 검은 독가스가 연기처럼 번져가는 광경이 보였다. 독가스는 템스 계곡을 온통 뒤덮고는 시야가 닿는 곳까지 끝없이 퍼져 있었다. 두 화성인은 천천히 거닐면서 쉬이익 소리를 내며 여기저기 스팀을 뿜어대곤 했다.

화성인들은 그날 밤 열광선을 자제했다. 원료가 부족했는지 아니면 그들을 자극하는 적들 외에는 도시를 파괴하고 싶지 않았던 것인지 알 수 없었다. 어쨌든 인간의 저항을 저지하려는 그들의 목적은 성공적이었다. 그들에게 저항하려던 인간의 조직적인 움직임은 일요일 밤을 계기로 끝났다. 그 후에는 누구도 화성인에게 대항하지 못했다. 이제 남은 것은 절망뿐이었다. 속사포를 탑재하고 템스강을 거슬러 올라온 수뢰정과 구축함의 해군들조차 그곳에 머물지 않고 선상 폭동을 일으켜 후퇴하고 말았다. 그날 밤 이후 인간이 감행한 유일한 방위 작전은 지뢰를 묻거나 함정을 파는 것이 고작이었다. 그 최후의 작전에 쏟아부은 에너지조차 광적이고 돌발적인 것이었다.

누구든 긴장 상태에서 여명이 밝아오기를 기다리던 에셔로 향한 포병부대의 불길한 운명을 상상할 수 있을 것이다. 생존자는 단 한 명도 없었다. 벌어진 상황을 순서대로 머릿속에 그려볼 수 있을 것이다. 빈틈없이 경계를 게을리 하지 않는 장교들, 공격 준비를 마친 포병부대원들, 손 닿는 곳에 수북이 쌓여 있는 포탄들, 포차과 대포를 끄는 말에 탄 포병들, 접근이 허용된 일정한 지역에서 그 광경을 구경하고 있는 시민들, 해질녘의 적막, 웨이브릿지에서 화상을 입거나 부상당한 병사들을 실어나르는 구급마차와 야전병원의 텐트, 그리고 어느 순간 화성인들이 발포한 발사체에서 울리는 둔탁한 반향음, 엉뚱하게도 나무와 주택 위를 용솟음치며 날아가 근처 들판에 떨어지는 발사체.

또한 다음과 같은 광경을 떠올릴 수도 있을 것이다. 사람들의 갑작스러운 주의 이동, 용솟음치며 신속하게 퍼지며 부풀어 하늘을 향해 치솟아 올라 황혼을 칠흑과 같은 어둠으로 바꾸어 놓으면서 희생자를 뒤쫓는 괴기스럽고 무시무시한 검은 독가스에 쫓기며 경악에 찬 비명을 지르다 쓰러지는 여러 사람과 말, 여기저기에서 들려오는 단말마의 외침, 버려진 대포들, 숨막혀 땅에 뒹굴며 몸부림치는 병사들, 아주 빠르게 도시를 잠식해가는 검은 연기 기둥. 그리고 그날 밤의 전멸. 남은 것은 꿰뚫을 수 없는 조용한 독가스뿐, 그것은 죽음을 숨기고 있을 것이다

동트기 전, 검은 독가스는 리치먼드 거리로 퍼졌다. 이미 와해된 정부는 최후의 노력으로 런던 시민들에게 어서 대피할 것을 촉구했다.

16
런던 탈출

월요일 아침이 밝아오면서 세계 최대의 도시를 휩쓰는 공포의 물결이 포효하는 것을 느낄 수 있었다. 피난민의 대열이 급속하게 불어나기 시작하더니 기차역 주변은 밀려든 피난민들로 북새통을 이루며 몸싸움이 일었고 템스강 선창의 분위기는 사람들의 싸움으로 험악했다. 사람들은 모든 수단을 동원해 북쪽이나 동쪽으로 가려고 안간힘을 썼다. 오전 열 시 무렵에는 경찰 조직이, 정오에는 철도 조직이 와해되어 통제력과 효율성을 잃었다. 결국은 사회 조직이 와해되기에 이르렀다.

　템스강 북쪽으로 가는 모든 철도 노선과 캐논 가의 사우스-웨스턴 노선 인근 주민들은 일요일 한밤중에 피난하라는 경고를 받았다. 결국 열차마다 사람들로 가득했다. 새벽 두 시경에는 입석이라도 차지하기 위해 치열한 몸싸움이 벌어졌다. 세 시 무렵에는 리버풀 역에서 백팔십 미터 정도 떨어진 비숍게이트 거리에서도 사람들이 서로 밀치고 밟는 지경이 되었다. 권총이 발사되었고 어떤 사람은 칼에 찔리고 교통을 통제하기 위해 파견된 경찰관은 지치고 격분한 나머지 자신들이 보호해야 할 사람들의 머리를 후려쳤다.

날이 밝자 기관사들과 화부들은 런던으로 돌아가기를 거부했고 도피해야 한다는 강박관념은 역 부근에 어마어마하게 몰린 사람들을 북쪽으로 뻗은 도로로 내몰았다. 정오 무렵에는 반즈에서도 한 화성인이 목격되었다. 서서히 내려앉는 검은 구름 층은 템스강을 따라 램버스 벌판을 가로질러 아주 천천히 교량으로 통하는 모든 탈출로를 차단했다. 또 다른 검은 구름 층은 일링을 잠식해 캐슬 힐에 남아 있는 생존자를 고립시켰다. 살아 있었지만 그 누구도 그곳을 탈출할 수 없었다.

엄청난 양의 짐을 실은 기차들이 비명을 지르는 군중을 밀치며 앞으로 나아갔다. 십여 명의 건장한 사내들이 기관사가 화로 쪽으로 밀쳐지지 않도록 군중을 막느라 고전하고 있었다. 초크 팜에서 노스-웨스턴 노선 기차를 타려고 헛수고를 한 끝에 동생은 초크 팜 도로로 나왔다. 그는 급히 달려가는 마차들을 피해 도로를 건너다가 떼밀려 운 좋게도 자전거 가게에서 물건을 훔

치려는 무리의 맨 앞에 서게 되었다. 깨진 창문으로 어렵게 끄집어 낸 자전거는 앞바퀴에 펑크가 나 있었지만, 동생은 얼른 자전거를 잡아 탔다. 자전거를 끄집어 내다 손목을 살짝 베였지만, 다른 데는 멀쩡했다. 하버스톡 힐의 좁고 가파른 길로는 전복된 마차들 때문에 지나갈 수 없었다. 대신 동생은 벨사이즈 도로를 택했다.

그는 공포의 도가니에서 벗어나 에지웨어 거리를 돌아 저녁 일곱 시 무렵에야 에지웨어에 도착했다. 몹시 허기지고 지쳤지만 다른 피난민들을 훨씬 앞질렀다. 도로를 따라오다 보니 도로변에 호기심 어린 표정으로 서 있는 사람들이 보였다. 자전거를 많은 사람과 말을 탄 몇몇 사람, 그리고 두 대의 모터차가 그를 지나쳐 갔다. 에지웨어를 천육백 미터쯤 남겨놓고 자전거 바퀴가 고장이 나 더 이상 탈 수가 없었다. 동생은 자전거를 도로변에 버려두고 마을로 터벅터벅 걷기 시작했다. 마을로 들어서니 중심가에 있는 상점의 절반 정도는 문을 열었고, 도로와 현관, 창문가에 모여든 사람들은 막 시작된 기이한 피난민의 대열을 어리둥절한 눈초리로 쳐다보고 있었다. 동생은 선술집에 들어가 배를 채울 수 있었다.

한동안 그는 앞으로 뭘 해야 할지 몰라 에지웨어에 머물렀다. 피난을 가는 사람들은 점점 늘어났다. 그들 중 대다수는 동생처럼 그곳에서 빈둥거렸다. 화성에서 온 침입자에 대한 새로운 소식은 없었다.

　도로는 사람들로 붐비고 있었지만 서로 밟힐 정도는 아니었다. 피난민들은 대부분 자전거를 타고 있었지만 곧 모터차, 이륜마차, 그리고 갈 길을 서두르는 사륜마차들이 늘어나기 시작했다. 이 피난민의 물결이 일으키는 먼지 때문에 세인트 올번스로 향하는 도로를 따라 짙은 먼지 구름이 일었다.

　동생은 친구들이 살고 있는 첼름스퍼드로 가야겠다고 막연히 생각했다. 결국 그는 동쪽으로 향하는 조용한 골목길로 들어섰고 계단을 올라 북동쪽으로 향하는 보도로 접어들었다. 그는 여러 농장과 이름을 알 수 없는 작은 마을을 지났다. 도중에 하이바넷으로 향하는 초원 길에서 어떤 사건을 계기로 피난하고 있던 두 여인과 동행하게 되었다. 그가 위험에 처한 그들을 구해주었던 것이다.

　사건은 이러했다. 그는 비명소리를 듣고 급히 소리가 나는 곳으로 달려갔다. 한 사내가 놀란 말 머리를 힘겹게 붙들고 있었고 다른 두 사내는 마차에 탄 여자들을 강제로 끌어내리려 하고 있었다. 흰옷을 입은 몸집이 작은 여인은 그저 비명만 지를 뿐이었고 날씬한 몸매에 검은 옷을 입은 또 다른 여인은 자신의 팔을 잡아당기는 사내의 얼굴을 다른 손에 쥐고 있던 채찍으로 내리치고 있었다.

직감적으로 사태를 파악한 동생은 고함을 치면서 재빨리 그곳으로 달려갔다. 동생을 본 한 사내가 여자를 놓아주고 동생에게 달려들었다. 동생은 사내의 얼굴에서 싸움을 피할 수 없는 적대감을 읽었다. 한때 노련한 복서였던 동생은 주저하지 않고 사내의 얼굴에 주먹을 날렸다. 사내는 마차 바퀴에 부딪히며 곤두박질쳤다.

하지만 복서로서 스포츠정신을 발휘할 시간적 여유가 없었다. 동생은 쓰러진 사내를 발로 걷어차 완전히 뻗게 한 다음, 날씬한 여인의 팔을 잡아끌고 있는 사내의 목덜미를 붙잡았다. 그때 말발굽 소리가 들리더니 그의 안면에 채찍이 스치는 것이 느껴졌다. 세 번째 사내가 동생의 미간을 공격한 것이다. 그 사이 목덜미를 잡혔던 사내는 동생에게서 벗어나 동생이 왔던 좁은 길로 달아났다.

일순간 어리벙벙한 상황에서 보니, 동생은 말 머리를 붙잡고 있는 사내와 마주하고 있었다. 그때 마차가 양쪽으로 요란하게 흔들리며 뒤로 밀려 내려가고 있다는 사실을 직감했다. 여자들은 갑자기 뒤를 돌아보았다. 억세게 거친 사내가 동생에게 접근하려 했지만 동생은 그를 제지하며 얼굴에 주먹을 날렸다. 혼자 남겨져 있던 동생은 얼른 뒤돌아 마차를 따라 뛰어 내려갔다. 건장한 사내는 물론 달아났던 사내도 동생을 뒤쫓았다.

　동생은 갑자기 돌에 채여 넘어졌고 이를 본 추적자들은 곧장 그에게로 달려왔다. 동생이 일어나자 사내들은 이미 앞을 가로막고 있었다. 만약 날씬한 여성이 과감히 말을 세우고 동생을 돕기 위해 되돌아오지 않았다면, 동생은 적대감 가득한 사내들을 혼자 당해내기는 어려웠을 것이다. 그 여성은 항상 권총을 지니고 다녔던 것 같았다. 하지만 자신과 동료가 공격받고 있는 상황에서는 의자 밑에 숨겨 두었던 권총을 꺼낼 겨를이 없었다. 그러나 어느새 그녀의 손에는 권총이 쥐어져 있었고 오 미터 거리 앞에서 방아쇠를 당겼다. 총알은 아슬아슬하게 동생을 비켜갔다. 총소리에 겁이 더 많은 강도가 먼저 도망쳤다. 그러자 다른 한 놈도 동료의 비겁함을 욕하며 그 뒤를 쫓았다. 그들은 세 번째 사내가 의식을 잃고 쓰러진 곳에서 발걸음을 멈추고 동료를 내려다보았다.

　"이걸 받으세요!" 날씬한 여인이 동생에게 권총을 건네주었다.

　"마차로 돌아가세요." 동생은 입가의 피를 닦으며 말했다.

　여인은 말없이 돌아섰다. 둘 다 숨이 가빴다. 그들은 흰옷을 입은 여인이 놀란 말을 달래느라 애를 먹고 있는 곳으로 다가갔다.

　강도들은 당할 만큼 당했다. 동생이 뒤돌아보니, 그자들은 물러가고 있었다.

"괜찮으시다면, 제가 여기 좀 앉겠습니다." 동생은 비어 있는 앞자리에 앉았고 여인은 어깨 너머로 동생을 돌아보았다.

"제게 고삐를 주세요." 여인은 말 옆구리에다 채찍질을 했다. 다음 순간 마차가 구부러진 길로 접어들었고 강도들의 모습은 시야에서 완전히 사라졌다.

두 여자와 함께 동생은 낯선 길로 들어섰다. 이제야 동생은 자신이 숨을 헐떡거리고 있고 입이 찢어졌으며 턱에 타박상을 입었고 손가락 마디마디가 피투성이라는 것을 알았다.

그는 여인들이 스탠모어에 사는 어느 외과의사의 부인과 여동생이라는 사실을 알게 되었다. 의사는 핀너에 있는 환자 왕진을 다녀오던 길에 기차역에서 화성인이 습격해온다는 말을 들었다고 했다. 그는 서둘러 집으로 돌아와 여인들에게 먹을 것을 챙기게 하고 자신은 마차의 의자 밑에 권총을 숨긴 다음 그들에게 에지웨어로 마차를 몰고 거기서 기차를 타라고 했다는 것이다. 이미 하인들은 이틀 전에 집을 떠난 상태였다고 한다. 의사는 이웃들의 피신을 도와주기 위해 잠시 남아 있기로 했다는 것이다. 그는 새벽 네 시 삼십 분쯤에는 그들을 따라잡을 거라고 말했다. 그러나 거의 아홉 시가 다 되었는데도 그의 모습은 보이지 않았다. 그렇다고 에지웨어에서 마냥 기다릴 수도 없었다. 피난민의 행렬이 점점 불어나면서 그들은 이 샛길로 내몰릴 수밖에 없었기 때문이다.

　이 모든 이야기는 그들이 뉴 바넷 근처에서 멈췄을 때 두 여인이 들려준 정황이었다. 동생은 적어도 두 여인이 앞으로 어떻게 할지 결정하기 전까지는 그리고 의사를 만나기 전까지는 그들 곁에 있겠다고 약속했다. 덧붙여 자신을 명사수라고 소개했지만, 실은 권총을 만져본 적도 없었다. 다만 여자들을 안심시키기 위해 그렇게 말한 것이었다.

　그들은 길가에서 야영도 했다. 말은 산울타리에 들어선 것을 좋아했다. 동생은 자신이 런던을 탈출한 상황과 화성인들과 그들의 진격 방향에 대해서 알고 있는 것을 모두 들려주었다. 해는 이미 하늘 높이 솟아올라 있었다. 그들의 대화가 끊어질 즈음 내일을 예견할 수 없는 불안감이 엄습했다. 좁은 길을 따라 마차를 몰고 가면서 여러 여행자를 만났다. 동생은 가능한 한 많은 소식을 들으려 했다. 그런 단편적인 얘기들 속에서 그는 인류에게 닥친 대재앙을 직감할 수 있었고 계속 도망가야 한다는 사실을 더욱 절실히 느꼈다. 그는 두 여인에게도 그렇게 할 것을 재촉했다.

　"우리에게 돈이 좀 있어요." 날씬한 여인은 주저하면서 말했지만 그녀의 두 눈이 동생의 시선과 마주치자 조금 전의 망설임은 사라졌다.

　"저도 돈이 좀 있습니다." 동생이 말했다.

그녀는 오 파운드짜리 지폐와 삼십 파운드짜리 금화가 있다며, 그 돈이면 세인트 올번스나 뉴 바넷에서 기차를 탈 수 있을 것이라고 했다. 동생은 런던 시민들이 죽음을 불사하고 기차에 타려고 아우성치던 난리통이 기억나, 기차를 타는 대신 에식스를 거쳐서 하리치로 가 다른 나라로 피하자고 말했다.

흰옷을 입은 엘핀스턴 부인은 이성적인 동생의 말을 들으려 하지 않고 그저 "조지"만 계속 불러댔다. 하지만 그녀의 시누이는 놀라울 정도로 침착하고 신중했으며 마침내 부인도 동생의 제안에 동의하게 되었다. 그들은 그레이트 노스 거리를 건널 생각으로 바넷 방향으로 향했다. 동생은 가능한 한 말이 지치지 않도록 조심스럽게 조심스럽게 말을 몰았다.

해가 중천에 떠 있는 대낮은 몹시도 무더웠다. 발밑의 두툼한 하얀 모래는 불에 타는 듯했고 그 열기에 눈이 멀 지경이었다. 자연히 피난길은 늦춰질 수밖에 없었다. 산울타리가 먼지로 뒤덮여 쥐색으로 변해버렸다. 그리고 바넷에 점점 가까워질수록 떠들썩한 소음은 커져만 갔다.

그들은 더 많은 사람들을 만날 수 있었다. 사람들은 대부분 앞만 응시한 채 알 수 없는 질문들을 주절거렸다. 그들은 지칠 대로 지쳤고 야윈데다가 상당히 초췌해 보였다. 야회복을 입은 한 남자가 바닥에 시선을 고정시킨 채 지나가고 있었다. 그들은 그의 음성을 듣고 그를 향해 뒤돌아보았다. 그는 한 손으로는 머리칼을 움켜쥐고 다른 손으로는 보이지 않는 무언가를 때리는 시늉을 하고 있었다. 이윽고 분노의 발작을 멈추고는 뒤도 돌아보지 않고 갈 길을 가버렸다.

동생 일행이 바넷 남부의 교차로로 향하던 때였다. 한 여인이 아이 하나는 품에 안고 둘은 옆에 데리고 그들 왼편으로 펼쳐진 벌판을 가로질러 도로로 가고 있었다. 한 손에 굵은 지팡이를 들고 다른 손에는 작은 여행용 가방을 든 더러운 검은 옷차림의 남자도 보았다. 모퉁이 길이 큰길과 만나는 지역에 세워져 있는 대저택 사이의 길에서 먼지를 뒤집어쓴 채 중산모자를 쓴 창백한 낯빛의 청년이 땀을 뻘뻘 흘리는 검은 말이 끄는 작은 마차를 타고 나타났다. 이스트 엔드 공장에 다니는 세 소녀와 두 아이들이 마차 안에 겨우 끼어 타고 있었다.

"이 길이 에지웨어로 가는 길인가요?"

얼굴이 창백하고 날카로운 눈매를 가진 그 젊은이가 물었다. 왼쪽으로 돌아가면 된다고 동생이 말해주니 고맙다는 인사조차 하지 않고 말에 채찍질을 하며 재빨리 사라졌다.

그들 앞에 놓여 있는 주택가에서 어슴푸레한 회색빛 연기, 혹은 아지랑이가 하늘로 올라가며 대저택 사이로 보이는 길 너머의 하얀 테라스 정면을 가렸다. 엘핀스턴 부인이 갑자기 비명을 질렀다. 주택 위로 연기를 동반한 시뻘건 불길이 쉼없이 널름거리며 파란 하늘로 치솟아 오르고 있었다. 그녀의 날카로운 비명은 이제 바퀴가 회전하는 소리, 마차가 삐걱이는 소리, 단음적인 말발굽소리 등 많은 소리와 섞여버렸다. 교차로에서 오십 미터도 떨어지지 않은 골목길에서였다.

"하느님 맙소사! 도대체 우리를 어디로 끌고 가는 거예요?" 엘핀스턴 부인이 소리쳤다.

동생은 마차를 세웠다.

주 도로에는 북쪽으로 향하는 사람들로 들끓었고 그들은 서로 앞서가려고 밀치고 있었다. 햇빛을 받으며 반짝거리는 거대한 흰 먼지 구름 때문에 육 미터 내에 있는 것들조차 구분하기 힘들었다. 그리고 서둘러 달려오는 말들과 남녀 불문하고 걸어오는 사람들, 온갖 차량의 행렬이 새로운 먼지 구름을 끊임없이 만들어냈다.

"비켜, 비키란 말이야!" 동생의 귓가에는 사람들의 아우성이 들려왔다.

좁은 길과 대로가 만나는 지점으로 다가가는 것이 마치 연기가 피어오르는 불길 속으로 들어가는 것 같았다. 군중들은 불처럼 거세게 고함쳤고, 이는 먼지는 뜨겁고 매캐했다. 도로를 조금 더 올라가자 불타고 있는 대저택이 눈에 들어왔다. 화염에 휩싸인 대저택에서 치솟아 오르는 검은 연기는 도로를 가로지르며 혼란을 가중시켰다.

두 남자가 동생 일행을 지나쳤다. 그리고 무거운 짐을 지닌 채 울고 있는 남루한 여자도 지나갔다. 주인을 잃은 사냥개 한 마리가 혀를 길게 늘어뜨리고 불안한 듯 그들 주변을 맴돌았다. 그 모습은 겁에 질린 처량한 몰골이었는데, 동생이 큰 소리로 위협하자 도망가버렸다.

오른편에 있는 집들 사이로 난 런던 쪽 도로를 시야가 닿는 데까지 바라보니, 양편에 나란히 있는 대저택 사이의 도로에 감금되다시피 한 사람들이 너나 할 것 없이 치열하게 서두르다 보니 큰 소동이 일어났다. 수많은 사람들, 검은 머리들의 물결이 길 모퉁이로 서둘러 향하면서 혼잡한 시커먼 형체만 보였다. 그들은 개별성을 잃은 채 하나의 형체로 혼합되어 먼지 구름 속으로 사라졌다.

"계속 가! 계속 가! 비켜! 비켜!" 고함소리가 들려왔다.

한 남자의 손이 앞에 있는 사람의 등을 밀치고 있었다. 동생은 조랑말 곁에 서서 어찌할 도리 없이 사람들에게 떠밀려 도로를 따라 아주 천천히 내려갔다.

에지웨어는 혼란의 현장이었고 초크 팜은 떠들썩한 소동의 현장이었다. 사실상 모든 사람이 이동하고 있었다. 이토록 많은 인파를 상상하기란 쉽지 않다. 이 무리 속에서 각자의 개성은 없었다. 모퉁이 길을 지나 쏟아져나온 형체들은 뒷모습만 남긴 채 좁은 길의 무리 속으로 사라져갔다. 길 가장자리를 따라 걷는 사람들은 갑작스런 마차의 위협에 도랑으로 넘어지기도 하고 서로 부딪치기도 했다.

길거리는 너무 가까이 달리는 마차와 수레들로 혼잡함이 더했다. 그들은 성급하게 먼저 가려는 마차들에게 길을 내주려 하지 않았다. 조금이라도 틈이 보이면 그 사이로 쏜살같이 내달리려 했기 때문에 걷는 사람들은 울타리나 대저택 대문 쪽으로 재빨리 피해야 했다.

"계속 가! 계속 가라고! 그들이 오고 있어요!"

구세군 복장을 한 맹인이 수레에 올라서서 구부러진 손가락으로 손짓을 하며 외쳤다. "영생을! 영생을!" 목소리는 쉬어 있었지만 소리는 매우 커서 그의 모습이 먼지에 싸여 보이지 않을 때조차도 목소리가 들릴 정도였다. 마차에 가득히 올라탄 사람들 중 일부는 얼빠진 듯이 말에 채찍질을 가하면서 옆에서 달리는 다른 마부들과 싸웠다. 미동조차 하지 않은 채 초점 없는 시선으로 허공을 바라보는 이들도 있었다. 몇몇은 갈증 때문에 자신의 주먹을 깨무는가 하면 어떤 사람들은 자포자기한 채 마차 바닥에 쓰러져 있었다. 말에 씌운 재갈은 거품으로 덮여 있었고 말의 눈은 붉게 충혈되었다.

수레, 사륜마차, 이륜마차, 상점 이름을 써붙인 배달용 마차들이 셀 수 없을 정도로 거리에 가득했다. 우편배달용 마차, '세인트 판크라스 교구회' 마크가 새겨진 도로 청소용 마차, 거친 사내들을 가득 태운 거대한 목재 운반용 마차도 있었다. 양조장 짐마차가 덜커덩거리며 굴러갈 때는 왼쪽 두 개의 바퀴가 붉은 과즙을 튀겼다.

"비켜요! 비켜!"

"영생을! 영생을!" 다양한 고함 소리가 도로를 따라 메아리쳤다.

잘 차려입었으나 먼지를 뒤집어 써 애처롭고 초췌해 보이는 여인이 울며 비틀거리는 아이들과 함께 터벅터벅 걷고 있었다. 그들의 지친 얼굴은 모두 눈물로 얼룩졌다. 남자들이 많다는 것이 때로는 도움이 되기도 했지만 때로는 험악하고 야만적인 분위기를 만들었다. 사내들은 나란히 걷다 싸움이 붙었는지 서로 눈을 부릅뜨고 상스러운 거친 욕설이 오갔다. 결국 빛바랜 거무스름한 두더기 옷을 걸친, 지쳐 있던 부랑자가 밀려났다. 건장한 체구의 노동자들은 불쌍해 보이는 남루한 차림을 한 사람들, 사원이나 점원 옷차림을 한 사람들을 떠밀고, 돌발적으로 몸싸움을 벌여가며 앞으로 나가고 있었다. 부상당한 병사와 철도 짐꾼

차림을 한 남자들, 잠옷 바람에 상의 하나만 걸친 불쌍한 사람도 동생의 눈에 띄었다.

거기에 모인 사람들은 각양각색이었지만 공통점이 있었다. 얼굴에는 공포와 고통의 그림자가 서려 있었고 공포가 그들을 뒤쫓아오고 있었다. 도로의 소동, 마차가 비집고 들어갈 자리다 툼은 그들의 발걸음을 재촉했다. 심지어 너무 겁에 질려 비탄에 빠진 나머지 무릎을 꿇고 있던 사람조차 일순간 힘을 내 다시 활기 있게 나아갔다. 열기와 먼지가 피난하는 사람들을 휩쓸었다. 그들의 피부는 메말랐고 입술은 검게 변해 갈라졌다. 한결같이 갈증에 시달리고 지치고 발에 상처가 생겼다. 다양한 고함이 울리는 가운데 다툼 소리, 비난하는 소리, 지치고 피곤하여 신음하는 소리가 들려왔다. 대부분 쉰 목소리로 힘이 없었다.

"비켜요! 비켜! 화성인들이 오고 있어요!" 후렴구와 같은 외침은 계속되었다. 그런 외침을 듣고 발걸음을 멈추거나 피난 대열에서 이탈하는 사람은 거의 없었다. 그 좁은 길은 입구가 좁은 대로와 비스듬히 연결되어 있었고 그 대로에서는 런던 방향에서 몰려오는 사람들이 희미하게 보였다. 소용돌이를 이루는 사람들이 도로 입구로 몰려들었다. 하지만 힘이 약한 사람들은 가장자리 길로 밀려났지만, 대부분 잠시 쉬었다가 다시 인파 속으로 뛰어들었다. 좁은 길을 조금 내려가니 친구 사이인 듯 보이는 두 남자가 피에 물든 헝겊으로 다리를 감싸고 있는 한 남자를 내려다보고 있었다. 그는 친구가 있어서 다행이었다.

군인처럼 회색 수염을 기르고 퇴색한 검정색 군복 차림의 몸집이 작은 한 노인이 절름거리다가 길가의 도랑 옆에 앉아 부츠를 벗었다. 양말이 피로 얼룩져 있었다. 그는 신발을 거꾸로 흔들어 돌가루를 털어낸 뒤 다시 신고 절뚝거리며 걸었다. 여덟아홉 살 정도 되어 보이는 한 소녀가 울타리 밑에서 주저앉아 울고 있었다. 소녀는 동생이 있는 곳에서 아주 가까이 있었다.

"더 이상 못 걸어! 못 걷겠어!"

동생은 두려움에 대한 무감각으로부터 정신이 번쩍 들어 소녀를 안아 올리며 다정하게 말을 건넸다. 그리곤 엘핀스턴에게 데려갔다. 소녀는 동생의 반응에 너무 놀랐는지 조용해졌다.

"엘렌! 엘렌!" 군중 속에서 울음 섞인 여인의 목소리가 들려왔다.

"엄마!"

소녀는 울면서 동생의 손을 뿌리치고 여인에게로 달려갔다.

"그들이 오고 있어요." 말을 타고 앞서가던 남자가 외쳤다.

"거기, 비켜!" 마차 위에 걸터앉아 있던 마부가 고함을 질렀다. 동생은 포장마차가 좁은 길로 끼어드는 것을 볼 수 있었다.

사람들은 달려드는 마차를 피하기 위해 서로 밀쳐댔다. 동생

은 조랑말과 마차를 울타리 쪽으로 밀어붙여 끼어드는 마차에게
길을 내주었다. 끼어든 마차는 가다가 길모퉁이에서 멈추었다.
그 마차는 두 필의 말이 끌게 되어 있었지만 봇줄에는 한 마리뿐
이었다. 먼지 속에서 움직이는 무언가가 희미하게 보였다. 두 남
자가 흰색 들것에 무언가를 올린 다음 조심스럽게 쥐똥나무 산
울타리 아래 풀밭에 내려놓고 있었다. 그들 중 한 남자가 동생에
게 달려왔다.

"혹 누구 물 가진 사람 있습니까? 사람이 죽어갑니다. 갈증에
시달리고 있어요. 저분은 개릭 경입니다."

"개릭 경이라고요! 대법관 개릭 경?"

"물 좀 없습니까?"

"저 집에 있을지도 모릅니다. 저 집 어딘가에. 저흰 없어요. 전
일행 곁을 뜰 수가 없군요."

그 남자는 군중 틈을 뚫고 길모퉁이 집 앞으로 다가가려 했다.

"어서 가요! 그들이 오고 있어요! 어서 가라고요!" 사람들이
그를 밀어내며 소리쳤다.

동생의 시선이 작은 가방을 끌고 오는 수염을 덥수룩하게 기
른 날카로운 표정의 한 남자에게 쏠렸다. 동생이 그 가방에 시선
을 멈춘 순간 가방이 터지면서 수많은 금화를 토해냈다. 금화는
땅에 부딪치면서 하나씩 하나씩 흩어지는 것 같았다. 금화는 사

람과 말의 발에 차여 이리저리 흩어졌다. 걸음을 멈추고 멍하니 금화 더미를 쳐다보고 있던 그 남자의 어깨를 마차의 끌채가 툭 치며 지나갔다. 비틀거리던 그는 비명을 지르며 뒤로 물러섰고 마차 바퀴는 아슬아슬하게 그를 비켜갔다.

"비켜, 길에서 비켜!" 주변에 있던 사람들이 그에게 고함을 질렀다.

마차가 지나가자, 그는 양 손을 벌린 채 금화 더미에 몸을 날리고는 한 줌씩 주머니 속에 쑤셔 넣었다. 말 한 마리가 그에게 바짝 다가왔다. 일 순간 반쯤 일어나던 그는 말발굽 아래 깔리고 말았다.

"멈춰요!" 동생은 소리치며 앞길을 가로막고 있는 여인을 밀치고서 그 말의 재갈을 잡으려고 했다.

하지만 그곳에 닿기도 전에 마차 바퀴 밑에서 비명소리가 들려왔다. 먼지 사이로 마차의 바퀴가 그 불쌍한 사람의 등 위로 지나가는 광경이 보였다. 마부는 마차 뒤로 돌아가던 동생에게 채찍을 휘둘렀다. 그 와중에도 동생의 귓가에는 온갖 외침이 혼란스럽게 들렸다. 흩어진 돈과 함께 먼지 속에 쓰러져 몸부림치는 남자는 일어설 수가 없었다. 등뼈는 부러진 상태였고 하체는 신경이 죽은 듯 축 쳐졌다. 동생은 일어나서 마부에게 고함을 질렀다. 그러자 검은 말을 탄 남자가 돕기 위해 다가왔다.

"이 사람을 길에서 끌어냅시다!" 남자의 옷깃을 움켜잡고 길가로 끌어냈다. 그러나 그는 여전히 돈을 움켜쥐고 있었고, 무섭게 동생을 바라보며 움켜쥔 손으로 동생의 팔을 내리쳤다. 뒤에서 성난 목소리가 들렸다. "좀 갑시다! 비켜요, 비켜!"

어느 마차의 한쪽 채가 나를 도와주려 왔던 말 탄 남자가 세워놓은 마차를 세차게 들이받으면서 파편을 뿌렸다. 동생이 고개를 들자, 손에 금화를 움켜 쥔 다친 남자가 머리를 뒤틀더니 자신의 옷깃을 잡고 있던 손목을 물었다. 두 마차가 부딪칠 때의 충격으로 검은 말은 갓길로 휘청거렸고 들이받은 마차의 말도 옆으로 밀려났다. 말발굽은 동생의 발길을 가까스로 비켜갔다. 동생은 쓰러진 남자에게서 손을 떼고 얼른 물러섰다. 땅바닥에 쓰러져 있는 불쌍한 남자의 얼굴에 서린 분노의 그림자는 일순간 공포로 변해 있었다. 그러고는 순식간에 피난민에 둘러싸여 모습을 감추었다. 동생은 뒤로 떼밀려 길 입구를 지나쳐 버려서 원래 자리로 돌아가기 위해서는 피난 인파 속에서 힘든 몸싸움을 벌여야 했다.

그는 손으로 눈을 가리고 있는 엘핀스턴 부인과 한 어린 아이를 보았다. 아이는 눈을 크게 뜨고 동정 없는 시선으로, 조용히 지나치는 마차 바퀴에 이리저리 치이며 뭉개진 검은 먼지투성이의 무언가를 쳐다보고 있었다. 동생이 외쳤다. "돌아갑시다! 이지옥 같은 길을 뚫고 갈 순 없어요!" 그는 말머리를 돌려 온 길을 백 미터 되돌아갔다. 이제 몸싸움을 벌이는 사람들은 보이지 않았다. 그들이 골목 모퉁이를 돌아서는 순간, 동생은 쥐똥나무 산울타리 밑 도랑에서 죽어가는 남자의 얼굴을 보았다. 그의 일그러진 얼굴은 이미 죽은 사람처럼 창백했고 식은땀이 반짝이고 있었다. 동생과 동행한 두 여인은 의자에 조용히 웅크리고 앉아 부들부들 떨고 있었다.

모퉁이 길을 벗어나자 동생은 다시 마차를 멈추었다. 하얗게 질린 엘핀스턴 양의 얼굴은 창백했고 그녀의 시누이는 너무나 참담한 나머지 "조지"라고 부르지도 못하고 쪼그려 앉은 채 울고 있었다. 동생도 겁이 났고 어찌할 바를 몰랐다. 그들은 안정을 되찾은 후에야 이 피난길이 얼마나 긴급하고 절실한가를 깨달았다. 그는 갑자기 단호하게 엘핀스턴 쪽으로 고개를 돌렸다.

"저 길로 가야 합니다." 말을 마치자마자 말머리를 돌렸다.

이 날 엘핀스턴은 두 번째로 자신의 능력을 입증했다. 피난민의 물결을 뚫고 들어가기 위해서 동생은 인파 속에 뛰어들어 한 마차의 말을 막아섰고 그 사이에 그녀는 조랑말을 몰았다. 순간 바퀴가 멈추면서 마차에서 길다란 토막 하나가 떨어졌다. 다음 순간, 그들은 인파에 휩쓸려 군중 속으로 밀려들어갔다. 얼굴과 손등에 붉은 채찍 자국이 남아 있는 동생은 마차에 기어올라 엘핀스턴한테서 고삐를 넘겨받았다.

그녀에게 총을 건네며 말했다. "뒤따라오는 남자를 겨누세요. 만약 그 사람이 우리를 위협하면… 아니! 사람이 아니라 말을 겨눠요."

동생은 도로를 가로질러 오른편 길가로 마차를 몰고갈 수 있을지 곁눈질을 해보았다. 그러나 피난민의 물결 속으로 들어오자, 의지를 잃고 먼지투성이 군중의 일원이 된 것 같았다. 그들은 물결처럼 휩쓸려 치핑 바넷을 지나쳤다. 그들은 죽을 힘을 다하여 맞은편 길로 접어들기 전까지 도시 중심지에서 이천육백 미터 정도 떨어진 곳에 있었다. 그곳에는 말로 표현할 수 없을 정도로 소음과 혼란이 가득했다. 그러나 도시 안팎으로 도로의 갈랫길이 계속해서 나타났다. 그제야 혼잡이 어느정도 풀렸다.

그들은 해들리를 거쳐 동쪽으로 접어들었다. 또다시 길이 양쪽으로 갈라졌다. 한참을 가다 보니 수많은 사람들이 냇가에서 물을 마시고 있었다. 서로 물을 마시겠다고 싸움을 벌이는 사람들도 있었다. 다시 더 멀리 말을 몰아, 이스트 바넷 근처의 한 언덕에 이르니 두 대의 기차가 어떤 신호나 경고도 없이 연이어 천천히 지나가는 것이 보였다. 엔진 뒤 칸의 석탄 차량 위에도 빽빽이 올라탔을 정도로 기차 안은 사람들로 들끓었다. 기차들은 그레이트 노던 철도 노선을 따라 북쪽으로 향하고 있었다. 동생은 기차가 런던 외곽에 가득 찼을 것으로 짐작했다. 그가 런던에 있었을 때 중앙역은 격심한 공포에 휩싸인 사람들 때문에 사실상 운행이 불가능했기 때문이었다.

동생 일행은 이 근방에서 오후를 보내기 위해 여정을 잠시 멈추었다. 그날 겪은 난폭한 일들로 세 사람은 이미 지칠 대로 지친 상태였다. 고통스런 허기가 찾아왔다. 밤이 되자 추위가 엄습했다. 누구도 감히 잠들지 못했다. 저녁부터 그들의 야영지 인근의 도로를 따라 수많은 사람들이 서둘러 지나치고 있었다. 그들은 다가오는 미지의 위험으로부터 도망쳐, 동생이 왔던 방향으로 가고 있었다.

17
선더 차일드

화성인들이 자신들의 목적을 파괴 자체에만 두었다면 런던 시민이 인근 지역으로 천천히 흩어지던 월요일에 그들을 몰살시켰을지도 모른다. 바넷으로 가는 길만이 아니라 에지웨어와 월섬 애비로 향하는 길, 사우스엔드와 슈베리니스로 향하는 길, 딜에 이르는 템스 남쪽과 브로드스테어스에 이르기까지 엄청난 피난 인파가 쏟아져 나왔다. 만약 그 유월의 아침에 빛나는 파란 런던 상공에서 기구를 타고 아래를 내려다보았다면 미로처럼 복잡하게 얽히고설킨 길을 가득 메운 수많은 피난민의 물결이 북쪽이나 동쪽으로 움직이고 있을 것이다. 공포에서 오는 번민과 육체적 고통으로 찌든 사람들의 물결은 마치 검은 점으로 보일 것이다. 나는 이미 치핑 바넷으로 가는 피난길에서 동생이 겪은 경험에 대해 장황하게 설명한 바 있다. 이제 독자들은 무리를 이룬 검은 점들의 물결이 그곳에 있던 한 사람 한 사람에게 어떻게 다가왔을지 알았을 것이다. 세계 역사상 이처럼 많은 사람들이 한꺼번에 이동하며 함께 고통을 겪은 적은 없었다. 아시아에서 가장 큰 무리였던 전설적인 고트족과 훈족의 전사들조차 이 피난 물결에 들어가면 하나의 작은 점에 불과할 것이다. 그 물결은 훈련받은 행군이 아니라 거대하고 끔찍한 피난 대열이었다. 질서도 목적도 없이 무장도 하지 않고 기초적인 생필품조차 제대로 꾸리지 못한 채 육백만 시민들이 길 잃은 가축처럼 우르르 달아나고 있었다. 문명의 파괴, 인류 대학살이 시작된 것이다.

기구에서 내려다보면 저 멀리 넓은 도로망이며 집, 교회, 광장, 초승달 모양의 거리, 정원이 버려진 채 거대한 지도가 펼쳐져 있는 것처럼 보일 것이고 남쪽의 파괴된 지역은 검은 잉크로 칠한 것처럼 보일 것이다. 일링, 리치먼드, 윔블던 상공에서 바라본 세상은 마치 어떤 괴물 같은 거대한 펜으로 차트에 잉크를 뿌린 것처럼 보일 것이다. 지속적이며 끊임없이 이쪽저쪽으로 분지를 형성하듯 퍼져가는 검은 잉크 자국은 솟아오른 땅과 부딪혀 경사를 이루는가 하면 고개를 넘어 신속하게 새로 발견한 계곡으로 쏟아져 내리는 것처럼 보일 것이다. 그 모습은 잉크 한 방울이 흡묵지 위에 퍼지는 것처럼 보일 것이다.

저 멀리 강 남쪽에 솟아 있는 푸른 언덕에서는 번쩍이는 화성인들이 이곳저곳을 오가며 독가스를 침착하고 조직적으로 살포하고 있었다. 독가스로 자신의 목적을 완수하면 스팀을 분사해 정복한 지역을 접수하고 있었다. 그들의 목적은 인류의 몰살이 아니라 사기를 완전히 저하시키고 반격을 봉쇄하는 것인 듯했다. 화약고를 발견하는 즉시 하나도 남김없이 폭파시켰고 모든 전선을 끊고 이곳저곳의 철도를 파괴했다. 그들은 인류를 무력화시키고 있었다. 그러나 작전 영역을 확장하는 데 서두르지 않는 듯했고 그날 하루 종일 런던 중심부를 벗어나지도 않았다. 따라서 월요일 아침까지도 런던에 남아 집에 틀어박혀 있는 시민들이 상당히 많았을 것이다. 하지만 집에 남아 있던 무수한 사람들은 분명 검은 독가스에 질식해 죽었을 것이다.

정오 무렵까지 런던 항구에서는 정말 놀라운 광경이 벌어지고 있었다. 기선이나 요트 할 것 없이 온갖 배가 떼를 지어 모여 막대한 돈을 거머쥔 피난민들을 상대로 거래를 하고 있었다. 또한 많은 사람들이 헤엄쳐 가서 배에 오르려다가 갈고리 장대에 떼밀려서 익사했다는 말이 떠돌았다. 오후 한 시 무렵 검은 독가스의 엷은 잔여 구름층이 블랙프라이어스 다리의 아치에 나타났다. 항구에서는 난투극과 거친 충돌 같은 광란의 대혼란이 벌어지고 있었고 무수한 보트와 바지선들이 한꺼번에 타워 다리의 북쪽 아치를 통과하려다가 막혀버렸다. 그리고 선원들과 사공들은 강변에서 헤엄쳐 온 사람들을 야만적으로 밀어내리다 난투극까지 벌였다. 심지어 어떤 사람들은 교각 위로 올라가 배로 기어내려오려고까지 했다.

한 시간 후 시계탑 너머로 모습을 드러낸 화성인이 강을 따라 내려오고 있었다. 런던 동부의 라임하우스 상류에는 난파된 파편만이 둥둥 떠다녔다.

좀 있다가 들려줄 생각인 다섯 번째 원통형 우주선이 떨어졌다. 이어 여섯 번째가 윔블던에 떨어졌다. 동생과 두 여인은 언덕 너머 저 멀리로 초록빛 섬광을 발하며 떨어지는 우주선을 지켜보았다. 마침 초원에서 마차로 올라와 있던 터라 이 광경을 볼 수 있었다. 화요일에도 동생 일행은 바다를 건널 생각으로 피난민으로 붐비는 시골길을 따라 콜체스터로 향하고 있었다. 현재 화성인들이 런던 전 지역을 장악했다는 소식은 정확했다. 그들은 하이게이트, 심지어 니스던에서도 목격되었다고 한다. 그러나 다음날이 되기 전까지는 동생은 그들의 모습을 볼 수 없었다.

그날 흩어진 피난민들은 음식이 절실히 필요했다. 허기가 점점 심해지면서 재산권이 무의미해지기 시작했다. 도둑맞을 것을 염려한 농부들은 밖으로 뛰어나가 무기를 들고 가축, 곡식 창고, 다 영근 농작물을 지키고 있었다. 동생을 비롯한 무수한 사람들이 동쪽으로 향하고 있었다. 그리고 배고픔에 지친 사람들은 절망한 상태로 곡식을 구하기 위해 런던으로 되돌아가기까지 했다. 이들은 주로 북쪽 교외에 있었기 때문에 검은 독가스를 직접 목격하지 못하고 소문으로만 들었던 사람들이었다. 동생은 정부 관료 절반이 버밍엄에 집결했으며, 중부 지역을 가로질러 지뢰를 매설하는 데 쓰일 막대한 양의 고성능 폭약이 준비 중이라는 소식을 들었다.

또한 그는 미들랜드 철도회사가 첫날의 공황 상태로 폐쇄되었던 것을 복구하고 운행을 재개했다는 소식을 들었다. 런던 주변 지역의 혼잡을 해소하기 위해 세인트 올번스에서 북쪽으로 운행하게 되었다는 것이다. 북부 도시에서는 많은 밀가루 가게가 문을 열었으며 앞으로 스물네 시간 이내에 굶주린 이웃에게 빵이 배급된다는 플래카드가 치핑 온가르 지역에 걸려 있었다. 하지만 그 소식을 듣고도 동생은 탈출 계획을 실행하지 않을 수 없었다. 동생과 두 여인은 하루 종일 동쪽으로 쉬지 않고 달렸으며 빵을 배급한다는 소식은 더이상 듣지 못했다. 어느 누구도 듣지 못했다는 게 사실일 것이다. 그날 밤 일곱 번째 별이 프림로즈 힐에 떨어졌다. 동생과 교대해서 망을 보고 있을 때라 엘핀스턴은 그 광경을 생생히 볼 수 있었다.

세 사람은 아직 여물지 않은 밀밭에서 밤을 보낸 후 수요일에 첼름스퍼드에 도착했다. 이 마을에서는 '공공 보급 위원회'라는 단체의 조직원이라는 사람들이 조랑말을 식량원으로 압수하고는 그 대가로 아무것도 주지 않고 다음날 식량을 나눠주겠다는 약속만 했다. 이 마을에는 화성인들이 에핑에 나타났다는 소문이 떠돌고 있었다. 또한 소문에 따르면 윌섬 애비 화약 공장을 파괴하고도 화성인 하나 죽이지 못했다고 한다.

사람들은 교회 첨탑에 올라 화성인들을 주시했다. 동생 일행은 배고픔 때문에 힘겨워했지만 음식을 얻기 위해 마냥 기다리기보다는 주저하지 않고 해변으로 가기로 했다. 정오 무렵 그들은 틸링엄을 통과하게 되었다. 이상할 정도로 조용했고 보이는 사람이라곤 음식을 훔치러 다니는 몇몇 도둑뿐이었다. 그곳을 지나 틸링엄 근방에 가자, 갑자기 바다가 보이기 시작했다. 상상할 수 없을 정도로 많은 온갖 배들이 바다에 꽉 들어차 있었다.

더이상 템스강으로 갈 수 없게 되자 선원들은 에식스, 하리치, 월턴, 크랙턴 그리고 그 후에는 파울니스와 슈베리로 가서 사람들을 구출하곤 했다. 다양한 종류의 배들은 거대한 낫처럼 굴곡이 형성된 항구에 몰려 있었지만 안개 때문에 그 모습은 보이지 않았다. 해안 가까이에는 무수한 어선이 떠 있었다. 영국 배는 물론 스코틀랜드, 프랑스, 네덜란드, 스웨덴 배도 보였다. 또한 템스강에서 달려온 증기선, 요트, 전기 보트들이 무수했고 그 너머에는 거대한 화물선, 여러 척의 더러운 석탄선, 깔끔한 상선, 가축선, 여객선, 유조선, 부정기 화물선, 낡은 흰색 수송선, 사우샘프턴과 함부르크에서 온 산뜻한 흰색과 갈색의 정기 왕복선들이 정박하고 있었다. 동생은 푸른빛이 감도는 블랙워터 해안을 따라 빽빽이 떠 있는 여러 척의 배를 희미하게 볼 수 있었다. 해안가로는 배를 타려고 뱃사공과 흥정하는 사람이 거대한 물결을 이루었다. 그 물결은 블랙워터를 지나 몰던Maldon까지 이어졌다.

삼 킬로미터 정도 떨어진 앞바다에는 철갑 전함이 한 척 떠 있었는데 아주 낮게 떠 있어 동생 눈에는 침수된 배처럼 보일 정도였다. '선더 차일드'였고 시야에 들어온 유일한 전함이었다. 그러나 그날 따라 오른쪽으로, 유난히 평온한 저 먼 바다의 잔잔한 수면 위로 검은 연기가 뱀처럼 올라오고 있었다. 그것은 또 다른 전함 채널 플리트에서 올라오는 연기였다. 그 전함은 화성인이 정복을 계속해가는 동안 템스강 어귀를 향해, 경계하며 화성인의 침입을 저지하기 위해 만반의 준비를 했지만 결국 역부족이었다.

바다에서 벌어지고 있는 광경을 본 엘핀스턴 부인은 시누이의 위안에도 불구하고 공황 상태였다. 영국을 벗어나본 적이 없는 그녀는 의지할 벗 없는 외국에서 살기보다는 차라리 영국에서 죽는 것이 낫다고 생각했다. 그 가련한 여인에게는 프랑스인이나 화성인이나 별반 다를 게 없었다. 그녀는 이틀간 여정을 계속하는 동안 갈수록 히스테리가 늘고 공포감에 떨며 우울증에 빠졌다. 유일한 소망은 언제나 모든 것이 좋았고 안전했던 스탠모어로 돌아가는 것이었다. 또한 그곳에 남아 있을 조지도 찾아야 했다.

두 사람은 그녀를 아주 어렵게 해변으로 데려갔다. 동생은 템스강에서 온 외륜선 선원들의 관심을 끄는 데 성공했다. 그들은 보트를 보내주면서 세 사람의 운임비로 삼십육 파운드를 요구했다. 그 외륜선은 오스텐드로 간다고 했다.

배에 오르는 통로에서 동생이 그들에게 운임을 지불했던 시각은 오후 두 시경이었다. 돈을 지불하고서야 안전하게 배에 올라탈 수 있었다. 비록 엄청나게 비싸기는 했지만 배에는 음식도 있었다. 세 사람은 앞자리에 앉아 그럭저럭 굶주린 배를 채웠다.

배에 타기 전에도 이미 사십여 명의 승객이 있었다. 그들 중 일부는 배를 타기 위해 마지막 남은 돈까지 털어야 했다. 그러나 선장은 다섯 시까지 위험할 정도로 많은 승객들을 태우고도 블랙워터를 벗어날 생각을 하지 않았다. 남쪽에서 대포 소리가 들려오지 않았다면 선장은 여전히 그곳을 떠나지 않았을 것이다. 그 소리에 답이라도 하듯이 바다에 떠 있는 전함의 소형 대포가 불을 뿜었다. 깃발이 올라갔고 전함의 굴뚝에서 검은 연기가 솟아올랐다.

일부 승객들은 대포 소리가 점점 커지고 있다는 것을 알게 될 때까지 그 소리가 슈베리니스에서 들려온다고 수군거렸다. 그와 동시에 남동쪽 저 멀리 검은 연기 구름 아래 바다에서 세 척의 전함 돛대와 상부 구조가 모습을 드러내고 있었다. 그러나 동생의 시선은 발포 소리가 연이어 들려오는 남쪽에 가 있었다. 그는 아득히 먼 곳에서 잿빛 연무를 헤치고 연기 기둥이 올라오는 광경을 보고 있는 듯했다.

작은 기선은 거대한 초승달 모양으로 들어서 있는 수많은 배 사이를 누비며 동쪽으로 달렸다. 에식스 해안이 점점 푸르스름하고 흐릿하게 보이기 시작했다. 바로 그때 화성인이 모습을 드러냈다. 동시에 저 멀리 파울리스 쪽에서 작고 희미하게 보이는 화성인이 진흙투성이 해안을 따라 전진하고 있었다. 선교(船橋)* 위에 올라선 선장은 공포 섞인 목소리로 목이 찢어질 듯이 욕지거리를 해댔다. 또한 자신의 늑장에 분노했다. 순간 노도 그의 공포에 감염된 듯 움직임이 빨라졌다. 모든 사람들은 뱃전에 서서, 혹은 의자에 앉아 나무나 교회당의 첨탑보다도 더 키가 큰 거대한 형체를 바라보았다. 그 거대한 기계는 인간의 걸음걸이를 흉내라도 내듯이 느긋하게 활보하고 있었다.

그것은 동생이 처음 본 화성인이었다. 그는 공포보다는 놀라움에 사로잡힌 채 우두커니 서서, 그 거대한 타이탄이 물살을 가르며 점점 해안에서 멀어지는 배들을 향해 유유히 다가오는 모습을 지켜보았다. 크로치 너머 저편에서도 또 한 화성인이 마치 발육이 덜된 듯한 나무들을 넘어서며 성큼성큼 다가오고 있었다. 그리고 더 먼 곳에서는 또 다른 화성인이 바다와 하늘 중간에 걸려 있는 듯한 빛이 반짝거리는 개펄을 활보하고 있었다. 그들은 파울니스와 네이즈 사이에 몰려 있는, 사람들로 가득한 수많은 배의 탈출을 막으려는 듯 바다를 향해 성큼성큼 다가왔다. 작은 외륜선이 엔진에 최대 동력을 가하고 거품을 일으키며 달아남에도 불구하고 그 불길한 괴물의 추적에 자꾸만 뒤로 물러나는 것만 같았다. 괴물의 빠른 속도에 비하면 배의 속도는 무시무시할 정도로 느려 보였다.

북서쪽으로 눈을 돌린 동생은 다가오는 공포로 인해 정박해 있던 배들의 거대한 초승달 모양이 이미 무너진 광경을 보았다. 다른 배의 뒷꽁무니를 살짝 스쳐지나가는 배, 뱃전을 돌리며 선회하는 배, 경적과 함께 증기를 내뿜으며 전속력으로 달리는 배, 돛을 올리는 범선, 이리저리 내달리는 소형 증기선들. 각양각색의 배들이 보였다. 이 아수라장과 왼편에서 다가오고 있는 가공할 위험 앞에 동생은 넋이 나갔다. 얼어붙은 두 눈은 바다 쪽을 돌아볼 엄두도 내지 못했다. 배가 침몰하는 것을 모면하기 위해 방향을 신속하게 바꾸는 바람에 동생은 서 있던 자리에서 갑판으로 곤두박질쳤다. 사방에서 고함소리와 발을 쿵쾅거리는 소리, 그리고 그에 대답이라도 하듯 희미하게 외치는 환호성이 들렸다. 증기선이 기우는 바람에 손을 집고 일어서려던 동생은 뒹굴고 말았다.

동생은 벌떡 일어나 우현 쪽을 보았다. 한쪽으로 기울면서 뒷 질하는 그들의 배에서 백 미터도 떨어지지 않은 곳에서 쟁기의 날처럼 생긴 거대한 전함이 물살을 가르며 돌진하고 있었다. 그 바람에 생긴 물살이 타고 있는 배를 흔들어 놓았고 거대한 물거품이 배 안으로 튀어 올랐다. 주걱처럼 생긴 노들은 의지할 곳 없이 공중으로 튀어올랐고 배의 갑판은 바닷물 속으로 빨려 들어가는 듯했다.

물살이 일으킨 물벼락은 순간적으로 동생의 시야를 완전히 가렸다. 다시 시야가 확보되었을 때 육지 쪽으로 돌진해가는 거대한 전함을 볼 수 있었다. 쏜살같이 질주하는 거대한 전함의 상부 구조가 보였고 한 쌍의 굴뚝은 요란한 소리를 내지르며, 한바탕 돌풍 같은 연기와 불길을 내뿜었다. 화성인들로부터 위협을 받는 선박들을 구조하기 위해 쏜살같이 질주하는 어뢰전함 선더 차일드였다.

동생은 요동치는 갑판 위에서 현장(舷牆)**을 움켜쥔 채 버티고 서서 돌진하던 레비아단과 같은 전함에서 다시 화성인들에게로 시선을 돌렸다. 이제 화성인 셋은 가까이 모여 있었다. 놈들은 세 개의 긴 다리가 완전히 물에 잠길 만큼 바닷속 깊이 들어와 있었다. 멀리서 보았을 때 물속에 잠긴 채 있는 그들은 이 증기선을 속수무책으로 뒤흔드는 거대한 전함에 비하면 그리 가공할 만한 존재로 보이지는 않았다. 화성인들은 이 새로운 적수를 감짝 놀란 시선으로 바라보는 것 같았다. 그들의 눈에는 이 거대 전함이 자신들처럼 또 다른 외계 괴물로 보였을지도 모른다. 선더 차일드는 아직 대포를 발사하지 않고 화성인들을 향해 전속력으로 진격하고 있었다. 전함은 가급적 적에게 가까이 접근할 때까지는 포를 발사하지 않을 듯했다. 화성인들은 전함이 어떤 존재인지 짐작조차 못하는 듯했다. 그러나 한 발이라도 공격 받았다면, 즉시 열광선으로 전함을 침몰시켰을 것이다.

전함은 순식간에 동생이 타고 있는 기선과 화성인 사이로 진격했다. 에식스의 넓은 해안선에서 점점 멀어질수록 화성인들의 검은 몸체는 줄어들었다.

갑자기 맨 앞에 있던 화성인이 튜브를 낮추더니 전함을 향해 검은 독가스탄을 발사했다. 그것은 선더 차일드의 좌현을 치고 빗겨갔고, 그 바람에 잉크 같은 검은 독가스가 뿜어져 나와 바다로 흘러들었다. 그것을 헤치고 철갑 전함은 전진했다. 증기선을 타고 있던 사람들의 눈에는 배가 깊이 잠긴데다 햇빛 때문에 전함이 이미 화성인들 사이에 있는 것처럼 보였다.

배에 타고 있는 사람들은 말라빠진 그 거대 괴물이 흩어지며 해변 쪽으로 물러나자 물 밖으로 솟아오르는 모습을 보았다. 하지만 한 놈은 카메라처럼 생긴 열광선총을 추어올렸다. 그러곤 비스듬히 아래로 열광선을 발사했다. 열광선이 수면을 때리자 엄청난 수증기가 하늘로 치솟았고, 불에 새빨갛게 달구어진 쇠막대가 종이를 꿰뚫듯 선더 차일드의 옆구리 철판을 꿰뚫었다.

하지만 하늘로 치솟는 수증기 사이로 불꽃이 번쩍이자, 화성인의 거대 괴물이 휘청거리기 시작했다. 다음 순간 화성인은 두 동강이 나면서 바다 속으로 쓰러졌고 거대한 물줄기가 증기와 함께 하늘 높이 치솟았다. 선더 차일드의 대포 포성이 수증기를 뚫고 연달아 들려왔다. 연이어 발사된 포탄 중 한 발은 동생이 탄 증기선 근처에서 물보라를 일으키며 날아가, 북쪽으로 도망치던 다른 배들로 날아가선 소형 어선 한 척을 박살냈다.

그러나 어느 누구도 그것에 크게 관심을 보이지 않았다. 화성인이 파괴되는 모습에 선교에 올라선 선장은 알아들을 수 없는 말로 고함을 질렀고 선미에 몰려 있던 승객들도 한 목소리로 환호성을 질렀다. 그리곤 또 소리를 질렀다. 흰 물보라 너머로 굽이치는 물살에 밀려난 길고 검은 무언가가 보인 것이다. 그것의 몸체는 화염에 휩싸여 있었고 환기통과 연소통에서는 불꽃이 치솟고 있었다.

선더 차일드는 여전히 건재해 보였다. 조타 장치도 고장 나지 않았고 엔진도 정상적으로 움직이고 있었다. 선더 차일드는 두 번째 화성인을 향해 곧장 돌진하여 백 미터 정도 접근하자 적은 열광선을 발사했다. 굉장한 폭발음과 함께 눈부신 섬광이 번쩍였고 전함의 갑판과 굴뚝이 하늘 높이 튀어올랐다. 화성인은 그 거대한 폭발력에 비틀거렸다. 난파 직전에 있는 선더 차일드의 거대한 몸체가 그대로 화성인의 괴물 기계를 들이받았다. 화성인의 전투 기계는 마분지로 만든 박스처럼 힘없이 구겨져버렸다. 동생은 자신도 모르게 환호성을 질렀다. 그 순간 끓어오르는 수증기가 모든 것을 감추고 말았다.

"두 놈을 해치웠다!" 선장이 탄성을 질렀다.

모든 사람들이 환호했다. 배 전체가 미친 듯한 환호성으로 가득했다. 뒤이어 다른 배에서도 환호성이 터져나왔고, 곧 바다를 향해 무리지어 나가는 수많은 돛배와 보트에서 환호성이 터져나왔다.

수증기가 온통 주위를 가려 세 번째 화성인도 해안도 보이지 않았다. 그 사이 동생을 태운 배는 싸움터에서 계속 멀어져 바다한가운데로 달려가고 있었다. 마침내 혼란이 사라진 듯했다. 둥둥 떠다니는 덩어리진 검은 독가스만 시야에 들어올 뿐 선더 차일드도 세 번째 화성인도 보이지 않았다. 그러나 먼 바다에 있던 다른 철갑 전함들은 기선들을 지나쳐 해변으로 아주 가까이 진격하고 있었다.

작은 피난선들은 바다로 항해를 계속했고 전함은 해안으로 서서히 진격하고 있었다. 전함은 증기와 검은 독가스가 아주 기이하게 소용돌이치면서 뒤섞여 만들어진 뿌연 수증기층에 가려지는 바람에 여전히 보이지 않았다. 피난선들은 북동쪽을 향해 흩어지고 있었다. 전함과 피난선 사이에는 여러 척의 범선이 다가오고 있었다. 잠시 후 아래로 가라앉기 시작한 독가스 덩어리에 도달하기 직전에 전함들은 북쪽으로 선미를 돌렸다. 그러곤 갑자기 반대 방향으로 선회하여 짙은 연무가 깔린 남쪽으로 달려갔다. 이미 저녁 해가 기울고 있었다. 해변은 점점 희미해지더니 마침내 지는 해 근처에 낮게 깔린 구름 층에 가려 보이지 않게 되었다.

그런데 갑자기 석양의 황금빛 연무를 뚫고 포성이 들려왔고 검은 그림자 형체가 움직이는 모습이 보였다. 배의 모든 사람이 난간으로 앞다투어 몰려들어 불타는 용광로 같은 남쪽을 바라봤지만 아무것도 볼 수 없었다. 연기 구름이 하늘로 비스듬히 솟아오르면서 해를 가려버렸다. 기선은 사라지지 않는 긴장감을 유지한 채 뱃고동을 울리며 항해했다.

해가 회색 구름 속으로 숨어버리자 하늘이 홍조를 띠면서 어두워지기 시작했고 저녁별이 떨고 있는 것이 보였다. 황혼이 짙게 물들었을 때 선장이 소리를 지르며 뭔가를 가리켰다. 동생의 두 눈은 긴장했다. 무엇인가가 회색빛 연기 구름을 가르며 하늘로 비스듬히 치솟아 서쪽 하늘에 떠 있는 구름 위의 빛나는 청명한 하늘로 아주 빠르게 날아올랐다. 굉장히 크고 넙적했다. 그 물체는 거대한 곡선을 그리며 점점 작아지더니 천천히 아래로 내려왔다. 그리고 끝내는 회색빛 어둠의 미스터리 속으로 사라져버렸다. 그러자 지상의 어둠 속으로 한줄기 빗방울이 떨어지기 시작했다.

★ (옮긴이주) 배의 상갑판 앞쪽에 있는, 선장이 운항 지휘를 하는 곳이다.
★★ (옮긴이주) 사람이나 짐이 배 밖으로 떨어지거나 물이 갑판으로 들어오는 것을 막기 위해 뱃전에 설치한 울타리

2부

정복당한 지구

1
발길 아래

  나의 모험담을 잠시 접고 들려주었듯, 동생이 위험한 여정을 계속하는 동안 나는 목사와 함께 검은 독가스로부터 달아나 핼리퍼드의 빈 집에 숨어들었다. 여기서부터 나의 모험담은 다시 시작된다. 우리는 일요일 밤은 물론이고 공황 상태에 빠져 있는 다음날까지 집 안에서만 지냈다. 우리가 지낸 작은 집은 검은 독가스로 인해 세상과 차단된 한 줄기 햇빛이 비치는 작은 섬과 같았다. 지긋지긋한 이틀 동안 막연히 기다릴 뿐 아무것도 할 수 없었다.

  나는 아내에 대한 걱정뿐이었다. 레더헤드에 있는 아내는 내가 이미 죽었으리라 생각할 것이다. 위험한 상황에 빠진 그녀가 두려움에 떨며 슬퍼하는 장면이 눈앞에 선했다. 나는 집 안 여기저기를 돌아다니며 큰 소리로 울어댔다. '어떻게 그녀와 헤어지게 됐을까', '내가 없는 사이에 그녀에게 무슨 일이 생기지나 않았을까' 하는 생각에 자꾸만 눈물이 났다. 사촌이 비상시의 위험에 충분히 대처할 정도로 대담한 사람이라는 것은 안다. 하지만 위험을 신속히 판단하고 즉시 대처할 만한 사람은 아니었다. 지금 상황에선 대담함보다는 상황 판단 능력이 절실하지 않은가! 유일한 위안이 있다면 화성인들이 런던으로 진격함에 따라 아내가 있는 곳에서 멀어지고 있다는 것이다. 하지만 그런 막연한 열망은 마음을 고통스럽고 예민하게만 할 뿐이었다. 나는 목사가 쉬지 않고 질러대는 절규에 점점 질리고 화가 나기 시작했다. 그런 그의 이기적인 절망에 진절머리가 났다. 여러 차례 충고를 해주었지만 전혀 소용이 없었다. 그와 멀리하려고 다른 방에서 머물렀다. 지구본, 갖가지 모양의 형상들, 그리고 습자책들이 있는 것으로 보아 아이들의 방이었다. 목사가 그 방까지 따라와서 나는 맨 꼭대기에 있는 골방으로 올라갔다. 거기서 스스로를 가두고 혼자서 쓰라린 고통을 감내했다.

우리는 그날 온종일 그리고 다음날 아침까지 검은 독가스에 포위된 채 절망에 빠져 있었다. 일요일 저녁 옆집에서 인기척이 엿보였다. 창문으로 사람의 얼굴과 움직이는 등불이 보였고 나중에는 문이 닫히는 소리가 들렸다. 그러나 그들이 누구며 어떤 지경에 있는지 알지 못했다. 다음날에는 그 집에서 아무것도 볼 수 없었다. 검은 독가스는 월요일 아침 내내 강쪽으로 천천히 흘러 점점 우리와 가까워지더니 이윽고 우리가 숨어 있는 집 밖 도로까지 흘러들었다.

정오 무렵 화성인 하나가 들판을 가로질러 오더니 벽에 초고온 스팀을 뿜어댔다. 그 스팀은 쉬잇, 쉬잇 소리를 내며 유리창을 모조리 부숴버렸다. 거실에서 도망치다가 목사는 스며드는 스팀에 손등을 데어 살갗이 벗겨졌다. 우리는 축축한 방을 기어서 다시 창가로 다가가 밖을 내다보았다. 북쪽 일대는 마치 암흑의 눈보라가 지나간 것처럼 보였다. 강 쪽을 본 우리는 새까맣게 타버린 초원의 재와 뒤섞인, 설명할 수 없는 붉은 무언가를 보고 깜짝 놀랐다.

우리는 한동안 검은 독가스의 공포에서 해방된 것을 제외하고는 이 변화가 어떠한 영향을 미칠지 전혀 예측할 수 없었다. 그러나 곧 우리가 더 이상 그 검은 독가스에 포위되어 있지 않으며 밖으로도 나갈 수 있다는 것을 알게 되었다. 도망갈 수 있는 길이 열리자 얼른 움직이고 싶었다. 그러나 목사는 여전히 정신이 혼미해서 이성을 잃은 상태였다.

"여기 머물러야만 안전해요. 여기가 안전해요." 그는 똑같은 말만 반복했다.

나는 그와 헤어지기로 했다. 언젠가 들은 포병의 충고대로 집 안을 뒤져 먹을 음식과 마실 것을 준비했다. 그리고 화상 치료에 유용한 연고와 헝겊을 찾아냈다. 침실에서 플란넬 셔츠와 모자도 찾았다. 내가 혼자 가겠다는 게 분명해지자, 목사가 자신도 가겠다며 따라나섰다. 오후 다섯 시 무렵에 집을 나섰는데 사방은 쥐 죽은 듯 조용했다. 우리 두 사람은 내 결정대로 검게 그을린 도로를 따라 선베리로 갔다.

선베리에서는 거리를 따라 일정한 간격을 두고 말과 사람들의 시체가 여기저기 뒤틀린 자세로 널브러져 있었다. 뒤집힌 마차와 짐짝들도 보였다. 모두 검은 먼지로 뒤덮여 있었다. 온통 잿더미로 변한 거리를 보는 순간 폼페이의 멸망에 관한 글이 떠올랐다. 우리는 별 어려움 없이 햄프턴 코트에 도착했다. 머릿속으로 이상하고 낯선 모습들만 떠올랐다. 햄프턴 코트에서 질식 가스에도 살아남은 녹색 식물 구역이 눈에 띄었다. 순간 안도감이 찾아왔다. 우리는 밤나무 밑의 사슴들이 여기저기를 서성거리는 부시 공원을 지나쳤다. 멀리서 사람들이 햄프턴으로 서둘러 가고 있었는데 처음으로 본 사람들이었다. 우리는 트위크넘으로 향했다.

도로 건너편 햄과 피터섬 너머 숲은 여전히 불타고 있었다. 트위크넘은 열광선이나 검은 독가스의 피해를 입지 않아서인지 더 많은 사람들을 볼 수 있었다. 그러나 어느 누구도 새 소식을 전해 주지 못했다. 그들도 대부분 잠시 잠잠해지자, 우리처럼 거처를 옮겨 다니고 있었다. 이 지역의 주민들은 대부분 겁에 질려 그냥 집에 머물고 있었다. 그들은 피난 자체에 두려움을 느끼고 있었다. 하지만 급하게 피난한 흔적은 도로를 따라 여기저기에서 쉽게 발견할 수 있었다. 나는 세 대의 자전거가 뒤따라 온 마차들에 받혀 한꺼번에 온통 찌그러진 채 도로변에 처박혀 있던 것이 기억났다. 여덟 시 삼십 분경에는 리치먼드 다리를 건넜다. 위험에 그대로 노출된 다리를 서둘러 건넜지만 개울을 따라 붉은 물질 덩어리들이 무수히 흘러내려가는 것을 볼 수 있었다. 그것이 무엇인지는 전혀 알 수 없었고 그렇다고 확인해볼 여유도 없었다. 나는 그것에서 필요 이상으로 무섭다는 느낌을 받았다. 서리 방향으로는 독가스가 내려 앉아 생긴 검은 먼지가 깔려 있었고 역 인근에는 시체 더미가 있었다. 그러나 반즈 쪽으로 얼마 더 가기 전까지는 화성인들을 발견할 수 없었다.

우리는 강 쪽으로 나 있는 도로변으로 뛰어가는 세 사람을 멀리 어둠 속에서 볼 수 있었다. 그러나 그들 외에는 아무도 보이지 않았다. 리치먼드 마을 언덕에서는 맹렬하게 불길이 솟아오르고 있었다. 그러나 리치먼드 외곽 지역에서는 검은 독가스의 흔적이 보이지 않았다.

큐에 다다르자 갑자기 많은 사람이 뛰어가는 모습과 지붕 너머로 엿보이는 화성인 전투 병기의 상부가 눈에 띄었다. 그것은 우리에게서 백 미터도 떨어지지 않은 곳에 있었다. 눈앞에 벌어지고 있는 위험에 우리는 그만 얼어붙고 말았다. 만약 화성인이 우리 쪽을 내려다보았다면 그 자리에서 죽음을 면할 수 없었을 것이다. 너무 무서워서 발걸음을 앞으로 뗄 수조차 없었다. 몸을 돌려 어느 정원의 헛간으로 숨어 들어갔다. 목사는 주저앉자마자 소리 죽여 울었고 조금도 움직이려 하지 않았다.

그러나 레더헤드로 가기로 한 내 확고한 의지는 변함이 없었다. 땅거미가 지자 다시 모험에 올랐다. 관목 숲을 지나 커다란 정원이 있는 큰 저택 옆의 작은 샛길을 따라 큐로 향해 있는 도로로 나올 수 있었다. 나는 목사를 헛간에 내버려둔 채 혼자 떠났지만 그는 재빨리 뒤쫓아왔다.

이 두 번째 출발은 내 생에서 가장 어리석은 짓이었다. 화성인이 우리 주변에 있는 것이 너무나 명백했기 때문이다. 목사가 따라 붙자 저 멀리 목초지 너머 큐 로지 방향에서 이전에 본 놈이거나 아니면 다른 놈인 전투 병기가 눈에 띄었다. 네댓 개의 작고 검은 형체가 전투 병기 앞에서 푸른 회색 들판을 서둘러 가로지르고 있었다. 화성인이 그들을 추적하고 있는 것이 분명했다. 화성인의 전투 병기는 단 세 걸음 만에 검은 형체들을 따라잡았다.

그러자 그들은 전투 병기의 발을 피해 사방으로 흩어졌다. 전투 병기는 그들에게 열광선을 쏘지 않았다. 그보다는 하나하나 잡아 올려, 그들을 등에 매단 커다란 금속통에 모조리 던져 넣었다. 그 금속통은 마치 일꾼이 어깨에 메는 바구니 같았다.

나는 처음으로 화성인들에게 인류의 살상과 파괴 외에 다른 목적이 있을 거라는 생각이 들었다. 우리는 한동안 겁에 질린 채 그대로 서 있다가 몸을 돌려 뒤에 있던 문을 통해 담장으로 둘러싸인 정원 안으로 도망쳤다. 그러곤 어딘가로 빠져들었다. 다행스럽게도 도랑이었다. 우리는 별이 얼굴을 내밀 때까지 서로 속삭이지도 못한 채 도랑 속에서 누워 있었다.

다시 출발할 용기를 낼 여유를 찾은 때는 밤 열한 시가 거의 다 되어서였다. 더 이상 도로를 따라 여정을 계속할 엄두가 나지 않았다. 그래서 조심스럽게 산울타리를 따라 걸어가거나 농장들을 통과했다. 주변에 있는 화성인들에게 발각되지 않을까 염려하는 마음에 어둠 속을 예민하게 주시하면서 목사는 오른쪽을, 나는 왼쪽을 조심조심 살피면서 갔다. 우리는 시커멓게 타버린 지역을 우연히 발견했다. 식어버린 채 재로 변해 있었고 머리와 몸통이 심하게 탄 많은 시체들이 여기저기 흩어져 있었다. 희한하게도 다리와 부츠만큼은 거의 멀쩡했다. 네 문의 대포와 포차가 산산이 부서져 있었고 그곳에서 십오 미터 정도 떨어진 곳에는 죽은 말들이 나동그라져 있었다.

신Sheen 지역에 도착해보니 그곳은 파괴를 모면한 듯했다. 하지만 쥐 죽은 듯이 고요하고 황폐한 느낌이었다. 어두운 밤이라 잘 보이지는 않았지만 시체는 없는 것 같았다. 동행한 목사가 갑자기 현기증과 갈증을 호소하여 한 집을 골라 들어가보기로 했다.

창문을 통해 어렵사리 들어간 첫 번째 집은 작은 연립주택이었다. 먹을 것이 있나 뒤져보았지만 곰팡이 냄새가 나는 치즈 조각만 있었다. 그래도 마실 물은 있었다. 다른 집에 들어가게 될 때 유용해 보이는 손도끼도 발견했다.

그 집에서 나와 모틀레이크로 나 있는 도로 모퉁이를 지나치게 되었다. 그곳에 담장으로 둘러싸인 정원 안에 하얀 집이 있었다. 그 집 식료품 저장실에서 꽤 넉넉한 양의 음식을 찾았다. 냄비 안에 담겨 있는 빵 두 덩어리, 굽지 않은 스테이크, 햄 반토막이 남아 있었다. 앞으로 이 주 동안 이 식량에 의존해 연명할 운명이라 이 목록을 정확히 공개하는 바다. 선반 밑에는 병맥주, 강낭콩 두 자루, 약간 시든 상추가 있었다. 식료품 저장실은 세탁장으로 연결되어 있었는데, 그곳에서 땔감을 찾았다. 그리고 찬장에는 열두 병이나 되는 부르고뉴산 와인과 수프 통조림, 연어 통조림, 비스킷 두 통이 있었다.

우리는 어둠이 깃든 부엌에 앉았다. 하지만 감히 불을 밝힐 엄두를 내지 못하고 빵과 햄을 먹으면서 맥주 한 병을 나눠 마셨다. 목사는 여전히 겁을 먹고 안절부절못하고 있었지만 이상할 정도로 활기가 넘쳐 보였다. 나는 목사에게 계속 기운을 유지하고 싶으면 충분히 먹으라고 재촉했다. 그때 우리에게 그곳에 갇혀 있을 수밖에 없는 일이 일어났다.

"아직 자정은 안 된 것 같군요." 내가 말을 꺼내자마자 눈부시고 선명한 초록빛 섬광이 들어왔다. 부엌 안의 모든 것이 초록빛과 검은색으로 보였다가 사라졌다. 곧 난생 처음 느껴보는 거대한 진동이 일었다. 뒤이어 뒤에서 쾅 하는 소리가 들리더니 유리창이 깨지고 주변의 석조물이 무너지는 소리가 들렸다. 그리고 천장의 회반죽이 떨어져 내리며 그 파편이 머리를 덮쳤다. 나는 오븐 손잡이에 부딪치며 마룻바닥에 곤두박칠치곤 정신을 잃고 말았다. 오랫동안 누워 있었다고 목사가 말해주었다. 정신을 차리고 보니 다시 어둠 속이었다. 목사의 얼굴은 눈물로 젖어 있었다. 나중에 안 사실이지만 목사는 베인 이마에서 피를 흘리고 울면서도 내 얼굴에 살살 물을 뿌리던 중이었다.

한동안 무슨 일이 일어났는지 전혀 기억하지 못했다. 얼마간 시간이 흐른 뒤에야 천천히 기억이 돌아왔다 관자놀이에 난 멍만으로도 어떤 일이 있었을지를 알 수 있었다.

"좀 괜찮아요?" 목사가 속삭이듯 물었다.

나는 대답하고 일어섰다.

"움직이지 말아요. 마룻바닥에 찬장에서 떨어진 부서진 그릇 파편들이 널려 있어요. 움직이면 소리가 날 거요. 놈들이 지금 밖에 있을지도 몰라요."

우리는 숨을 죽인 채 조용히 앉아 있었다. 서로의 숨소리조차 들을 수 없었다. 사방이 죽음처럼 적막했지만 바로 곁에서 석회와 깨진 벽돌 부스러기 같은 것이 우르르 소리를 내며 떨어졌다. 집 밖의 아주 가까운 곳에서 간간이 금속이 덜커덩거리는 소리가 들렸다.

"바로 저 소리예요." 소리가 다시 들려왔을 때 목사가 입을 열었다.

"그렇군요. 저게 무슨 소릴까요?"

"화성인!" 목사가 속삭였다.

나는 다시 귀를 기울였다.

"열광선 같지는 않은데."

나는 잠시 그 거대한 전투 병기가 집을 덮치며 쓰러졌을지도 모른다고 생각했다. 한 놈이 셰퍼턴 교회의 첨탑 위로 쓰러지는 것을 본 적이 있기 때문이었다.

우리가 처한 상황은 너무나 이상하고 이해할 수 없는 것이었다. 새벽이 올 때까지 서너 시간 동안 우리는 거의 움직이지 않았다. 이윽고 한 줄기 빛이 들어오기 시작했다. 그 빛은 어둠이 머물고 있는 창문이 아니라 우리 뒤로 무너져내린 들보와 부서진 벽돌 더미 사이의 작은 틈을 통해서 들어오고 있었다. 처음으로 부엌 안을 어렴풋이 볼 수 있었다.

부엌 창문은 정원의 흙더미가 덮치는 바람에 완전히 가려져버렸다. 창문을 깨고 밀려 들어온 흙은 테이블을 타고 넘어 발 밑까지 들어와 있었다. 또한 집 바깥에도 흙이 산더미같이 쌓여 집을 덮어버렸다. 창문 틀 위로는 뿌리째 뽑힌 배수관이 보였다. 바닥에는 박살난 금속 제품들이 흩어져 있었고 부엌의 한쪽 끝은 완전히 부서졌다. 들어오는 햇빛을 통해 보니, 집 대부분이 무너진 게 분명했다. 이 폐허의 현장과는 아주 대조적으로 최근에 유행하는 연한 초록색으로 색칠한 산뜻한 찬장, 그 아래 많은 놋그릇과 양철 그릇들, 하늘색과 흰색이 감도는 타일 무늬의 벽지, 그리고 취사용 화덕 위의 벽에서 펄럭이는 여러 색깔의 이중 보완 벽지가 보였다.

날이 밝아오자 벽에 난 틈으로 화성인의 몸체가 보였다. 아직도 뜨거운 열기가 식지 않은 우주선 주변에서 보초를 서고 있는 것은 아닐까 하는 생각이 들었다. 그 광경을 보자 우리는 햇볕이 드는 부엌에서 어두운 식기실로 조심스럽게 기어 들어갔다.

불현듯 '바로 그거였구나!' 하는 생각이 뇌리를 스쳤다.

"다섯 번째 우주선! 화성에서 날아온 그게 이 집을 덮치면서 우리를 이 폐허 속에 생매장한 거야!"

한참 동안 침묵을 지키고 있던 목사가 속삭였다.

"하느님 우리에게 자비를 베푸소서!"

곧 목사가 훌쩍이는 소리가 들렸다.

그 작은 소리만 들리는 조용한 식기실에서 우리는 가만히 있었다. 나는 숨도 제대로 쉬지 못하면서 부엌문으로 스며들어오는 희미한 빛에 시선을 고정한 채 일어나 앉아 있었다. 목사의 어두운 계란형 얼굴, 그의 칼라와 소매가 보였다. 바깥에서 금속성 망치질 소리가 들리더니 곧 격렬하게 '우우'하는 외침이 들렸다. 그리고 잠시 조용하다가 엔진이 회전하는 것처럼 윗윗 소리가 들렸다. 의문스러운 소음들은 간간이 지속되었는데 시간이 지나면서 잦아지는 것 같았다. 이윽고 쿵 하는 소리와 진동이 일자 주변의 모든 것이 흔들렸고 식료품 저장실에 있는 그릇들이 달그락거렸다. 이는 한동안 계속되었다. 빛이 점점 사그라지면서 유령이 서린 것 같은 부엌문은 어둠 속에 완전히 묻혀버렸다. 오랜 시간 침묵 속에서, 너무 지쳐 주의력이 완전히 쇠진할 때까지 덜덜 떨면서 웅크리고 앉아 있었다.

겨우 눈을 떴을 때 심한 허기가 찾아왔다. 적어도 반나절 이상은 잠들어 있었던 모양이었다. 한계에 이른 배고픔 때문에 나는 움직일 수밖에 없었다. 목사에게 음식을 찾아보겠다고 말하고 식료품 저장실로 향했다. 목사는 아무런 대꾸도 하지 않았다. 하지만 내가 음식을 먹으며 내는 희미한 소리에 잠에서 깨어났는지, 내 쪽으로 기어오는 소리가 들렸다.

2
폐허가 된 집에서 본 전망

음식을 먹은 후에 식기실로 살금살금 기어 돌아갔다. 또다시 졸음에 빠져들었다. 어느 순간 눈을 뜨고 사방을 둘러보니, 혼자뿐이었다. 쿵쿵거리는 진동은 지루하게 계속되고 있었다. 나는 여러 차례 낮은 목소리로 목사를 불러보았다. 그러다 어느새 부엌문에 와 있다는 것을 깨달았다. 아직 대낮인 듯했고, 목사는 방 저편에서 화성인이 보이는 구멍 앞에 웅크린 채 있었다. 그는 등을 잔뜩 구부리고 있어, 머리는 보이지 않았다.

기관차고에서 나는 듯한 소음이 심하게 들려왔다. 그 쿵쿵거리는 소리와 함께 집이 흔들렸다. 벽에 난 구멍을 통해 황금빛으로 물든 나무 꼭대기와 조용한 저녁 하늘의 온화한 푸른빛이 보였다. 시선을 돌려 잠시 목사를 쳐다보았다. 그리고 몸을 움츠리며 바닥에 널린 그릇 파편을 밟지 않도록 조심하면서 목사에게 다가갔다.

다리를 건드렸더니 그가 화들짝 놀랐다. 그 바람에 석회석 덩어리가 요란한 소리로 바깥으로 떨어졌다. 나는 그가 소리를 지를까 봐 얼른 그의 팔을 잡았다. 그러곤 우리는 오랫동안 미동조차 하지 않은 채 웅크리고 앉아 있었다. 그런 다음 우리를 에워싸고 있는 벽이 얼마나 남았는지 살펴보기 위해 주변을 둘러보았다. 회반죽이 떨어져 내리면서 남은 잔해에 세로로 갈라진 틈이 생겼다. 들보 위로 조심스럽게 얼굴을 들어올리자 그 틈새로 지난 밤 조용한 교외에서 벌어진 사태가 또렷이 보였다. 정말 완전히 달라진 광경이었다.

다섯 번째 우주선이 우리가 처음으로 들어갔던 집 한복판에 떨어졌던 것이다. 그 집은 폭발과 함께 산산조각 나 건물 전체가 통째로 사라져버렸다. 우주선은 집터 깊숙이 파묻히며 거대한 구덩이를 만들었다. 그 구덩이는 워킹에서 본 것보다 크고 깊었다. 우주선이 떨어질 때 발생하는 엄청난 충격으로 흙이 사방으로 튀었고, 그 바람에 산더미처럼 쌓인 흙더미에 가려져 부근의 집들은 완전히 모습을 감추었다. 그곳은 마치 망치로 강하게 내리쳐서 생긴 진흙 구덩이 같았다. 우리가 있는 집은 뒤가 무너져 내렸고, 전면은 일층까지 완전히 무너졌다. 다행히 부엌과 식기실만은 우연히도 살아남았다. 수백 톤의 흙더미와 파편 속에 파묻히면서도 우주선이 있는 방향으로는 흙을 뒤집어쓰지 않았던 것이다. 우리는 화성인이 분주하게 만들고 있는 거대한 원형의 구덩이 가장자리에 매달려 있는 셈이었다. 뒤에서 강하게 뭔가를 내리치는 소리가 들려왔다. 그리고 우리가 엿보던 그 좁은 구멍을 의도적으로 가리기라도 하듯 이따금씩 환한 초록빛 수증기가 하늘로 솟아오르곤 했다.

구덩이 한가운데에 있는 우주선의 입구는 이미 열려 있었고 구덩이의 저편 끝머리 파편들과 자갈더미가 있는 관목 숲 한복판에는 조종사가 조종석을 비운 거대한 전투 기계 한 대가 저녁 하늘을 배경으로 우뚝 서 있었다. 처음에는 구덩이와 원통형 우주선을 거의 알아차리지 못했다. 알아봤다면 당연히 먼저 설명했겠지만, 나는 굴착 공사에 분주했던, 번쩍이는 괴상한 기계장치와 근처에 쌓인 흙더미를 가로질러 고통스럽게 천천히 기어다니는 이상한 생물체들에 정신이 팔려 있었다.

맨 처음 내 시선을 사로잡은 것은 분명 기계 장치였다. 그것은 이후 조종 기계로 불리게 된 정교한 장치들 중 하나였으며, 이것에 대한 연구는 지구상에서 이루어진 발명에 지대한 영향을 주었다. 그것은 일종의 금속성 거미와 같았다. 다섯 개의 관절이 있는 민첩한 다리, 엄청나게 많은 연결 레버, 가로막대 그리고 몸통에 여러 개의 촉수가 붙어 있었다. 그것은 마음대로 뻗어서 무엇이라도 잡을 수 있는 듯했다. 팔은 대부분 오그라들었지만 세 개의 기다란 촉수로 많은 막대와 금속판, 가로막대를 끄집어내고 있었다. 우주선의 외벽을 보강하고 있는 것처럼 보였다. 촉수는 그 자재들을 끄집어내 위로 올려 우주선 뒤의 평평한 지면에 세웠다.

그 금속성 기계는 눈부실 정도로 번쩍거렸지만, 처음에는 기계라는 생각이 들지 않을 정도로 그 움직임이 민첩하고 복잡하며 완벽했다. 그 전투 병기들은 서로 협력하며 비상할 정도로 정밀하게 움직였다. 그것은 지구상의 무엇과도 비견될 수 없었다. 이러한 구조물을 보지 못했으며 단지 화가의 빈약한 상상력에 의존한 그림만을 보았거나 내가 목격한 바를 전하는 완전하지 않은 묘사만을 들은 사람들은 이 살아 움직이는 기계에 대해 현실감을 느끼지 못할 것이다.

특히 일련의 전쟁을 묘사한 첫 번째 팸플릿 중 한 삽화가 기억에 남는다. 화가는 전투 병기를 묘사하는 데 너무 성급했던 것 같다. 따라서 전투 병기에 대한 그의 지식은 빈약할 수밖에 없었다. 화가는 유연성이나 섬세함 없는 한쪽으로 기울어진 뻣뻣한 세발 기계로만, 오해의 소지가 있는 단조로운 능력의 기계로만 묘사했을 뿐이다. 하지만 그런 묘사를 담고 있는 그 팸플릿은 매우 큰 호응을 얻었다. 그것이 만들어낸 인상을 독자들에게 경고하고자 여기서 언급하는 바다. 그 삽화들은 네덜란드 인형이 결코 인간을 닮지 않은 것처럼, 내가 본 화성인을 닮지 않았다. 그 팸플릿은 삽화가 없었다면 더 나았을 것이다.

처음에 나는 그 조종 기계를 반짝이는 외피를 가진 게처럼 생긴 생물이며, 게의 뇌 부분처럼 통제부인 화성인이 섬세한 촉수들로 움직임을 조종한다고 생각했다. 그러나 이윽고 회갈색으로 빛나는 가죽과 같은 외피가 그 뒤에 있는 전혀 다른, 기어다니는 육체와 닮았다는 사실을 깨닫고는 그 유능한 일꾼의 정체를 분명히 알게 됐다. 그러자 내 관심사는 다른 생명체인 진짜 화성인에게로 향했다. 나는 전에 잠깐이라도 보고 받은 인상이 있었기 때문에, 이제는 처음에 느꼈던 혐오감에 동요하지 않고 그들을 관찰할 수 있었다. 게다가 나는 숨어서 꼼짝하지 않고 있으며 도망쳐야 할 절박한 상황도 아니었다.

지금 목격한 바에 의하면 화성인들은 상상을 초월한 가장 섬뜩한 생물체다. 화성인은 지름이 일 미터 이십 센티미터쯤 되는 거대한 둥근 몸통, 혹은 차라리 머리로 볼 수 있는 부위가 있다. 그리고 몸통 앞에는 얼굴이 붙어 있다. 얼굴에는 콧구멍이 없는 것으로 보아 냄새에 대한 감각이 없는 것 같았다. 그러나 아주 커다란 검은 눈이 두 개 있었고 그 밑에는 부리 모양의 입이 있었다. 머리인지 몸통인지 분간하기 힘든 신체부위 뒤에는 단단해 보이는 고막처럼 생긴 부위가 밖으로 돌출되어 있었다. 이후에 알려진 것이지만 해부학적으로 그것은 귀로 밝혀졌다. 하지만 지구의 공기 밀도가 화성보다 훨씬 높아 쓸모없었을 것이다. 입 둘레에는 가느다란 채찍과 같은 촉수가 양쪽으로 여덟 개씩 열 여섯 개가 붙어 있었다. 저명한 해부학자 호웨스 교수는 그것을 손이라고 불렀다. 그들은 촉수처럼 생긴 그 손으로 자신을 일으 키려고 전력을 다하는 것처럼 보였는데 사실상 불가능해 보였 다. 아마도 지구의 강한 중력 때문인 것으로 보인다. 하지만 화성 에서는 아주 자유롭게 움직일 수 있을 것이다.

이후 해부 과정에서 밝혀졌듯이, 화성인의 해부학적 구조는 매우 단순했다. 가장 큰 부분은 두뇌로 엄청난 양의 신경이 눈, 귀, 촉각 기관으로 여겨지는 촉수들과 연결되어 있었다. 그 밖에 입과 연결되어 있는 거대한 크기의 폐도 있고, 심장과 혈관도 있 었다. 공기 밀도와 중력이 높기 때문에 폐의 고통스런 압박이 컸 는데 그것은 그들의 피부에서 일어나는 발작적인 경련만 봐도 알 수 있었다.

화성인의 내장 기관은 이것이 전부였다. 인간의 시각에서 본 다면 기이하게 생각될지 모르지만 인간 신체의 대부분을 차지하 는 복잡한 소화 기관이 화성인에게는 없었다. 그들은 머리만이 있을 뿐 내장이 없었다. 그들은 먹지 않았기 때문에 소화할 필요가 없었다. 대신 다른 생물의 신선한 피를 뽑아서 자기 혈관에 주입했다. 적절한 시기에 언급하겠지만 나는 그 장면을 두 눈으로 생생히 보았다. 그러나 구역질이 나 더 이상 참고 지켜볼 수 없기 때문에, 자세히 설명하지 않으려 한다. 다만 살아 있는 생물, 대부분 인간에게서 피를 빼앗는다는 말로도 충분할 것이다. 그들은 가는 유리관으로 피를 뽑아 자신의 혈관에 수혈했다.

이 정도만으로도 우리로서는 소름끼칠 정도로 역겨움을 느낄 게 분명하다. 그러나 나름 지적인 동물인 토끼에게 인간의 육식 습관도 얼마나 역겨울지를 상기할 필요가 있다고 생각한다.

음식을 먹고 소화화는 과정은 인간에게 대단한 시간과 에너지 낭비일 수 있다는 점을 감안하면, 혈액의 주입으로 영양분을 얻는 방법에 생리학적 이점이 있다는 점을 부정할 수 없다. 인간 신체의 절반은 분비선, 관, 장기 등으로 구성되어 있고, 다양한 음식을 혈액으로 전환하는 일을 한다. 이러한 소화 과정과 신경계에 대한 소화 과정의 반응은 우리의 힘을 저하시키고 정신에 영향을 미친다. 그렇기 때문에 간이 건강한가 허약한가에 따라, 위샘이 튼튼한지의 여부에 따라 인간의 행복 여부가 결정될 수도 있다. 그러나 화성인에게는 그러한 기관이 없기 때문에 감정과 정서의 동요가 있을 수 없다.

화성인들이 영양분의 원천으로 인간을 선호한다는 것은 그들이 화성에서 식량으로 가져온 희생양의 유해 특성으로 부분적인 설명이 가능하다. 인간의 손에 들어온 위축된 유해로 판단하건대, 화성인이 식용으로 이용하는 생물은 스펀지처럼 약한 규산질의 골격, 약한 근육질, 일 미터 팔십 센티미터 정도의 키, 둥근 직립형 머리 그리고 단단한 안와에 커다란 눈이 있는 양족(兩足) 동물이다. 각 우주선 안에는 두세 마리의 동물이 있었던 것으로 보이며 지구에 착륙하기 직전 모두 도살된 것으로 보인다. 차라리 다행스런 일인지도 모른다. 설사 살아서 지구에 실려 왔더라도 몸을 일으키려다가 뼈 마디마디가 모두 부러지고 말았을 것이다.

지금 이렇게 묘사하고 있자니, 화성인을 모르는 독자들에게 호전적인 그들의 특성을 명확하게 전해주기 위해 상세한 설명들을 추가해야 할 것 같다.

세 가지 또 다른 관점에서 그들의 생리적 기능은 이상할 정도로 우리와는 달랐다. 인간의 심장이 잠들지 않는 것처럼 그들의 유기 조직도 잠들지 않았다. 그들은 피로를 회복해야 하는 광범위한 근육 조직을 가지고 있지 않기 때문에 인간처럼 주기적으로 휴식을 취하지 않아도 됐다. 피로를 거의 느끼지 않거나 그것에 대한 감각이 전혀 없는지도 모른다. 지구상에서 그들은 노력

없이는 몸을 움직일 수 없었다. 그러나 조금도 쉬지 않고 스물네 시간 일을 했다. 그 모습은 마치 지구상의 개미 같았다.

그리고 놀랍게도 그들에게는 성(性) 자체가 없었다. 그렇다 보니 인간들의 차이에서 발생하는 격동적인 감정이 전혀 없었다. 지금으로서는 논쟁의 여지가 없는 사실이지만, 화성인 하나가 전쟁 중에 지구에서 태어났다. 모체 화성인에 붙어 있는 모습이 목격된 것이다. 그 어린 화성인은 새끼 백합 구근이 모체에서 갈라져 나오듯이, 혹은 민물 폴립이 분열하듯이 탄생한 것 같았다.

인간을 포함한 지구상의 모든 고등동물에게 그런 방법은 사라진 지 오래라 원시적인 방법으로 여겨진다. 하등동물 중 척추동물의 사촌뻘인 피낭동물은 두 방법을 모두 쓰기도 하지만, 어쨌든 화성에선 여전히 원시적인 방법이 지배적임이 분명했다.

유사과학적 추론 글로 명성을 얻은 한 작가는 화성인이 침입하기 훨씬 전에 그들의 실제 신체 구조와 별반 다르지 않은 최후의 인간에 대해 예견한 바 있다. 그의 예견은 이미 오래전에 폐간된 잡지《폴 몰 버짓트》에 실렸던 것 같다. 1893년 십일월 호 아니면 십이월 호였을 것이다. 또한 화성인이 침입하기 전, 정기 간행물인《펀치》에 실린 그 최후의 인간을 그린 캐리커처가 생각난다. 그 작가는 바보스럽고 익살맞은 논조로 완벽한 기계 장치가 결국에는 팔과 다리를 대체할 것이라고 지적했다. 또한 화학

장치가 완성되어 소화 기능을 대신할 것이고, 머리카락, 코, 치아, 귀, 턱 같은 기관이 더 이상 인간의 필수적인 부분이 아니며 세월이 흐르는 사이에 자연 선택 추세에 따라 꾸준히 퇴화될 것이라고 주장했다. 다만 두뇌만이 없어서는 안 될 인간의 근본적인 기관으로 남게 될 것이라고 덧붙였다. 두뇌 외에 생존을 위해 없어서는 안 될 신체로 손을 들었다. 손은 "두뇌의 스승이자 대리인"이라는 것이다. 따라서 신체의 나머지 부분은 점차 축소되는 반면 손은 커지게 된다는 것이다.

유머러스한 글에 많은 진리가 담겨 있기 마련이다. 지능이 유기체의 동물적 측면을 성공적으로 억누른 실례가 화성인들이라는 점은 이미 논쟁을 넘어서 사실로 받아들여지고 있다. 화성인들이 우리와 다르지 않은 존재로부터 진화되어 왔으며 몸의 나머지 부분을 희생하면서 두뇌와 이후에는 두 다발의 섬세한 촉수로 진화된 손을 점차 발전시켜왔다는 가설은 정말 그럴듯해 보인다. 물론 육체가 없는 두뇌는 인간의 기질이 사라진 채 단순히 자기본위의 지능만을 소유하게 되었을 것이다.

마지막으로, 이 생물들의 구조가 우리와 현저히 다른 점은 사람들이 아주 사소하게 여기는 것이다. 지구에서 많은 질병과 고통을 일으키는 원인인 미생물은 화성에는 아예 존재하지 않았거나 화성의 위생 과학이 오래 전에 전멸시켰을 것이다. 백여 가지의 질병, 인간의 삶에서 존재하는 그 모든 열병과 전염병, 폐결핵, 암, 종양 그리고 그 밖의 다양한 질병들은 그들의 삶에서는 존재하지 않았다. 화성에 존재하는 생물과 지구에 존재하는 생물간의 차이를 알려주기 위해 붉은색 잡초 이야기를 해야 할 것 같다.

화성의 식물계는 지구처럼 푸른색이 아니라 선명한 핏빛처럼 붉은색이 지배적이다. 의도적이든 우연이든 화성인들이 가지고 온 식물은 모두 붉은색을 띠며 급속히 성장했다. 사람들에게 붉은 잡초로만 알려진 그 식물은 지구 식물과의 경쟁에서 확고한 지위를 확보하게 되었다. 그 덩굴식물은 눈 깜짝할 사이에 다 자라다 보니 성장하는 과정을 본 사람들이 그리 많지 않았다. 그 붉은 잡초는 한동안 놀라울 정도로 왕성하게 무성히 자랐다. 우리가 집 안에 갇힌 지 사나흘쯤 되었을 때 그것은 구덩이 사방으로 번져갔고, 선인장 같은 가지는 우리가 내다보는 삼각형의 창문 가장자리에 진홍빛 술장식을 만들어냈다. 후에 안 일이지만 이 붉은 잡초는 전국에 번성해갔다. 특히 물이 흐르는 곳에는 어디든지 무성하게 번식했다.

화성인은 머리 혹은 몸통 뒤쪽에 청각 기관으로 보이는 둥근 고막을 하나 가지고 있고 눈의 시각 범위는 우리와 크게 다르지 않다. 다만 필립스에 따르면, 그들의 눈에는 파란색과 보라색이 모두 검게 보인다. 그들은 소리와 촉수의 제스처로 의사소통을 한다는 것이 일반적인 견해였다. 예컨대 앞서 언급한 바 있는 유용하지만 졸속으로 만들어진 팸플릿(화성인의 행동을 목격하지 못한 이의 글)이 그런 주장을 담고 있으며, 화성인에 대한 주요한 정보원이었다. 지금 살아남은 사람 중에서 나만큼 화성인의 활동을 많이 본 사람은 없을 것이다. 생색내려는 게 아니라 사실이 그렇다. 단언하건데 나는 여러 차례 가까이에서 화성인을 목격했고 네댓 명, 그리고 한번은 여섯 명의 화성인이 모여서 아무런 소리도 내지 않고 몸짓도 없이 아주 정교하고 복잡한 작업을 느긋하게 하는 것을 보았다. 그들의 기묘한 외침은 그들의 식사라고 할 수 있는 혈액 섭취 이전에 변함없이 들려왔다. 그것은 어떠한 변조도 띠지 않았는데, 내 생각에 별 의사소통적인 의미를 담고 있는 것 같지는 않았다. 단지 혈액을 흡입하기 전에 공기의 흐름을 조절하는 숨소리인 것 같았다. 나는 최소한 기본적인 심리학적 지식을 갖고 있다고 확신한다. 의사소통 문제와 관련해 무엇보다도 자신있게 말하는데, 화성인은 어떠한 육체적인 매개 없이도 의사소통을 할 수 있었다. 나는 강한 선입견이 있음에도 불구하고 이 점 만큼은 확신한다. 기억하는 독자도 있겠지만, 화성인이 침공하기 전에 나는 텔레파시 이론을 반대하는 글을 다소 격렬한 논조로 쓴 적이 있었다.

화성인들은 옷을 입지 않았다. 몸치장과 예의범절은 우리 것과는 근본적으로 달랐다. 그들은 기온의 변화에 우리보다 훨씬 덜 민감하며 기압의 변화가 건강에 미치는 영향은 매우 미미했다. 그들은 옷을 입고 있지는 않았지만 몸에 인공적인 보조 장치를 장착하고 있었다. 이는 인간보다 훨씬 우월한 점이다. 우리가 가진 자전거와 로드-스케이트, 릴리엔탈이 만든 활공 기구인 글라이더와 대포, 포탄들은 화성인이 이룩한 발전 양상에 비하면 원시적 수준에 불과했다. 인간이 옷을 걸치거나 급한 경우에 자전거를 타기도 하고 비 오는 날 우산을 쓰는 것처럼 화성인은 필요에 따라 사실상 본질적인 부위인 뇌에 적절한 몸통을 입힌다. 인간에게 가장 놀라운 사실은 인류가 만든 발명품 중에서 가장 널리 이용되고 있는 바퀴가 화성인에게는 없다는 것이다. 그들이 지구에 가져온 물건 중에도 바퀴를 사용했던 흔적은 찾아볼 수 없었다. 사람들은 적어도 운송 수단에는 바퀴가 있으리라 생각할 것이다. 이와 관련해 지구상에서조차 인간 이외의 자연계가 바퀴를 결코 생성하지 못했고 그것을 발전시키기보다는 다른 수단을 선호했다는 주장은 흥미롭다. 믿을 수 없는 일이지만 화성인은 바퀴를 알지 못했거나 그 사용을 금했다. 게다가 이상하게도 그들의 기계 장치에는 고정된 선회축이 없거나 상대적으로 거의 사용하지 않았다. 다만 원형 운동장치만이 비행물체에

제한적으로 사용되고 있었다. 그들의 기계는 모든 연결 접합부가 작지만 아름답게 곡선진 마찰 베어링 위로 움직이는 복잡한 슬라이딩 부품 시스템을 갖추고 있었다. 그리고 이러한 세부적인 장치들 중에서 주목할 만한 것은 기계의 긴 지레 장치는 대부분 탄력 있는 덮개 안에 있는 일종의 디스크 모조 근육조직에 의해서 움직인다는 사실이다. 그 디스크들은 전류가 흐르면 극성을 띠고 서로 가까이 강력하게 끌어당긴다. 인간의 눈에는 놀랍고도 당황스러운 광경이었지만, 그들은 그러한 방식으로 동물과 유사하게 움직일 수 있었다. 벽의 갈라진 틈으로 지켜보았던 기계 장치, 즉 우주선에서 짐을 꺼내던 게처럼 생긴 조종 기계에 그러한 유사 근육이 많이 사용되었다. 그 기계 장치는 우주를 가로지르는 오랜 여행 때문에, 헐떡거리며 무력하게 촉수들이나 휘젓고 나약하게 움직이며 햇빛 아래 누워 있는 화성인들보다 훨씬 생명력이 있어 보였다.

햇빛 아래에서 느릿느릿 움직이는 화성인들을 보면서 이상하게 생긴 그 모습의 미세한 부분까지 주목하고 있을 때 목사가 내 팔을 심하게 잡아끌며 자신의 존재를 상기시켰다. 나는 몸을 돌려 침묵 속에서 입술로만 뭐라 중얼거리며 얼굴을 잔뜩 찌푸린 그를 보았다. 그는 한 사람만 바깥을 엿볼 수 있는 구멍 앞 자리를 원했다. 그가 그 특권을 즐기는 동안은 화성인을 관찰하는 것을 그만두어야 했다.

다시 밖을 내다보니, 분주한 조종 기계는 우주선에서 가져온 여러 장비들을 조립해서 자신과 비슷한 형태의 기계를 만들어 냈다. 그리고 왼편 아래에서 분주하게 땅을 파고 있는 기계가 시야에 들어왔다. 그것은 초록빛 증기를 내뿜으며 구덩이 주변을 돌면서 명민하고 질서정연하게 땅을 파 둑을 쌓고 있었다. 규칙적으로 들리는 타격 소리와 우리가 숨어 있던 폐허가 된 피난처를 주기적으로 흔드는 진동은 바로 그 때문이었다. 작업하고 있던 기계에서는 피리 소리와 휘파람 소리가 났다. 목격한 바에 따르면 그 기계는 화성인의 감독 없이도 알아서 일하는 것 같았다.

3
감금의 나날들

두 번째 전투 병기의 출현으로 우리는 그 구멍에서 물러나 식기실로 몸을 숨길 수밖에 없었다. 혹시나 전투 기계에 올라탄 화성인에게 벽 뒤에 있는 우리의 모습이 발견되지나 않을까 염려되었기 때문이다. 시간이 지나면서 우리는 그들에게 발각될지도 모르는 위험을 덜게 되었다. 햇빛이 강하게 내리쬐는 피난처 밖은 눈이 부신데다 우리가 숨어 있는 어두운 곳을 본다면 모두 암흑으로 보일 것이 틀림없기 때문이다. 그러나 그들이 우리에게 접근하는 기미만 보이면 두근거리는 마음으로 식기실로 물러나야만 했다. 위험을 자초할 것만 같은 두려움이 있었지만 밖을 내다보고 싶은 유혹을 참기란 힘들었다. 굶주림과 그보다도 훨씬 끔찍한 죽음 사이에 있는 우리의 막막한 위험에도 불구하고 눈앞에 벌어지고 있는 소름끼치는 장면을 서로 보겠다고 다투던 일을 떠올리면 참 기이하다는 생각마저 든다. 우리는 괴이하게도 훔쳐보려는 열망과 소리를 낼 것 같은 두려움 사이에서 갈등하며 부엌을 가로질러 달려갔다. 서로 불과 몇 센티미터밖에 안 되는 노출 범위 내에서 주먹으로 치고 발로 찼다.

우리는 생각과 행동에서 서로 상반되는 성향과 습관을 보였다. 그리고 위험과 고립은 그러한 불일치감을 더해줄 뿐이었다. 나는 이미 헬리퍼드에서부터 목사의 무력한 외침과 어리석을 정도의 고집스러움에 진저리가 나 있었다. 그의 끝없는 중얼거림은 앞으로 어떻게 할지 생각해내려는 온갖 노력을 망쳤고, 때로는 나를 몰아부치며 궁지에 빠뜨렸다. 그의 그런 짓은 날로 심해져 나를 거의 미칠 지경에 이르게 했다. 그는 실없는 사람처럼 인내심이라곤 찾아볼 수 없었다. 몇 시간이고 훌쩍거리며 울기도 했다. 끝끝내 응석받이 아이처럼 어떻게 해서든지 나약한 눈물로 해결을 보려는 듯했다. 나는 어둠 속에 앉아 있었지만 그의 집요한 칭얼거림 때문에 무시할 수도 없었다. 더욱이 그는 나보다 훨씬 많은 음식을 먹었다. 우리가 살 수 있는 유일한 길은 화성인들이 구덩이에서 일을 끝마칠 때까지 기다리는 것이며, 길어지는 인고의 시간 속에서 음식이 필요한 때가 곧 올 테니 아껴먹자 했지만 소용이 없었다. 목사는 간혹 충동적으로 실컷 먹고 마셔댔다. 잠도 별로 자지 않았다.

여러 날이 지나면서 점점 더 부주의한 행동을 보였다. 그로 인해 우리는 더욱더 고통과 위험에 처하게 될 수밖에 없었다. 결국 그렇게까지는 하고 싶지 않았지만 그를 위협할 수밖에 없었고 마침내 주먹까지 날렸다. 얻어맞은 목사는 한동안 이성을 찾는 듯했다. 그러나 그는 자존심도 없고 겁쟁이인데다가 무기력하고 가증스런 영혼을 가졌을 뿐만 아니라 교활함으로 가득 찬 나약한 미물이었다. 그야말로 신뿐만 아니라 인간, 아니 자신에게마저 외면당하는 버러지와 같은 놈이었다.

이때의 일을 떠올리고 기록하는 것이 마음 내키지는 않지만 이야기를 온전히 전하기 위해 쓰지 않을 수 없다. 삶의 어둡고 끔찍한 양상에서 벗어난 사람들은 나의 잔인성을, 우리의 마지막 비극에서 폭발한 나의 분노를 쉽게 비난할 것이다. 그들은 무엇이 그릇된 행동인지는 잘 알지만, 사람이 극심한 고통을 겪을 때 어떤 행동을 보일수 있을지는 잘 모르기 때문이다. 하지만 암울한 상황에 처해본 사람들, 막다른 골목에 몰려본 사람들은 더 큰 아량을 보여주리라 믿는다.

우리가 어두컴컴한 폐허 속에서 낮은 목소리로 티격태격 싸우고 서로 먹겠다고 음식과 음료를 가로채고 상대의 손을 붙들고 주먹을 날리는 동안, 화성인들은 소름끼치는 유월의 무자비한 햇빛 아래 구덩이에서 이상하고 놀라운 일을 일상적으로 계속하고 있었다. 그러한 그들의 모습을 보고 있자니 처음 목격했던 새로운 경험이 떠오른다. 오랜 시간이 흐른 뒤 벽 틈 사이로 다시 밖을 내다보니 화성인들이 탑승해 있는 새로운 전투 병기가 최소 세 대는 보강되어 있었다. 그들이 가져온 이 신병기들은 우주선 주위에 질서정연하게 늘어서 있었다. 두 번째 조종 기계가 이미 완성되어 거대한 기계가 운반해온 새로운 장치를 손보느라 분주했다. 그 장치의 몸통은 일반적으로 쓰이는 우유통과 비슷한 모양이었는데, 그 위에는 배 모양의 용기가 진동하고 있었고 그것을 따라 흰색의 분말가루가 밑에 놓인 둥근 대야로 흘러내리고 있었다.

그 진동은 조종 기계의 한 촉수를 통해 우리가 있는 곳까지 전해졌다. 조종 기계는 주걱처럼 생긴 두 손으로 땅을 파 진흙덩이를 위에 있는 배 모양의 용기 속에 집어넣고 있었다. 또 다른 손은 주기적으로 문을 열면서 그 기계의 중간 부분에서 녹슬고 검어진 용재 덩어리를 끄집어내고 있었다. 또 다른 강철 촉수는 분말을 대야에서 골이 진 관을 통해, 푸르스름한 먼지 더미에 가려 보이지 않는 뭔가에게로 보냈다. 거기서 실처럼 가느다란 초록빛 연기가 고요한 공중을 향해 수직으로 치솟았다. 보고 있노라니, 조종 기계는 희미하고도 운율적으로 땡그랑 소리를 내면서 수축되어 있던 촉수를 쭉 뻗었다. 방금 전까지만 해도 무딘 돌출부에 지나지 않았던 것이 한순간 길게 뻗어나가 이제는 진흙더미에 가려 그 끝이 보이지 않았다. 잠시 후 그 촉수는 아직 더럽혀지지 않은 눈부시도록 반짝거리는 알루미늄 막대를 들어올려 구덩이 옆에 쌓여 있는 막대 더미 위에 내려놓았다. 석양이 지는 순간부터 별빛이 밤하늘을 밝힐 때까지 노련한 그 기계는 거친 점토로 백 개 이상의 막대를 만들었고, 푸르스름한 먼지 더미는 구덩이 옆에서 산더미처럼 높이 쌓일 때까지 계속 솟아올랐다.

이러한 기계 장치들의 신속하고 정교한 움직임과 헐떡거리는 그 주인들의 둔하고 서툰 행동은 뚜렷한 대조를 이루었다. 그 모습을 보고 나니, 며칠 동안 난 둘 중에 그 둔한 놈들이 생물이라고 반복해서 중얼거릴 수밖에 없었다.

사람들이 처음으로 그 구덩이로 끌려왔을 때 갈라진 틈을 차지하고 있었던 이는 목사였다. 나는 밖에서 들려오는 소리에 최대한 귀를 기울이며 목사 밑에서 웅크리고 앉아 있었다. 목사는 갑자기 뒤로 물러섰다. 혹시 발각된 것은 아닌가 싶어 공포감에 떨며 몸을 최대한 웅크렸다. 그는 쓰레기 더미를 미끄러져 내려와 어둠 속에 있는 내 곁으로 기어 오더니 전혀 알아들을 수 없는 말과 손짓을 계속했다. 순간 그의 공포가 내게 전염되고 말았다. 그의 손짓은 갈라진 틈으로 더 이상 밖을 내다보지 않겠다는 표시였다. 잠시 후 호기심이 내게 용기를 주었다. 몸을 일으켜 목사를 넘어 갈라진 틈으로 기어 올랐다. 처음에는 그가 광적인 행동을 보였던 이유를 알 수 없었다. 황혼이 깃들고 별들은 희미하게 반짝이고 있었지만, 그 구덩이는 알루미늄 제조 과정에서 나오는 깜박이는 초록 불빛으로 밝게 빛나고 있었다. 구덩이 주변의 전체 풍경을 보면, 이상하게도 내 시야에 들어오는 것은 명멸하는 초록빛 섬광과 움직이는 녹빛을 띤 검은 그림자들이었다. 사방을 봐도 진흙 덩어리뿐 특별히 조심할 만한 것은 없었다. 기어 다니는 화성인은 더 이상 보이지 않았다. 솟아오른 청록색 분말가루 더미가 시야를 가렸기 때문이다. 다리가 수축, 압축되어 줄어든 전투 병기 한 대가 구덩이 구석에 서 있었다. 전투 병기의 금속음이 들리는 중에 인간의 목소리가 들리는 듯했다. 처음에는 그럴리 없다고 무시해버렸다.

　나는 몸을 웅크리고 벽에 바싹 붙어 전투 병기를 지켜보다가, 그것의 후드에 정말로 화성인이 탑승해 있는 것을 처음으로 목격했다. 초록빛의 불꽃이 번쩍일 때 기름으로 번들거리는 외피와 밝게 빛나는 두 눈을 볼 수 있었다. 바로 그 순간 느닷없이 비명소리가 들려왔다. 그리고 기계의 어깨 너머 등 뒤에 매달려 있는 작은 우리로 긴 촉수가 향하는 광경이 보였다. 다음 순간, 격렬하게 몸부림치고 있는, 실체를 알 수 없는 검은 형체가 별이 반짝이는 하늘로 들어올려졌다. 그 검은 형체가 밑으로 내려오자 초록빛에 비치는 대상이 사람이라는 것을 알 수 있었다. 순간 그의 모습이 또렷이 보였다. 불그레한 얼굴에 옷을 잘 차려입은 뚱뚱하고 건장한 중년의 남자였다. 사흘 전만 해도 그는 저명인사로 세상을 활보하고 있었을지 모른다. 나는 그의 부릅뜬 두 눈과 장식단추와 시계체인에 반사되어 반짝이는 섬광을 보았다. 그는 흙더미 뒤로 사라졌고 잠시 침묵이 흘렀다. 그리고 다음 순간 날카로운 비명소리와 화성인들이 환호하며 우우 하는 소리가 한동안 들려왔다.

나는 쓰레기 더미를 미끄러져 내려와 아주 힘겹게 몸을 일으켜 일어선 후, 두 손으로 귀를 막고 식기실로 달려갔다. 팔로 머리를 감싸고 조용히 웅크리고 앉아 있던 목사는 내가 자신을 지나치는 것을 보고 혹시 버리지나 않을까 해서 큰 소리로 울면서 나를 뒤쫓았다.

우리가 식기실로 숨어들었을 때 나는 당장 행동을 취해야 한다는 다급함을 느끼며 탈출 계획에 골몰했지만, 그것은 공허할 뿐이었다. 그날 밤 내 마음은 공포와 갈라진 틈으로 밖을 엿보려는 욕망 사이를 오갔을 뿐이었다. 그 후 둘째 날, 나는 우리가 처한 사태를 분명히 이해할 수 있었다. 목사는 결코 의논을 할 수 있는 정상적인 상태가 아니었다. 지금 밖에서 벌어지고 있는 새로운 사태와 극에 달한 잔악 행위는 그에게서 이성과 신중함의 흔적조차 빼앗아갔다. 사실상 그는 이미 동물이나 다름없었다. 그러나 나는 속담대로 마음을 다잡고 정신을 바짝 차렸다. 그러고는 우리가 처해 있는 이 소름끼치는 상황을 직시했다. 아직 완전히 절망적인 상태는 아니라는 판단이 섰다. 우리가 살아날 수 있는 가장 좋은 기회는 화성인들이 구덩이를 잠시 머무는 임시 거처로 삼을 가능성에 있었다. 그들이 구덩이를 영구적인 거처로 삼는다 할지라도 보초를 설 필요성을 느끼지 않는다면 탈출 기회를 잡을 수 있을 것이다. 물론 구덩이 반대쪽으로 굴을 파서 탈출할까 하는 생각도 해봤지만 보초를 서고 있는 거대한 전투 병기의 시야에 잡힐 가능성이 너무 커보였다. 게다가 굴을 파는 일도 나 혼자 해야 할 형편이었다. 목사는 분명히 내 일을 망치고 말 것이다.

기억이 맞다면, 세 번째 날에 한 청년이 살해당하는 것을 봤다. 화성인이 피를 섭취하는 걸 본 유일한 광경이었다. 그 후로 난 거의 하루 종일 벽에 난 구멍에서 멀리 떨어져 있었다. 식기실로 가서 문을 떼어낸 다음 최대한 조용히 손도끼로 몇 시간에 걸쳐 땅을 팠다. 그러나 육십 센티미터 정도 파내려갔을 때 흙더미가 요란한 소음을 내며 힘없이 무너져내려 감히 계속할 수가 없었다. 나는 실의에 빠져 오랫동안 식기실 바닥에 누워 있었다. 조금이라도 몸을 움직일 만한 기력조차 없었다. 이제 땅굴을 파서 탈출하겠다는 생각은 단념해버렸다.

처음으로 인간의 힘으로는 아무리 애써봐야 그들을 무너뜨리고 탈출할 수 있는 희망은 없다는 생각이 들었다. 그러던 와중에 네 번째 밤인가 다섯 번째 밤인가 육중한 포성 같은 소리가 들려왔다.

깊은 밤, 달은 아주 밝게 빛나고 있었다. 화성인들은 구덩이를 파던 기계를 철수시켰고 전투 병기 한 대는 구덩이의 가장자리 먼쪽 흙더미에 서 있었다. 조종 기계는 내가 내다보는 구멍 바로 아래 구덩이의 구석에 들어가 있어 보이지 않았다. 그곳은 화성인들한테서 완전히 버려진 듯했다. 조종 기계와 알루미늄 막대에서 나오는 어슴푸레한 불빛과 하얀 달빛을 제외하고는 구덩이 주변에는 어둠만이 감돌고 있었다. 조종 기계에서 나오는 금속음 외에는 들리지 않았다. 그날 밤은 무척이나 평온했다. 이 지구를 제외하면 달은 하늘을 자기 혼자 독차지하고 있는 듯했다. 어디선지 개 짖는 소리가 들렸다. 귀에 익은 친숙한 소리도 들려왔다. 자연히 귀를 기울인 순간, 저 멀리서 대포처럼 쿵 하는 소리가 들려왔다. 여섯 발. 한참 후 다시 여섯 발이 울렸다. 그리곤 끝이었다.

4
목사의 죽음

내가 마지막으로 벽 틈으로 밖을 내다본 것은 이 집에 갇힌 지 엿새째 되는 날이었다. 이제 나는 혼자였다. 목사는 내 곁을 따라 붙거나 벽 틈을 차지하려 나를 밀쳐내는 대신 식기실로 돌아가 버렸다. 갑자기 떠오르는 생각이 머릿속을 스쳤다. 재빠르면서도 조용하게 식기실로 향했다. 어둠 속에서 목사가 뭔가를 들이켜는 소리가 들렸다. 나는 어둠 속에서 목사의 손에 들려있는 것을 낚아챘다. 손에 잡힌 것은 와인 병이었다.

몇 분 동안 난투극이 벌어졌다. 병이 바닥에 떨어져 깨지는 순간 나는 그만 단념하고 몸을 일으켰다. 우리는 숨을 헐떡거리며 서로에게 욕박질렀다. 결국 음식에 손대지 못하게 그의 앞을 가로막고는 내가 정한 규칙을 들려주었다. 나는 열흘 동안은 버틸 수 있도록 음식을 나누어서 식료품 저장실에 넣어두었다. 그날은 더 이상 그가 음식을 먹도록 내버려두지 않을 작정이었다. 오후가 되자 그는 음식을 먹으려고 나름 애썼다. 나는 졸고 있었지만 목사의 수상한 거동이 눈에 띄면 즉시 정신이 들곤 했다. 하루 온종일 그리고 밤을 샐 때까지 우리는 얼굴을 맞대고 앉아 있었다. 지쳤지만 굳은 결심은 변함이 없었다. 그는 눈물을 흘리며 배고프다고 불평을 늘어놓았다. 단 이십사 시간이었지만, 끝날 것 같지 않은 긴 시간이었다.

목사와의 화해할 수 없는 점점 커져가는 갈등은 결국 심한 싸움으로 번졌다. 이틀이라는 긴 시간 동안 낮은 목소리로 신경전을 벌이다가 몸싸움을 벌였다. 미친 듯이 녀석을 패줄 때도 있었고 슬슬 달래며 설득할 때도 있었다. 그리고 마지막 남은 와인으로 그의 마음을 매수해보려고도 했다. 나는 빗물 펌프를 이용해 물을 마시면 됐다. 그러나 완력도 호의도 그에게는 소용이 없었다. 그는 제정신이 아니었다. 음식을 먹기 위해 공격을 단념할 줄 몰랐으며 쉴 새 없이 투덜거렸다. 감금되어 있는 동안 유의해야 할 아주 초보적인 조심성조차 없었다. 그가 완전히 미쳐버렸다는 사실을 서서히 깨닫기 시작했다. 그리고 폐쇄되고 견디기 힘든 암흑 속에서 유일한 동료가 미치광이라는 사실을 받아들여야 했다.

어렴풋한 기억을 떠올려보면, 나도 가끔 정신이 오락가락했던 것 같다. 잠이 들 때마다 기괴하고 소름끼치는 꿈을 꾸었다. 역설적으로 들리겠지만 목사의 나약함과 광기의 경고가 내게 제정신을 유지하고 버틸 수 있는 힘을 주었다.

여덟째 날, 그는 속삭이지 않고 아예 큰 소리로 떠들어대기 시작했다. 그의 목소리를 낮추기 위해 내가 할 수 있는 일은 아무것도 없었다.

"오 하느님이시여! 때가 왔나이다." 그는 계속 말했다.

"때가 왔나이다. 저희에게 벌을 내리소서. 저희는 죄악을 저질렀습니다. 저희는 결핍됩나이다. 빈곤과 슬픔만이 있나이다. 가난한 자가 먼지 속에서 짓밟히고 있는데도 저는 태평스럽게 있었나이다. 어리석은 설교만 일삼았나이다. 오, 하느님! 제가 얼마나 어리석었는지 모릅니다! 죽음을 불사하고 일어서야만 할 때, 그들에게 회개하라! 회개하라!만을 외쳤나이다… 가난하고 궁핍한 이들을 박해하는 자들이여! 하느님의 포도주 틀과 같은 자들이여!"

그는 갑자기 내가 그에게 먹지 못하게 한 음식 문제를 다시 꺼내며, 기도하고 구걸하며 울다가 마침내 협박까지 했다. 그는 목청을 높이기 시작했고 나는 제발 조용히 하라고 간청했다. 그는 참고있는 걸 눈치채고는 큰 소리로 외쳐대며 화성인을 불러오겠다고 위협했다. 그의 협박에 잠시 나는 두려움을 느꼈지만, 조금이라도 양보를 했다가는 탈출할 가능성이 그만큼 줄어들지도 모른다는 생각에 그에게 맞섰다. 그가 정말로 화성인을 불러오진 않을 거란 확신은 없었지만, 나는 그의 협박을 무시했다. 그날은 어쨌든 그냥 조용히 넘어갔다. 하지만 팔구 일째 되던 날, 거의 온종일 또다시 목소리를 높여갔다. 그는 위협과 애원을 하면서, 반미치광이처럼 북받치는 감정을 쏟아내며 하느님을 위해 봉사하지 못한 것에 공허하기 짝이 없는 회개를 하기도 했다. 그런 모습이 측은하게 느껴지기도 했다. 그는 한동안 잠을 자더니 힘을 얻었는지 또다시 요란하게 떠들기 시작했다. 너무 시끄러워 그를 막아야 했다.

"좀 조용히 하시오!" 나는 애원했다.

어둠 속 구릿빛 솥단지 옆에 앉아 있던 그가 벌떡 일어섰다.

"너무 오랫동안 가만히 있었어." 구덩이까지 들릴 정도로 목소리를 높여 말했다.

"나는 이제 증인이 되어야 해. 이 사악한 도시에 재앙이 있으리라! 재앙! 재앙! 재앙! 재앙! 다른 나팔소리로 말미암아 이 땅에 사는 사람들에게 재앙을!"

"닥쳐!" 공포에 휩싸인 나는 화성인들에게 들리지 않을 정도로 낮은 소리로 말하면서 일어섰다.

"제발!"

"천만에!"

목사는 선 채 목청을 다해 외쳐대며 두 팔을 뻗었다.

"말하라! 주님의 말씀이 나에게 임하고 계시다!"

그는 성큼성큼 세 걸음 만에 부엌 문 앞에 이르렀다.

"나는 증인이 될 거다! 나는 가겠노라! 너무 오랫동안 지체하지 않았던가!"

내민 손에 벽에 매달려 있는 고기 자르는 칼이 느껴졌다. 순식간에 나는 그를 쫓아갔다. 불안감으로 감정이 폭발할 지경이었다. 그가 부엌을 절반쯤 지나고 있을 때 그를 붙잡았다. 마지막 인정을 베풀어 칼날을 뒤로 돌려 칼자루로 그의 머리를 내리쳤다. 그는 그대로 곤두박질쳐 바닥에 뻗었다. 나도 그의 몸뚱이에 채여 넘어졌다. 몹시 숨이 찼다. 그는 꼼짝도 하지 않았다.

갑자기 밖에서 무슨 소리가 들려왔다. 회반죽이 부서지고 떨어지는 소리와 함께 갈라진 삼각형의 벽 틈이 어두워졌다. 올려다보니 조종 기계의 아래 표면이 구멍으로 천천히 다가오는 것이 보였다. 움켜잡을 수 있는 촉수 하나가 파편 더미를 비집고 쑥 들어왔고, 또 다른 촉수가 들어와 떨어진 들보를 넘어오는 것 같았다. 나는 얼어붙은 채 바라만 보았다. 그때 나는 목사의 몸통 근처에 있는 유리그릇 조각을 통해 화성인의 얼굴(그렇게 부를 수 있다면)과 커다란 검은 눈을 보았다. 그 거대한 눈이 이쪽을 엿보고 있었고 뱀처럼 생긴 긴 금속 촉수 하나가 천천히 구멍 안으로 들어오는 것이 느껴졌다.

나는 간신히 몸을 돌려 목사의 몸을 비틀거리며 넘어서 식기실 문 앞까지 와서 멈추었다. 촉수가 방 안으로 이 미터 정도 들어와 이리저리 구불구불 돌아다니며 아주 이상하게 움직였다. 한동안 그 느리고 변화무쌍한 움직임에 정신을 빼앗기고 말았다. 바로 그때 쉰 목소리의 희미한 비명이 들렸다. 식기실로 달려갔다. 몸이 격렬하게 떨렸다. 얼마나 무서웠던지 똑바로 일어설 수조차 없었다. 석탄 창고 문을 열고 어둠 속에 서서 부엌 안으로 들어오는 희미한 빛을 바라보며 귀를 기울였다. 화성인이 나를 본 것은 아닐까? 놈은 지금 무슨 짓을 하는 걸까?

무언가가 아주 조용히 이리저리 움직였다. 때때로 그것은 벽을 톡톡 치기도 하고 마치 열쇠고리에서 열쇠가 짤랑거리듯이 움직일 때마다 희미한 금속성 소리를 냈다. 무거운 몸체가 부엌 바닥을 가로질러 입구 쪽으로 끌려갔다. 그 몸체가 누구인지 너무나 잘 알고 있었다. 나는 저항할 수 없는 유혹에 끌려 문 쪽으로 기어가 부엌을 들여다보았다. 삼각형 구멍을 뚫고 들어오는 햇빛을 통해 보니, 손이 백 개나 달린 전설의 거인인 브리아레오스 같은 조종 기계 안에 있는 화성인이 목사의 머리를 유심히 살피고 있었다. 순간 그에게 주먹을 날려 생긴 멍 때문에 화성인이 내가 안에 있다는 것을 알게 되지 않을까 하는 생각이 머릿속을 스쳤다.

석탄 창고로 돌아와 문을 잠갔다. 그리고 조용히 장작과 석탄 사이에 몸을 숨기고 어둠 속에서 가능한 한 아무 소리도 내지 않았다. 그러곤 이따금씩 혹시 화성인들이 촉수를 다시 넣어 이리저리 살필지도 모른다는 생각에 숨을 멈추고 귀를 곤두세웠다. 또다시 금속이 짤랑거리는 소리가 들려왔다. 촉수가 부엌 안을 더듬고 있는 것을 느낄 수 있었다. 이제 그 촉수는 식기실 안으로 들어왔는지 아주 가까이에서 짤랑거리는 소리가 들렸다. 내게 닿기에는 길이가 충분하지 않을 것 같았다. 나는 주저리주저리 장황하게 기도했다. 촉수가 창고 문을 지나면서 긁는 소리가 희미하게 들렸다. 한동안 참기 힘든 긴장의 순간이 흐르는가 싶더니 빗장을 건드리는 소리가 들렸다. 놈이 내가 숨어 있는 문을 찾아냈구나! 화성인들이 문이 무엇인지 알고 있다니!

일 분쯤 걸쇠를 잡고 흔들더니, 마침내 문이 열렸다.

어둠 속에서 나는 코끼리 코처럼 생긴 것이 꿈틀거리면서 나를 향해 다가오며 벽, 석탄, 장작 그리고 천장을 더듬고 탐색하는 것을 보았다. 마치 눈먼 검은 벌레가 머리를 이리저리 흔드는 모습과 같았다.

심지어는 내 부츠까지 건드렸다. 하마터면 고함을 지를 뻔했다. 나는 손을 꽉 물면서 참았다. 한동안 촉수는 조용했다. 한순간 조용해졌다. 혹시 놈이 물러가지 않았을까 하는 생각이 들었다. 갑자기 딸깍 하는 소리가 들렸다. 무언가를 잡은 모양이었다. 그게 나였을 수도 있었다! 다음 순간 촉수는 창고를 빠져나갔다. 하지만 한동안 마음을 놓을 수 없었다. 분명 놈은 검사해보고자 석탄 덩어리를 가져간 것 같았다.

몸의 위치를 바꿀 수 있는 이 기회를 이용해, 꼼짝하지 못하고 끼어 있는 자리에서 좀 편하게 움직였다. 그리고 귀를 기울였다. 제발 무사하게 해달라고 낮은 목소리로 열심히 기도하기도 했다.

바로 그때 다시 나를 향해 느리지만 신중하게 다가오는 소리가 들렸다. 벽을 긁고 가구를 두드리며 아주 천천히 다가오고 있었다.

상황이 안전한지 위험한지 여전히 확신하지 못하고 있는 사이에 그것은 영리하게도 석탄 창고 문을 톡톡 두드리고 닫아버렸다. 식품 저장실로 가는 것 같았다. 비스킷 통이 덜컥거렸고 병이 깨지는 소리가 들리더니 묵직한 무언가가 석탄창고 문에 세차게 부딪히는 소리가 났다. 그 후 침묵은 영원할 것 같은 불안감을 낳았다.

놈이 가버린 걸까?

마침내 그렇다고 결론지었다.

촉수는 더 이상 식기실로 들어오지 않았다. 그러나 열흘째 되는 날 컴컴한 어둠 속에서 석탄과 장작더미에 몸을 묻고 하루 온종일 누워 있었다. 목이 타서 견딜 수가 없었지만 감히 물을 마시러 밖으로 나갈 엄두를 내지 못했다. 열하루째가 되어서야 은신처에서 과감히 나올 수 있었다.

5
적막

식료품 저장실로 들어가기 전에 우선 부엌과 식기실 사이의 문을 단단히 잠갔다. 식료품 저장실은 텅 비어 있었다. 음식 부스러기조차 남아 있지 않았다. 전날 밤 화성인이 전부 가져간 것이 분명했다. 음식이 없는 것을 확인하자 처음으로 절망감이 몰려왔다. 열하루 그리고 열이틀째 되는 날에도 음식은 말할 것도 없고 물조차 마실 수 없었다.

처음에는 입과 목구멍이 바싹 바르고 힘이 썰물처럼 빠져나가는 것 같았다. 의욕을 잃은 참담한 심정으로 어둠만 있는 식기실에 주저앉아 있었다. 오직 먹는 생각만 났다. 귀까지 먹어버렸는지 익숙했던 구덩이에서 들리던 소음마저 들리지 않았다. 깨진 벽 틈까지 소리를 내지 않고 기어갈 기운이 없었다. 아니면 거기까지 기어갔을 텐데.

열이틀째 되던 날 목이 말라 더 이상 참을 수가 없어 화성인들에게 표적이 될 위험을 감수하고 싱크대 옆에 있는 삐걱거리는 빗물 펌프로 퍼서 검게 그을은 더러운 빗물을 두 컵 마셨다. 그것만으로도 한결 기운이 나는 것 같았다. 그리고 펌프질 소리에도 촉수들이 추적해오지 않는다는 사실이 용기를 주었다.

며칠 동안 목사의 얼굴과 그가 죽어가던 상황이 머릿속에서 계속 떠나지 않았다. 결론 없고 종잡을 수 없는 생각이었다.

열사흘째 되던 날 물을 좀더 마시고 꾸벅꾸벅 졸았다. 음식을 먹는 것과 불가능해 보이는 막연한 탈출 계획을 지리멸렬하게 생각해보기도 했다. 졸 때마다 무시무시한 유령이나 목사의 죽음, 진수성찬에 대한 꿈을 꾸곤 했다. 자나 깨나 물을 마시지 않고서는 견딜 수 없는 갈증의 고통이 온몸을 사로잡았다. 식기실로 들어오는 불빛은 더 이상 회색이 아니라 붉었다. 머릿속이 혼란스런 생각들로 가득했던 내 눈에는 핏빛처럼 보였다.

열나흘째 되던 날 부엌으로 갔다. 반대편에서 붉은 잡초의 잎이 벽의 구멍을 가로막을 정도로 자란 것을 보고 깜짝 놀랐다. 바로 이 때문에 실내의 희미한 빛이 어두운 진홍빛으로 변한 것이다.

열닷새째 날 이른 아침 부엌 쪽에서 기이하면서도 친숙한 소리가 들려왔다. 가만히 들어보니 개가 코를 킁킁거리며 발톱으로 뭔가를 긁어대는 소리였다. 부엌으로 가보니 개 한 마리가 붉은 잡초를 헤치고 안으로 코를 들이밀고 있었다. 깜짝 놀랐다. 녀석은 내 냄새를 맡았는지 바로 짖어댔다.

녀석을 조용히 유인하여 잡아먹을까도 생각했다. 녀석을 잡아먹어야 할지 어떨지는 모르겠지만 아무튼 녀석을 죽이는 것이 현명했다. 녀석이 계속 짖어댄다면 화성인들의 주의를 끌 수도 있기 때문이다.

앞으로 기어가며 아주 부드럽게 말했다. "착하지!" 그러나 녀석은 갑자기 머리를 돌리더니 사라졌다.

귀를 기울였지만 구덩이에서는 아무 소리도 들리지 않았다. 그렇다고 귀가 먼 것도 아니었다. 새의 날갯짓 소리와 카악카악 울어대는 까마귀 소리는 들렸다. 하지만 그 소리뿐이었다. 구멍 가까이에 오랫동안 누워 있었지만, 감히 구멍을 가린 붉은 식물을 옆으로 치울 엄두가 나지 않았다. 저 아래에서 아까 봤던 개가 모래밭을 뛰어다니는 소리가 희미하게 한두 차례 들렸다. 이제 새소리가 더 많이 들렸지만 다른 소리는 전혀 들리지 않았다. 마침내 바깥의 조용함에 용기를 얻어 밖을 내다보았다.

구석에서는 수많은 까마귀들이 깡충깡충 뛰어다니면서, 화성인들이 피를 섭취하고 버린 시체들의 해골을 서로 차지하기 위해 싸움질을 하고 있었다. 구덩이 안에서 그놈들 말고는 살아 있는 생물은 없었다.

주변을 둘러본 나는 눈을 의심했다. 모든 기계가 사라져버렸다. 한쪽 구석에 높이 쌓인 회색빛이 감도는 푸른 가루더미, 또 다른 구석에 쌓여 있는 알루미늄 막대 더미, 검은 새들, 그리고 죽은 자의 해골을 제외하면, 그곳은 그저 속 빈 구덩이에 불과했다.

붉은 잡초를 헤치고 나와 무너진 잡석 더미 위에 올라섰다. 등뒤, 북쪽을 제외하고 주위를 둘러보았으나 화성인은 물론 그들의 흔적조차 보이지 않았다. 구덩이는 가파르게 파여 있었다. 그러나 폐허 꼭대기로 올라갈 수 있는 작은 길이 쓰레기 더미 사이로 보였다. 탈출할 기회가 찾아온 것이다. 전율을 느꼈다.

나는 잠시 주저했지만 곧 결의를 굳게 다졌다. 격렬하게 고동치는 심장을 안고 내가 오랫동안 묻혀 있던 폐허 더미 위로 기어올라갔다.

다시 사방을 둘러보았다. 북쪽으로도 화성인은 보이지 않았다.

대낮에 마지막으로 보았던 신 마을은 그늘진 나무들이 여기저기에 우거져 있었고 평온해 보이는 하얗고 빨간 집들이 구불구불한 거리에 늘어서 있던 곳이었다. 하지만 지금 서 있는 곳은 부서진 벽돌, 진흙, 자갈 더미 위였고, 사방에는 무릎 높이까지

자란 선인장같이 생긴 붉은 식물들이 우거져 있었다. 그 붉은 식물들과 자리를 다툴 지구의 식물은 단 하나도 없었다. 주변을 둘러봐도 보이는 나무들은 죄다 죽어 갈색으로 변해 있었다. 하지만 붉은 식물은 넝쿨을 이루며 아직 살아 있는 나무줄기를 점령해가고 있었다.

주변의 집들은 모조리 파괴되었다. 하지만 불에 탄 것은 없었다. 간혹 이층 벽까지 온전한 집이 있었지만 창문과 문은 모두 부서져 있었다. 붉은 잡초들은 지붕이 날아간 방 안에서도 사납게 자라나고 있었다. 발밑으로 보이는 구덩이에서는 까마귀들이 시체들을 놓고 치열하게 다투고 있었다. 다른 수많은 새들도 폐허 여기저기를 껑충껑충 뛰어다니고 있었다. 저 멀리에선 바싹 마른 고양이 한 마리가 몸을 웅크린 채 담장을 따라 살금살금 걷고 있었지만 사람의 그림자는 어디에서도 보이지 않았다.

최근 내가 갇혀 지낸 나날들과는 대조적으로 이 날은 눈이 부시게 밝았고, 하늘은 파랗게 빛났다. 부드러운 산들바람이 불자 사방을 뒤덮은 붉은 잡초들이 가볍게 흔들렸다. 오! 달콤한 공기여!

6
보름간의 사건

한동안 안전에 대해서는 아랑곳하지 않은 채 폐허 더미 위에 비틀거리며 서 있었다. 악취 가득한 밀실 속에 갇혀 있을 때는 오로지 당장의 안전에만 몰두했었다. 세상에 무슨 일이 일어나고 있는지 전혀 실감할 수 없었다. 그리고 이처럼 낯선 놀라운 광경을 보게 될 줄은 전혀 예상하지 못했다. 마을이 완전히 폐허로 변해 버렸을 것이라고 생각했다. 지금 서서 바라보는 풍경이 마치 다른 행성인 것처럼 기묘하고 섬뜩했다.

그 순간 나는 인간의 감정을 초월한 이상한 감정에 사로잡혔다. 우리의 지배를 받는 불쌍한 짐승들만이 잘 이해할 수 있을법한 감정 같았다. 토끼가 자신의 은신처인 굴로 돌아왔을 때 십여 명의 인부가 집터의 기초를 다지기 위해 자신의 은신처를 파헤치는 상황에 직면한 느낌이었다. 며칠 동안 나를 억눌렀던 한 가지 생각이 당장 내 마음 속에서 명확해졌음을 처음으로 느꼈다. 찬탈당한 기분, 나는 더 이상 주인이 아니라 화성인의 발 아래 있는 동물 중의 하나에 불과하다는 생각이 든 것이다. 이제 인간도 우리가 지배해왔던 동물처럼 숨어서 이리저리 살피고 도망가고 숨어버리는 존재에 불과한 것이다. 동물의 인간에 대한 공포와 인간 제국은 사라진 것이다.

그러나 이러한 이상한 기분도 심한 허기 앞에서 단번에 사라져버렸다. 오랫동안 비참하게 아무것도 먹지 못한 탓이다. 구덩이에서 먼 방향으로 붉은 잡초로 뒤덮인 담 너머에 흙에 묻히지 않은 정원이 보였다. 좋은 아이디어가 떠올랐다. 나는 무릎까지 올라오는, 때로는 목까지 올라오는 붉은 잡초들 사이로 걸어 들어갔다. 잡초가 아주 빽빽이 자라 있어서 몸을 숨기기에는 안성맞춤이라 안도감이 들었다. 담 높이는 백팔십 센티미터 가량 되었다. 담 위로 오르려 했지만 발을 올릴 수조차 없었다. 그래서 벽을 따라 모퉁이를 돌았다. 바위가 있는 것을 보고 그것을 밟고 담을 넘어 정원 안으로 굴러 떨어졌다. 그곳에서 나는 어린 양파 몇 개, 글라디올러스 구근 두개, 덜 자란 당근 여러 개를 찾아냈다. 나는 그 채소를 몽땅 캐냈다. 그것들을 챙겨 부서진 담장을 넘어 주홍색 나무들 사이로 큐를 향해 달렸다. 거대한 핏방

249

울이 떨어지는 길을 지나가는 것만 같았다. 오로지 두 가지 생각만이 떠올랐다. 더 많은 음식을 얻어야겠다는 것과 가능한 한 빨리, 그리고 멀리 이 섬뜩한 구덩이 지역에서 벗어나야 한다는 것이었다.

얼마를 가자 길가의 풀밭에 버섯이 무더기로 돋아나 있었다. 나는 버섯까지도 게걸스럽게 뜯어먹었다. 그리고 조금 더 가다 예전에 목초지였던 곳에서 흙탕물이 흐르는 얕은 개울을 만났다. 그러나 음식을 먹고 물을 마셔도 허기는 심해질 뿐이었다. 처음에는 뜨겁고 가문 여름철에 물이 마르지 않았다는 것이 놀라울 뿐이었다. 나중에 알게 된 일이지만 그것은 열대성의 붉은 잡초가 너무 무성하게 번졌기 때문이었다. 더욱이 놀라운 성장력을 지닌 이 식물은 물이 있다면 어느 곳이든 빠른 속도로 유례가 없는 거대한 수풀을 이루었다. 붉은 잡초의 씨앗이 웨이강과 템스강에 흘러들자 엄청난 속도로 자라나 무성해졌고 그 거대한 잎은 두 강을 완전히 덮어버렸다.

나중에 보니 푸트니에서는 붉은 잡초들이 잔뜩 엉겨 붙어서 다리가 보이지 않을 지경이었다. 템스강이 햄프턴과 트위크넘의 목초지를 가로지르는 넓고 얕은 개울로 흘러들었던 리치먼드도 마찬가지였다. 강물이 흘러가는 데는 무성한 붉은 잡초가 뒤따랐다. 그 때문에 템스 계곡 주변의 폐허가 된 저택들은 이 붉은 늪에 잠겨 모습을 감췄다. 바로 그곳 변두리를 나는 지나치고 있었다. 화성인이 초래한 파괴의 현장도 대부분 붉은 잡초에 가려 보이지 않았다.

그러나 어느 순간 붉은 잡초는 빠르게 퍼져가는 속도만큼이나 빠르게 시들어 죽었다. 줄기마름병을 일으키는 특정한 박테리아에 감염된 것으로 보인다. 자연선택에 의해 모든 지구상의 식물들은 이미 박테리아 질병에 저항력을 갖고 있었다. 그러한 식물들은 치열한 투쟁 없이는 굴복하는 법이 없었다. 그러나 붉은 잡초는 이미 죽은 시체처럼 썩어버리고 말았다. 그 식물의 잎은 하얗게 변하더니 시들며 부스러졌다. 손만 닿아도 부스러졌다. 식물을 빠르게 성장시켰던 강물은 그것의 마지막 흔적을 바다로 흘려보냈다.

물론 나는 물가에 오자마자 갈증부터 해소했다. 물을 실컷 마시고 나서 충동적으로 붉은 잡초의 잎을 씹어보았다. 그 잎은 물기가 많았고 속이 메스꺼울 정도로 고약한 금속성 맛이 났다. 비록 시뻘건 잡초더미가 길을 방해하기도 했지만 물이 얕게 흐르는 곳을 찾아 개울을 건너갈 수 있었다. 하지만 강 쪽을 따라 흐르는 개울이 깊어지는 바람에 모틀레이크 쪽으로 방향을 돌릴 수밖에 없었다. 이따금 무너진 저택이며 울타리, 가로등을 이정표 삼아 길을 찾아 나설 수 있었다. 그러곤 마침내 큰 물줄기가 흐르는 개울에서 벗어나 로햄턴 쪽으로 난 언덕으로 올라가서 푸트니 커먼에 이를 수 있었다.

이곳에서는 이상하고 생소한 풍경이 아닌 아주 익숙한 폐허가 펼쳐져 있었다. 마치 태풍이 휩쓸고 지나간 땅의 폐허를 전시해놓은 현장 같았다. 그곳에서 불과 수십 미터 벗어나니 비로소 파괴의 흔적이 없는 평온한 지역이 나타났다. 집집마다 주인이 잠시 집을 비웠거나 안에서 자고 있는 것처럼 창문의 블라인드는 얌전히 내려져 있었고 문은 전부 닫혀 있었다. 이곳에서는 붉은 잡초가 눈에 많이 띄지는 않았다. 좁은 길을 따라 늘어선 키 큰 나무들도 붉은 덩굴 식물로부터 자유로웠다. 나무들 사이를 누비면서 먹을 것을 찾아보았지만 아무것도 발견하지 못했다. 소리 없이 서 있는 텅 빈 두서너 채의 집에 들어가봤지만, 이미 누군가에게 모조리 털린 상태였다. 기력이 다한데다 너무 피곤해서 더는 걸을 수가 없어서 관목 숲에서 쉬며 남은 오후 시간을 보냈다.

여기까지 오는 내내 인간도 화성인의 흔적도 보이지 않았다. 굶주린 개 두 마리를 만났는데 녀석들은 내가 가는 방향을 우회해서 멀어졌다. 로햄턴 근처에 이르니 살점 하나 없는 두 구의 새하얀 해골이 눈에 띄었다. 그리고 근처 숲에는 여러 마리의 고양이와 토끼의 뼈가 부서져 여기저기 흩어져 있었고 양의 해골 하나가 나뒹굴고 있었다. 그 뼈다귀들을 물어뜯어봤지만 먹을 수 있는 살점이라곤 남아 있지 않았다.

날이 저물자 나는 지친 몸을 이끌고 푸트니 마을로 가는 길을 따라 걸어갔다. 어떤 영문인지 몰라도 열광선이 쓸어버린 흔적이 곳곳에서 발견되었다. 로햄턴 너머의 한 채소밭에서 아직 다 자라지 않은 감자를 찾아냈다. 허기를 달래기에 충분한 양이었다. 그곳에 서서 푸트니와 강을 내려다보았다. 어둠이 깔려 매우 황량해 보였다. 검게 타버린 나무, 검게 변한 황량한 폐허, 그리고 언덕 아래로 흐르는, 잡초로 인해 붉게 물든 강물. 사방은 온통 적막했다. 이처럼 삽시간에 황폐화되었다는 사실에 형언할 수 없는 공포가 밀려왔다.

한동안 나는 인류가 이 세상에서 멸종되었으리라는 생각에 사로잡혔다. 거기 서 있는 나만이 생존한 최후의 인간이 된 것만 같았다. 어렵사리 푸트니 언덕에 올라 아래를 내려다보니 몸통에서 팔이 저만치 떨어져 나간 해골이 눈에 들어왔다. 돌아다니면서 적어도 이 지역에서 만큼은 낙오자인 나를 제외하고 인류가 멸종했다는 사실을 더욱 확신하게 되었다. 화성인들은 황폐화된 이 나라를 버리고 새로운 먹이를 찾아 다른 곳으로 떠났을 것이다. 지금쯤은 베를린이나 파리를 닥치는 대로 파괴하거나 북쪽으로 진격하고 있을지도 모른다.

7
푸트니 힐의 인간

나는 그날 밤을 푸트니 힐 정상에 있는 여관에서 보냈다. 침대에서 잠을 청하기는 레더헤드로 길을 떠난 이후 처음이었다. 그 집에 침입할 때 겪은 객쩍은 곤혹스러운 일들에 대해서는 말하고 싶지 않다. 사실 현관문이 잠겨있지 않은 것도 나중에야 알았다. 먹을 것을 찾아 온 방을 뒤지다가 절망 직전에 이르러서야 하인의 방에서 쥐가 갉아먹다 만 빵 부스러기와 파인애플 깡통 두 개를 발견했는지도 말하지 않겠다. 그 집은 이미 나 외에 또 다른 침입자가 쓸어갔기 때문에 텅 비어 있었다. 나중에 침입자의 눈을 피할 수 있었던 비스킷과 샌드위치를 바에서 발견했다. 샌드위치는 썩어서 먹을 수 없었지만 비스킷은 당장의 허기뿐만 아니라 주머니도 가득 채울 수 있을 정도로 많았다. 그날 밤 혹시나 식량을 찾는 화성인들이 런던 일대로 다시 오지 않을까 하는 두려움 때문에 램프에는 불을 붙이지 못했다. 잠자리에 들기 전에 불안한 마음으로 창을 이리저리 바꿔가면서 밖을 내다보며 화성 괴물들의 흔적을 탐색해보았다. 그러다 보니 거의 잠을 잘 수가 없었다. 침대에 눕자 계속 이런저런 생각이 떠올랐다. 다만 목사와 마지막으로 언쟁을 벌인 이후로 있었던 일들은 기억나지 않았다. 그 사이에 나의 정신 상태는 계속 넋이 나간 감정 상태에 빠져 있거나 백치의 이해력 수준이었다. 하지만 그날 밤에는 아까 먹은 음식 덕분에 에너지를 얻은 뇌가 다시 맑아졌고, 제대로 생각할 수 있었다.

목사의 죽음, 화성인의 행방, 아내의 운명, 이 세 가지 사안이 내 머릿속을 서로 차지하려고 싸움박질을 벌였다. 목사의 죽음을 떠올린다고 해서, 공포나 회한이 느껴지지는 않았다. 그저 있었던 일, 한없이 불쾌하지만 일말의 후회도 없는 기억으로 여겨질 뿐이다. 하지만 나는 지금 나를 보듯 그때의 나를 보았다. 나는 성급하게 일격을 가한 사건을 향해 한 발짝 한 발짝 다가갔다. 일련의 사건들이 필연적으로 그 순간으로 모아졌다. 나는 죄책감을 느끼지 않았으나 그 기억은 물러나지 않고 내 주변에 머물며 계속해서 나를 괴롭혔다. 적막한 밤, 때때로 정적과 어둠 속으로 찾아온 하느님이 곁에 있음을 느끼면서 나는 분노와 공포의 바로 그 순간에 대한 심판을 받았다. 나 홀로 심판을 받았다. 나는 내 곁에 웅크리고 앉아 있던 그를 발견한 순간부터 우리가 나누었던 대화를 하나하나 모두 되짚어보았다. 그때 목사는 내가 느끼는 갈증엔 아랑곳하지 않고 웨이브릿지의 폐허 위로 치솟던 불길과 연기를 가리켰었다. 협력할 만한 가능성은 전혀 없었다. 무자비한 운명은 그런 것 따위에는 신경쓰지 않았다. 내가 조금이라도 앞날을 예측할 수 있었더라면, 헬리퍼드에 그를 남겨두고 떠났을 것이다. 그러나 나는 앞을 내다보지 못했다. 범죄는 미래를 내다보면서 저지르는 것이거늘. 나는 이 모든 이야기를 사실 그대로 기록하고자 한다. 목격자도 없었기 때문에 마음만 먹으면 숨길 수도 있을 것이다. 하지만 사실 그대로 기록했고 독자들은 이에 대한 판단을 자유롭게 내릴 수 있을 것이다.

나는 쓰러져 있던 목사의 모습을 애써 기억에서 밀어내고는 화성인 문제와 아내의 운명과 마주했다. 화성인에 대해서는 아는 바가 없었다. 상상만 수없이 할 수 있을 뿐이었다. 아내의 운명을 생각하니 마음이 무거웠다. 그리고 돌연 그날 밤이 끔찍하게 느껴졌다. 나는 내 자신이 침대에 앉아 어둠 속을 응시하고 있음을 깨달았다. 나는 열광선이 아내를 고통 없이, 그녀 자신도 모르게 갑자기 목숨을 앗아갔기를 신께 기도하고 있었다. 레더헤드에서 돌아온 그날 밤 이후 처음으로 기도를 올렸다. 예전에는 위급한 상황에서나 겨우 기도문을 주절거리는 이교도들처럼 맹목적으로 기도를 했을 뿐이었다. 하지만 이번만큼은 달랐다. 어두운 신의 얼굴을 대면한 채 신실하고 진지하게 호소하며 기도를 올렸다. 이상한 밤이었다! 정말 이상하게도 동이 트자 하느님과 대화를 나누었던 내가 은신처를 떠나는 시궁쥐처럼 그 집에서 슬그머니 기어 나왔다. 작은 열등한 동물처럼, 주인의 일시적인 변덕에 따라 사냥당해 죽을 수 있는 미물처럼 말이다. 아마도 이들도 하느님께 신실하게 기도했으리라. 설사 아무것도 배운 게 없더라도 전쟁은 확실히 우리에게 연민을 가르쳐주었다. 우리의 지배하에서 고통받고 있는 어리석은 영혼에 대한 연민 말이다.

그날 아침은 맑고 상쾌했다. 동쪽 하늘은 핑크빛으로 물들었고 작은 금빛 구름들이 물결치고 있었다. 푸트니 힐 정상에서 윔블던으로 이어진 도로에는 공포의 급류에 휩쓸린 불쌍한 사람들의 흔적이 수없이 많았다. 화성인의 침공이 시작된 후 일요일 밤에 런던 시민들이 물밀듯이 거리로 쏟아져 나왔기 때문일 것이다. '뉴 몰든의 청과물 상인 토머스 룹'이라고 새겨진 작은 이륜마차의 바퀴는 부서졌고 양철로 만든 본체는 완전히 나가 떨어진 상태였다. 그 옆에는 짓밟혀 굳은 진흙투성이가 된 밀짚모자가 나뒹굴고 있었다. 웨스트 힐의 정상에는 뒤집힌 수조(水槽) 근처에 피로 물든 수많은 유리 조각들이 널려 있었다. 나는 몹시 지쳐 매우 둔하게 움직였고 뚜렷한 계획도 없었다. 아내를 찾을 수 있는 가능성이 희박하다는 것을 알면서도 그저 막연하게 레더헤드로 가야 한다고 생각했다. 설사 사촌과 아내가 죽음을 모면했다 할지라도 그곳에서 달아나지 않았을 리 없었다. 그러나 그곳에 가서 서리 사람들이 어느 곳으로 피난갔는지를 알아내기만 하면 자연스럽게 그들의 행방도 알 수 있을 것만 같았다. 아내를 찾고 싶었고, 그녀와 인간 세상에 대해 생각하기만 하면 가슴이 메는 것 같았다. 그러나 어떻게 아내를 찾아야 할지 잘 생각나지 않았다. 극심한 외로움이 맹렬히 온몸을 사로잡았다. 나는 구석에서 잡목 숲과 덤불에 몸을 숨기며 넓고 멀리 펼쳐져 있는 웜블던 커먼 변두리로 갔다.

어두운 벌판에서도 노란 가시금잔화와 양골담초가 피어 있는 곳은 환하게 빛났다. 붉은 잡초는 보이지 않았다. 여전히 갈피를 못 잡고 배회하고 있을 때 해가 떠올라 흘러넘치는 찬란한 빛과 생명력을 사방으로 퍼뜨렸다. 나무가 우거진 늪 지역을 지나다가 분주해 보이는 개구리 떼를 만났다. 발걸음을 멈추고 녀석들을 물끄러미 바라보면서 그들에게서 강인한 생명력을 느꼈다. 바로 그때 누군가에게 감시받고 있다는 이상한 기분이 들어 별안간 뒤돌아봤더니, 덤불 숲에 웅크리고 있는 무언가가 보였다.

나는 시선을 떼지 않고 한 발 한 발 다가갔다. 그것이 갑자기 몸을 일으켰다. 두 눈에 들어온 것은 단검을 들고 있는 남자였다. 나는 천천히 그에게 다가갔다. 그는 말없이 동상처럼 굳은 상태로 나를 바라보았다. 가까이 다가가 보니 그는 나처럼 더러운 먼지투성이 옷을 걸치고 있었다. 하수구에서 방금 나온 듯 보였다. 좀더 가까이에서 보니 그의 옷은 도랑의 황갈색 진흙과 시커먼 석탄 같은 것에 뒤범벅되어 있었고 무엇보다 녹빛의 점액이 눈에 띄었다. 검은 머리카락은 눈을 덮고 있었고 얼굴은 시커멓고 더러웠으며 초췌해서 얼핏 보아서는 사람 같지가 않았다. 턱에는 붉은 상처가 나 있었다.

"멈춰!"

그와의 거리가 구 미터 정도로 좁혀졌을 때 그가 소리를 질렀다. 나는 걸음을 멈추었다. 그의 목은 쉬어 있었다.

"어디서 오는 거요?" 그가 말했다.

나는 유심히 그의 몰골을 살펴보면서 생각했다.

"모틀레이크요. 화성인이 우주선 주변에 파놓은 구덩이 근처에 매몰되어 있었어요. 이제야 간신히 탈출할 수 있었죠."

"이 근방엔 먹을 게 없어요. 여긴 내 영역입니다. 이 언덕에서부터 저 아래 강까지, 그리고 뒤로는 클랩펌과 들판의 변두리까지 말이오. 여기에는 단 한 사람 분의 식량만 있을 뿐이죠. 어디로 가는 중입니까?"

나는 천천히 대답했다.

"모르겠어요. 열사흘인가 열나흘 정도 무너진 집의 폐허에 묻혀 있었습니다. 무슨 일이 있었는지 모르겠군요."

의심스러운 눈초리로 나를 보던 그는 얼굴 표정을 바꾸었다.

"여기에 머물 생각은 없어요. 아내가 있는 레더헤드로 갈 생각입니다."

그는 검지로 나를 가리키며 말했다.

"당신이 바로 워킹에서 온 사람이군요. 웨이브릿지에서 죽지 않은 거요?"

나 또한 그를 알아보았다.

"아, 우리 집 정원에 들어왔던 그 포병이군요."

"천만다행입니다. 우리는 정말 운이 좋아요. 당신은 참으로 대단한 사람이네요!"

그는 손을 내밀었고 나는 그 손을 잡았다.

"나는 하수구를 기어 다녔습니다." 그가 말했다.

"놈들이 우리를 모두 죽일 수는 없었죠. 놈들이 사라진 후 평원을 지나 월턴으로 향했습니다. 그 사이 기간은 모두 합쳐봐야 열엿새인데 당신 머리카락이 많이 셌군요."

그는 갑자기 어깨 너머로 뒤를 쳐다보았다.

"그냥 까마귀네요. 요즘은 온통 새 천지죠. 여긴 좀 노출된 곳입니다. 저 관목 숲에 들어가 얘기 좀 나눕시다."

"화성인들을 보았나요? 내가 슬그머니 나온 이후로…"

"놈들은 런던을 지나갔어요. 거기에다 더 큰 진지를 구축할 모양입니다. 햄스테드 쪽 하늘이 놈들의 불빛으로 밤새도록 훤하더군요. 대도시처럼요. 그 불빛으로 그들이 움직이는 모습을 볼 수 있었어요. 하지만 대낮에는 안 보였어요." 그는 손가락을 꼽아봤다. "닷새 만에 아주 가까이 다가가봤는데 잘 보이지 않더군요. 나중에 보니 두 기계가 거대한 물건을 들고 해머스미스 쪽으로 갔어요. 최후의 날 바로 전날 밤이었지요."

그는 잠시 멈추었다가 인상적인 말을 했다.

"그것은 그냥 발광체였지만 공중에 떠 있었어요. 놈들은 비행 물체를 만든 것 같아요. 그리고 나는 법을 익히고 있는 중이었겠지요."

우리는 엉금엉금 기어 관목 숲에서 멈췄다.

"비행!"

"네, 비행 물체."

나는 작은 나무의 그늘 아래에 앉았다.

"이제 인류는 파멸이오. 날 수 있다면, 손쉽게 세상을 휘젓고 다닐 수 있을 겁니다."

그는 고개를 끄덕였다.

"그럴 겁니다. 하지만 여기는 좀 안심해도 될 겁니다. 게다가….."

그는 나를 뚫어지게 바라보았다.

"인류에게 닥친 일에 만족하지 않나요? 난 차라리 잘 됐다 싶은데. 우리가 졌어요. 패배했어요."

나는 그를 빤히 쳐다보았다. 이상하게 들릴지 모르지만, 그가 그 말을 하자마자 지금껏 내가 미처 생각해보지 못했던 한 가지 사실이 명확히 보였다. 나는 여전히 막연하게나마 희망을 가졌다. 내 일생의 사고방식이 그랬다. 그는 같은 말을 되풀이했다.

"우리는 패배했어요." 그의 말에는 절대적인 확신이 담겨 있었다.

"이제 다 끝났어요. 놈들은 단 한 놈만 잃었어요. 단 한 놈… 그리고, 이 세상에서 가장 막강한 무기들을 무력화시키면서 확고한 발판을 마련했습니다. 우리를 짓밟았습니다. 웨이브릿지에서 한 놈이 파괴되었던 것은 우연이었지요. 놈들은 개척자일 뿐입니다. 계속 지구로 올 거예요. 지난 대엿새 동안 초록빛 별을 보지 못했지만, 틀림없이 매일 밤 어딘가로 떨어지고 있을 겁니다. 우리가 할 것은 아무것도 없어요. 우리는 놈들의 지배하에 넘어갔어요! 아, 우리는 패배했어요!"

나는 대꾸하지 않았다. 반격할 말을 궁리해봤지만 적당한 말이 떠오르지 않았다. 나는 앞만 빤히 쳐다보며 앉아 있을 뿐이었다.

"이건 전쟁이라고 볼 수도 없었죠. 결코 전쟁이라 할 수 없습니다. 인간과 개미 간에 전쟁이 있을 수 있겠어요?"

그때 갑자기 천문대에 있을 때의 밤이 떠올랐다.

"그들은 화성에서 열 대의 우주선을 쏘아 올린 이후로는 하지 않고 있어요. 적어도 첫 우주선이 도착했을 때까지는."

"그걸 어떻게 압니까?" 포병이 말했다.

내가 천문대에서 봤던 것을 설명해주자 그는 골똘히 생각에 잠기더니 곧 입을 열었다.

"뭔가 쏘아 올리는 데 문제가 있겠지요. 설사 그런 문제가 있다 하더라도 놈들은 바로 고칠 겁니다. 그러니 지연됐더라도 어떻게 결과를 바꿀 수 있겠습니까? 인간과 개미의 싸움인걸요. 개미는 그들대로 도시를 건설해 나름대로 살다가 전쟁과 혁명을 일으키기도 하지요. 하지만 그것은 인간이 그들을 쫓아낼 때까지만 가능하지 않겠습니까. 바로 우리는 쫓겨난 개미 꼴입니다. 다만…"

"그래요. 우리는 식용 개미나 다름없지요."

우리는 앉아서 서로를 쳐다보았다.

"놈들이 우리에게 무슨 짓을 하려는 거죠?" 내가 물었다.

"나도 그걸 생각하고 있었습니다. 그때 웨이브릿지를 떠나, 남쪽으로 가면서 이런저런 생각을 해봤습니다. 나는 무슨 일이 일어나고 있는지도 보았어요. 사람들은 대부분 비명을 질러대며 흥분해 있더군요. 하지만 나는 비명을 질러대는 걸 질색해요. 죽음의 현장에 한두 번 있기도 했어요. 하지만 난 장난감 병정이 아닙니다. 최상의 상황에서든 최악의 상황에서든 죽음은 그저 죽음일 따름이죠. 실은 계속 생각하는 사람만이 살아남는 겁니다. 그때 사람들은 모두 남쪽으로 가더군요. 그래서 나는 '그쪽으로 가면 식량은 바닥날 거다'라고 생각하고는 바로 돌아섰어요. 그러곤 참새가 인간을 쫓듯 화성인의 뒤를 따라다녔습니다. 어디든." 그는 지평선을 가리켰다. "지금쯤 남쪽으로 간 사람들은 무더기로 굶어죽고 도망치고 서로 짓밟힐 겁니다…"

그는 내 얼굴을 보고는 어색한 표정으로 말을 멈췄다가 다시 말했다.

"돈 많은 사람들은 모조리 프랑스로 도망갔을 겁니다." 그는 내 눈을 흘깃 쳐다보며 사과를 할까 말까 망설이는 듯하더니 말을 계속 이었다. "여기에는 사방에 먹을 것이 있어요. 상점 안에는 통조림뿐만 아니라 와인, 위스키, 생수까지 있지요. 하지만 수도관과 개울은 물이 말라버렸어요. 자, 이제부터 내가 생각해온 걸 말해주죠. 여기에는 지능이 뛰어난 놈들이 있습니다. 놈들은 우리를 식량으로 쓰려고 할 겁니다. 우선 우리를 박살내고 배, 기계, 대포, 도시, 모든 질서와 조직을 파괴할 겁니다. 모든 것이 끝장나겠지요. 만일 우리가 개미만큼 작다면 그 위기를 이겨낼 수 있을지도 모르죠. 하지만 안 그렇잖아요. 우리는 피하기엔 덩치가 너무 큽니다. 이것이 첫 번째 확실한 사실이지요. 그렇잖습니까."

나는 그의 말에 동의했다.

"그렇죠. 난 심사숙고해봤어요. 그럼, 다음 얘기를 해보죠. 현재로선 우리는 언제든지 그들에게 붙잡힐 수 있습니다. 화성인 한 놈이 겨우 몇 킬로미터만 쫓아가면 도망가는 피난민 대열을 잡을 수 있어요. 어느 날 윈즈워스에서 보았는데 한 놈이 집들을 박살내고 폐허 주변을 서성이고 있더군요. 하지만 놈들은 계속 그런 짓을 하지는 않을 겁니다. 우리의 대포와 배를 모조리 파괴하고 철도를 부수는 등 가능한 모든 걸 하고 나면 체계적으로 우리를 잡을 겁니다. 그들 눈에 최상품인 인간들만 골라 새장 같은 곳에 집어넣겠지요. 놈들은 곧 그런 짓을 시작할 겁니다. 맙소사! 그들의 작업은 아직 시작되지도 않은 겁니다. 아시겠어요?"

"아직 시작도 안 됐다니!" 나는 소리를 질렀다.

"그래요, 시작도 안 됐습니다. 지금까지 벌어진 모든 사태는 우리가 조용히 할 줄 모르고, 대포와 바보 같은 짓들로 그들을 건드렸기 때문이에요. 그리고 우리는 이성을 잃고 지금 있는 곳보다도 안전하지 않은 곳으로 무리지어 황급히 도망쳤어요. 그들은 우리를 괴롭히는 것을 원치 않아요. 그들은 무언가를, 화성에서 가지고 올 수 없었던 것들을 전부 만들고 있어요. 화성에 아직 남아 있는 자기 종족을 위해 준비해두는 겁니다. 화성에서 우주선 발사를 잠시 중단한 것도 이곳에 있는 다른 우주선들과 충돌할 것을 우려했기 때문일 겁니다. 우리는 이성을 잃고 소리치며 발버둥치기보다는, 그들을 전멸시킬 기회를 찾기보다는 새로운 상황에 맞게 마음을 고쳐먹는 게 좋을 것 같아요. 이것이 내가 알아낸 방법이에요. 우리에게 무엇이 필요한가 하는 인간의 관점에서 사태를 파악하기보다는 보이는 사실 그대로 파악하자는 것이지요. 이것이 내가 삼아온 행동 원칙입니다. 도시, 국가, 문명, 진보, 이 모든 것은 끝났습니다. 게임은 끝났어요. 우리는 패배했습니다."

"만일 그렇다면 우리가 살아야 할 이유가 뭡니까?"

포병은 잠시 내 얼굴을 바라보았다.

"백만 년, 그 이상 동안 축복받은 콘서트는 없을 겁니다. 왕립 예술학교도 더 이상 없을 것이고 레스토랑에서 하는 근사한 식사도 없을 겁니다. 그걸 즐겼다면, 이젠 끝났다고 보면 됩니다. 게임 끝이지요. 만약 당신이 고상한 귀족적 예의를 따르는 사람이거나 하층민의 천박한 식사 예절이나 무식한 말투를 혐오했다면 이제 당신은 그런 태도를 집어치워야 합니다. 그런 것들은 더 이상 쓸모가 없어졌기 때문이죠."

"그렇다면."

"결국 나 같은 사람들만이 살아남을 거라는 말이요. 종족 보존을 위해서. 난 기필코 살아남을 겁니다. 내 생각이 틀리지 않다면 당신도 곧 속마음을 털어놓을 거라 봅니다. 우리는 멸종을 피할 수 있어요. 그렇다고 해서 잡혀 길들여지고 살이 비대해져 황소처럼 사육될 거라는 뜻은 아닙니다. 아, 그 기어다니는 갈색 괴물놈들을 상상해봐요!"

"그렇다면 당신 생각은."

"그래요. 그들에게 찾아갈 겁니다. 그러기로 작정했어요. 오랫동안 생각하고서 내린 결정입니다. 인간은 패배했어요. 우리는 충분히 알지 못합니다. 그러니 기회가 올 때까지 배워야 합니다. 우리는 독립적으로 살아가면서 배우는 겁니다. 두고 보십시오! 꼭 그래야 할 테니."

나는 깜짝 놀라 그를 쳐다보았다. 그리고 그의 결의에 깊은 감동을 받았다.

"정말 대단하군요!" 나는 외쳤다. "당신이야말로 진정한 사나이군요!" 나는 갑자기 그의 손을 붙들었다.

"아! 그 계획을 이미 생각해봤어요." 그는 두 눈을 번뜩이며 말했다.

"계속해봐요." 내가 말했다.

"놈들에게 잡히려 않으려면 준비가 필요하지요. 난 이미 준비하고 있어요. 잘 들어보세요. 우리 모두가 야생동물처럼 살 수 있는 건 아니에요. 지금 우리에겐 그런 힘이 필요해요. 이 점이 내가 당신을 지켜봤던 이유입니다. 하지만 의심스럽긴 해요. 당신은 너무 약해 보여요. 다시 만났을 때, 당신인 줄도 몰랐어요. 어떻게 매몰된 채 지냈는지도 몰랐고요. 저런 집에 사는 사람들, 그렇게 편한 삶에 익숙한 빌어먹을 나약한 관청 서기 같은 사람들은 아무런 쓸모가 없습니다. 그들은 영혼이라곤 없는 사람들입니다. 당찬 꿈도 욕망도 없는 사람들입니다. 그 둘 중 어느 하나도 없는 사람들이죠. 맙소사! 매사에 겁먹고 조심만 하는 자들이잖아요? 그들은 고작 일터로 가기 위해 안달하는 사람들이죠. 나는 기차 정기승차권을 구하기 위해 한 손에 빵 조각을 든 채 미친 듯이 뛰어가는 수백 명을 봐왔어요. 해고되지 않을까 하는 두려움 때문이지요. 혹 직장에서 실수나 하지 않을까 두려워하고 퇴근 후 저녁식사에 늦지 않으려 서둘러 귀가하죠. 식사 후에는 밤길이 두려운 나머지 집구석에 처박혀 있어요. 결혼한 아내와 잠자리에 드는 사내들, 그들이 진정으로 그걸 원하기 때문일까요? 그렇지 않습니다. 그것은 비참하고 더러운 세상에서 자신들의 안위를 보장해주는 돈 욕심 때문이죠. 혹시 사고나 나지 않을까 두려워 생명 보험을 들고 약간의 투자를 하지요. 사후의 생이 두려워 일요일에는 교회로 향하고요. 그런 겁쟁이들의 삶은 생지옥이나 다름없습니다! 어쩌면 화성인들은 생지옥에 사는 그런 자들에게는 신의 선물인지도 몰라요. 비록 새장이나 다름없지만 널찍하고 좋은 방에 풍성한 음식, 정성들인 사육. 뭐 골치 아픈 걱정거리는 사라지는 거예요. 일주일 정도만 들판을 헤매면서 굶주려보면 차라리 화성인에게 붙들리는 편이 낫겠다고 생각할걸요. 아마도 자진해서 잡힐 겁니다. 그리고 조금만 지나면 흡족해할 겁니다. 급기야 화성인들이 자신들을 돌보기 전에 어떻게 살았는지도 기억 못하겠지요. 뻔하지요, 술주정뱅이, 난봉꾼, 딴따라들이었겠지요. 다 상상이 갑니다." 그의 얼굴에는 어두운 그림자가 스쳤지만 만족스러운 표정이었다. "그들의 감성과 신앙심은 크게 무뎌질 겁니다. 지난 며칠 동안 수백 가지 일을 보면서 그러한 사실을 분명히 알 수 있었습니다. 살찐 바보가 되는 것이지요. 반면에 뭔가 잘못되고 있다고 느끼고 무엇을 해야 할지 안달하는 사람들이 많을 겁니다. 많은 사람들이 뭔가 해야 한다고 느끼는 일들이 일어날 때마다, 나약한 사람들과 많은 복잡한 생각들로 우유부단해진 사람은 매우 신성하고 우월한, 태만한 종교에 의지하려고만 해요. 박해와 신의 의지에 복종하는 것이지요. 당신도 그와 유사한 광경을 본 적이 있을 겁니다. 겁쟁이의 폭발하는 에너지 말입니다. 세상이 완전히 뒤집힌 겁니다. 그들이 갇힌 새장은 찬송가와 기도 소리와 경건함으로 가득 찰 겁니다. 그리고 덜 단순한 부류의 인간들은 성욕을 좀 채워주면 일을 하겠지요."

그는 잠시 말을 멈추었다.

"화성인들은 우리 인간 가운데 일부를 애완동물로 길들일 겁니다. 묘기를 부리도록 훈련을 시키기도 하고요. 모르죠, 애완동물로 길들여진 유아가 성장해서 인간 본연의 감정을 회복하면 죽여버릴지도, 그리고 그들 중 일부는 훈련을 받고 우리를 사냥할지도 모르죠."

"말도 안 돼! 있을 수 없는 일이야! 어떻게 인간이 그럴 수가!" 나는 사납게 소리를 질렀다.

"그런 거짓말을 해봐야 무슨 소용이 있겠어요?" 포병이 말했다. "몹쓸 짓을 기꺼이 할 사람도 얼마든지 있을 겁니다. 그런 짓을 할 사람이 없을 거라 속이는 게 우스운 거예요."

나는 그의 확신에 압도당하고 말았다.

"그들이 나를 잡으려 내 뒤를 쫓는다면 빌어먹을, 그들이 나를 쫓는다면!" 그는 침울한 사색에 잠겼다.

나는 주저앉아 그 문제를 깊이 생각해보았다. 결국 그의 논리에 대항할 그 무엇도 발견할 수 없었다. 화성인이 침입하기 전이라면 어느 누구도 나의 지성이 그보다 훨씬 뛰어나다는 사실을 의심하지는 않았을 것이다. 내 본업은 작가가 아닌가! 나는 철학적인 주제로 인정받은 작가요, 그는 평범한 군인에 불과하지 않은가. 그러나 그는 내가 깨닫지 못했던 상황을 이미 간파하고 있었다.

"그래서 당신은 앞으로 무얼 할 생각이죠?" 내가 먼저 말문을 열었다. "무슨 계획이라도 있는 거요?"

그는 주저했다.

"글쎄요. 아마도 그것은. 그것은 우리가 무엇을 해야 하는가에 대한 답이 되어야겠지요. 인간이 살며 아이를 낳을 수 있고 아이들을 안전하게 키울 수 있는 삶을 모색해야 할 겁니다. 그래요, 하지만 잠시 우리가 어떻게 될지에 대한 생각을 좀더 명확히 해야 할 것 같군요. 길들여진 우리는 짐승처럼 될 겁니다. 몇 세대가 지나면 덩치가 크고 아름다울지는 몰라도 먹기 좋은 피만 가득한 바보 같은 쓰레기가 되어 있겠지요! 그리고 야생에서 사는 우리는 야만적인 짐승으로 변할 위험이 있어요. 거대한 크기의 야만적인 들쥐로 퇴화될 수 있다는 겁니다. 자, 내가 살아가고자 하는 방식은 지하입니다. 그래서 하수관에 대해서 생각해봤어요. 물론 하수관을 잘 모르는 사람은 더러운 곳이라고만 생각하겠지요. 하지만 런던 시내의 하수관은 수백 킬로미터까지 뻗어 있습니다. 지금 런던은 텅 비어 있으니까 이삼 일쯤 비가 내리면 더러운 것이 깨끗이 씻길 겁니다. 하수도의 본관은 살아갈 수 있을 만큼 넓고 통풍도 잘 됩니다. 게다가 지하실, 저장고, 상점들로 하수관을 연결해 탈출로를 만들 수도 있어요. 지하 궤도나 지하도를 활용할 수도 있을 거예요. 어떤가요? 이해하겠어요? 그런 다음 조직적인 단체를 만들 수 있을 겁니다. 강인한 몸과 깨끗한 마음을 지닌 사람들끼리 말이에요. 쓸모없는 쓰레기 같은 놈들은 제외시켜야겠지요. 나약한 자들은 내쫓아버릴 겁니다."

"나를 내쫓으려 했던 것처럼 말이죠?"

"아, 내가 협상을 하지 않았던가요?"

"그 문제를 놓고 싸울 필요는 없겠죠. 계속하세요."

"물론 그러한 질서에 따르기를 거부하는 사람들이 있겠지요. 어머니와 교사 역할을 할 강인한 몸과 깨끗한 마음을 지닌 여성들도 필요합니다. 열정이 없는 여성도 눈치만 살피는 약골인 여성도 필요 없어요. 나약한 인간이나 얼간이는 필요 없다는 얘기죠. 다시 삶이 현실화되는 겁니다. 그렇기에 쓸모없고 방해가 되며 피해를 주는 자들은 죽어버리는 게 나아요. 그들은 죽어야 해요. 기꺼이 죽어야 해요. 살아서 종족을 오염시키는 짓은 배신 행위예요. 그들도 산다고 행복할 리 없겠지요. 더욱이 죽음이 그리 두려운 것이 아닐 겁니다. 오히려 두려움이 죽음을 나쁘게 만든 것이지요. 우리는 곳곳에 모일 겁니다. 결국 우리가 살 곳은 런던이 되겠지요. 보초를 서면서 화성인들을 계속 주시해야 할 거예요. 화성인이 멀리 있을 때는 바깥에 나돌아다닐 수도 있겠지요. 크리켓 게임을 할 수도 있고요. 그것이 우리가 종족을 보존할수 있는 방법이에요. 그렇지 않나요? 가능하겠죠? 인류를 구하는 것 그 자체는 아무것도 아니예요. 내가 말했듯이, 들쥐가 되는 것일 뿐이죠. 중요한 것은 우리가 보유한 지식을 보존하고 더 발전시키는 겁니다. 그러기 위해서는 당신과 같은 사람이 꼭 필요할 거예요. 많은 책과 모범이 될 만한 사람이 필요하겠지요. 지하깊숙한 곳에 안전한 장소를 만들고 가능한 한 많은 책들을 보관해야 해요. 소설이나 시집 따위 말고 사상이나 과학 서적 말이에요. 당신 같은 사람들이 그곳에 있어야겠지요. 우리는 대영 박물관으로 가서 책들을 모조리 가져와야 해요. 특히 과학을 보존하고 더 배워야 해요. 그리고 화성인의 동태를 살펴야 해요. 누군가는 스파이로 나서야겠지요. 모든 일이 잘 진행되면, 내가 스파이가 되겠어요. 놈들에게 잡히겠다는 말입니다. 무엇보다도 중요한 것은 화성인들을 그대로 내버려 두는 거예요. 그들의 것을 약탈해서도 안 됩니다. 그들에게 우리가 방해가 된다면 없애버릴겁니다. 우리가 해로운 존재가 아니라는 것을 보여주어야 해요. 바로 그겁니다. 그들도 지능이 있는 이상, 원하는 것을 가진 한에서는 우리가 그들에게 해가 되지 않는 미물쯤으로 보인다면, 죽이지 않을 겁니다."

포병은 말을 멈추고 볕에 그을린 손을 내 팔에 얹었다.

"우리가 그 전에 배워야 할 게 많지 않을 수도 있어요. 한번 상상해보세요. 네다섯 대의 전투 병기가 난데없이 열광선을 좌우로 퍼붓는다고 생각해보세요. 그리고 그 전투 병기의 조종석에 화성인이 아닌 인간이 타고 있다면 어떨까요. 조종법을 배운 인간이 말입니다. 나뿐만 아니라 지금 살아 있는 사람들의 생전에 가능할지도 모르죠. 그 멋진 기계들 중 하나를 탈취해 열광선을 마구 퍼붓는 거예요! 그 기계를 자유자재로 다룬다고 상상해보세요! 닥치는 대로 열광선을 퍼부으면서 도주하는 놈들을 쳐부순들 어떻겠습니까? 나는 화성인들이 두 눈을 부릅뜨는 게 상상이 가요! 놈들이 보입니까? 놈들이 허둥대는 꼴요. 놈들이 연기를 내뿜으며 폭파되고 있어요. 헐떡거리는 놈들이 다른 괴물 기계를 향해 아우성을 치고 있어요. 놈들의 기계는 전부 어딘가 고장이 나 있어요. 휙휙, 쾅, 덜거덕, 휙휙! 놈들이 우물쭈물하고 있을 때 열광선이 휙휙 소리를 내며 놈들을 쓸어버리는 겁니다. 자보세요! 이제 마침내 인간은 자신의 본래 자리로 돌아옵니다."

한동안 나는 포병의 대담한 상상력과 확신에 넘쳐흐르는 용기에 사로잡혔다. 나는 주저 없이 그가 생각하는 인류의 운명과 그의 놀라운 계획이 실현 가능하다고 믿게 되었다. 내가 귀가 너무 얇고 바보 같다고 생각하는 독자는 그의 입장을, 그가 제시한 주제에 대한 그의 모든 생각을 염두에 두면서 읽어야 한다. 그리고 그와 대조적으로 숲속에서 웅크리고 앉아 두려움에 떨다 판단력이 흐려진 상태에서 그의 말에 빠져들던 내 입장을 이해해 주기 바란다. 우리는 이른 아침 내내 이런식으로 대화를 나누었다. 그러곤 얼마 후, 숲속에서 기어 나와 하늘을 살펴 화성인이 없는지 확인한 다음에 그가 은신처로 삼고 있는 푸트니 힐에 있는 집으로 서둘러 향했다. 그 은신처는 지하 석탄창고였다. 우선 눈에 들어온 것은 그가 일주일 동안 작업한 결과였다. 그가 판 땅굴은 십 미터 정도 파여 있었다. 그는 땅굴이 푸트니 힐의 하수도 본관에 이를 수 있도록 계획했다. 그가 판 깊이를 보고 그의 이상과 능력이 얼마나 동떨어져 있는지를 첫눈에 눈치챌 수 있었다. 내가 하루면 팔 수 있을 만한 구멍이었다. 그러나 그와 그의 계획을 충분히 신뢰하기로 마음먹고 정오가 될 때까지 함께 땅을 팠다. 우리는 흙을 파내 정원용 손수레에 담아 취사용 화덕에 쏟아부었다. 이웃의 식품저장실에서 가져온 송아지 머리고기 수프와 와인으로 원기를 회복했다. 계속 일을 하다 보니 세상의 고통스러울 만큼 기이한 세상으로부터 벗어난 듯한 묘한 안도감이 온몸에 퍼졌다. 일을 계속하면서 그의 계획에 대한 의문이 고개를 들기 시작했다. 그렇지만 오전 내내 쉬지 않고 땅을 팠다. 그러다 보니 나 자신의 목적을 발견한 듯한 기쁨이 또다시 나를 사로잡았다. 한 시간을 더 일하고 난 후에 하수관으로 통하는 거리를 숙고해보았다. 그리고 뭔가 빠뜨린 것이 없는지 곰곰이 생각했다. 우선 머릿속에 떠오른 의문은 이토록 긴 터널이 필요할까 하는 것이었다. 맨홀에서 직접 하수관으로 들어가 그 집으로 돌아가면 될 텐데 말이다. 게다가 집도 잘못 선택해, 괜히 불필요한 터널을 더 멀리 파야 할 것 같았다. 이러한 의문이 들 무렵 포병은 일손을 멈추고 나를 쳐다보았다.

"일이 잘 되고 있군요." 그가 말하고는 삽을 내려놓았다. "잠시 쉬지요. 지붕에 올라가 정탐할 시간이네요."

내가 일손을 멈추지 않자 잠시 머뭇거리던 그는 다시 삽을 들었다. 그때 갑자기 머리를 스치는 생각이 있었다. 내가 일손을 멈추자 그도 나를 따랐다.

"여기에서 일하지 않고 들판에서 배회한 이유가 뭡니까?"

"바람을 쐬고 돌아오려고요. 밤이 더 안전합니다."

"그럼 일은?"

"어, 계속 할 수는 없지요." 일순간 그가 그냥 평범한 사람처럼 보였다. 그는 삽을 쥔 채 머뭇거렸다. "이제 정탐해야 해요. 혹시라도 누가 가까이 접근하면 땅 파는 소리를 듣고 불시에 우리를 공격할 수도 있어요."

더 이상 만류할 수가 없었다. 우리는 함께 지붕으로 가 사다리에 두 발을 올려놓고 지붕 창문 밖을 둘러보았다. 화성인들은 보이지 않았다. 우리는 과감히 창문 밖으로 나와 기왓장 위에 올라섰다. 그리고 난간의 보호막 아래로 미끄러져 내려갔다.

관목 숲에 가려 푸트니 지역은 대부분 보이지 않았지만 강 하류의 거품처럼 불어난 붉은 잡초, 홍수로 불어난 램버스의 저지대가 보였다. 온통 붉은색이었다. 붉은 덩굴식물은 옛 궁전 주변에 있는 나무들을 타고 올라가 가지를 말라 죽였다. 그 덩굴식물의 잎도 오그라들어 시들어 있었다. 흐르는 물에 의존하며 그렇게 빨리 번식할 수 있다는 사실에 놀라지 않을 수 없었다. 그러나 우리가 있던 곳 주변에는 뿌리를 내리지 못했다. 금련화, 패랭이꽃, 불두화, 측백나무, 월계수, 수국이 태양 아래 초록빛 자태를 찬란하게 드러냈다. 켄싱턴 너머로 짙은 연기가 치솟았고 그 연기와 푸르죽죽한 안개가 북쪽의 언덕을 가리고 있었다.

포병은 런던에 남아 있었던 사람들에 대해서 말하기 시작했다.

"지난주 어느날 밤에 어떤 바보들이 전등을 켰어요. 리젠트 거리와 서커스 광장에서는 활활 타오르는 불을 밝히고 남루한 행색의 술주정꾼, 남자와 여자들이 몰려들어 소리 높이 외쳐대며 새벽까지 춤을 추었지요. 그곳에 있던 사람한테서 들은 이야기예요. 아무튼 날이 밝아오면서 사람들은 알게 되었습니다. 화성인의 전투 병기가 랭엄 근처에 서서 자신들을 내려다보고 있었다는 것을. 그 놈이 얼마나 오랫동안 거기 서 있었는지는 아무도 모릅니다. 결국 거기 있던 사람들 중 일부는 정말 끔찍한 일을 당할 수밖에 없었죠. 놈은 길을 따라 내려와 사람들에게 달려들어, 술에 잔뜩 취했거나 공포에 질려 도망가지 못하는 백여 명의 사람들을 붙잡아갔답니다."

평생 절대로 충분히 설명할 수 없는, 그로테스크한 섬광의 한 순간이었으리라!

바로 그때부터 나는 그에게 질문을 던지기 시작했고 그는 자신의 웅대한 계획을 다시 떠올렸다. 그는 점점 열기를 띠기 시작했다. 그는 내가 반신반의하는 전투 병기를 포획할 가능성에 대해 열성적으로 늘어놓기 시작했다. 하지만 나는 그의 성향을 이해하기 시작했고 그가 별안간 아무것도 할 수 없어서 받은 압박감을 간파했다. 또한 그가 혼자서 싸워 그 거대한 기계를 포획하려 한다는 사실도 알게 되었다.

얼마 후 우리는 지하 창고로 내려왔다. 누구도 다시 땅을 팔 생각이 없는 것 같았다. 그가 식사를 제안했을 때 기꺼이 그의 뜻에 따랐다. 그는 갑자기 너그러워졌다. 그는 식사를 마치고 어디론가 사라지더니 고급 시가를 가지고 돌아왔다. 우리는 시가에 불을 붙였다. 그러자 그의 낙관적인 생각에도 불이 붙는 듯했다. 그는 나의 출현을 절호의 기회로 여기는 것 같았다.

"창고에 샴페인도 있습니다." 그가 말했다.

"와인을 마시면 굴을 더 잘 팔 수 있을 텐데요."

"안 돼요. 오늘은 내가 주인이요. 샴페인! 오! 우리 앞에는 버거운 일이 놓여 있어요! 잠시 쉬며 원기를 회복합시다. 물집이 잡힌 이 손을 보세요!"

그는 오늘을 휴일로 생각하고 그에 걸맞게 식사 후에는 카드놀이를 하자고 고집을 피웠다. 그는 나에게 조커 게임을 가르쳐 주었다. 우리는 런던을 반으로 나누어 나는 북쪽을, 그는 남쪽을 차지하고 교구 지역을 손에 넣는 게임을 했다. 이런 짓이 이성을 지닌 독자들에게는 기괴하고 어리석게 느껴질지도 모른다. 그 생각은 절대적으로 옳다. 하지만 놀랍게도 여러 게임을 하다보니, 게임의 재미에 흠뻑 빠져들었다.

인간의 마음이란 참으로 묘하다! 인류의 멸망이나 소름이 돋는 쇠락의 길을 걷게 될지도 모르는 위급한 이 마당에, 우리 앞에 놓인 소름끼치는 죽음만을 제외하고는 모든 것이 불확실한 이 상황에, 색칠한 판지 앞에 앉아 희열감을 느끼며 조커 게임을 하고 있다니! 이후 그는 나에게 포커를 가르쳐주었다. 우리는 체스를 두기도 했는데 힘겹게 세 번 이겼다. 어둠이 찾아왔을 때 위험을 무릅쓰고 램프에 불을 붙였다.

한없이 오래 지속된 게임을 끝내고 저녁을 먹었고 그는 샴페인까지 마셨다. 우리는 줄기차게 시가를 피웠다. 그는 더 이상 아침에 내가 만났던 정력적인 인류의 개혁가가 아니었다. 비록 여전히 낙관적이기는 하지만 다소 활력이 떨어져 있었고 전보다 훨씬 신중해져 있었다. 나는 기억한다. 꽤 긴 간격을 두고 두서없는 잡다한 말을 늘어놓다가 내 건강 문제를 들먹이며 말을 끝냈던 것을. 시가를 입에 물고 이층으로 올라가, 그에게서 들은 불빛을 바라보았다. 하이게이트 힐을 따라 초록빛 불길이 타오르고 있었다.

나는 런던 계곡 쪽을 멍하니 바라보았다. 북쪽의 언덕은 어둠에 싸여 있었지만 켄싱턴 근처에는 불꽃이 벌겋게 타오르고 있었다. 때때로 오렌지빛이 감도는 붉은 불길이 날름거리다가 짙은 푸른 밤 속으로 사라졌다. 그곳을 제외하고는 런던 전체가 암흑에 싸여 있었다. 그러나 다음 순간, 좀 그보다 더 가까운 곳에서는 제비꽃 색에 심홍색이 섞인 형광 물질이 이상한 빛을 어슴푸레하게 발하며 밤바람에 흔들리고 있었다. 한동안 나는 그것이 뭔지 몰랐다. 그러나 그 희미한 빛이 붉은 잡초에서 뿜어져 나오고 있다는 것을 알게 되었다. 그런 사실을 깨닫자 또다시 수면 상태에 있던 의문이, 사물의 균형을 지각하는 내 감각이 깨어났다. 서쪽 하늘 높이 떠 있는 선명한 빛을 발하는 붉은 화성을 올려다보았다. 그런 다음 햄스테드와 하이게이트를 감싸고 있는 암흑을 오랫동안 진지하게 응시했다.

한참 동안 지붕에서 그날의 그로테스크한 변화를 생각해보았다. 한밤중에 기도를 드리던 순간부터 어리석게도 카드놀이를 즐기던 순간까지의 정신 상태를 떠올려보았다. 갑자기 격한 감정의 변화를 느꼈다. 사치스러움의 상징인 시가를 던져버렸던 일이 기억난다. 내 어리석음이 너무나 명확하고 크게 다가왔다. 바보 같은 나를 생각하니 아내와 내 동족을 배신한 기분이 들었다. 나는 심한 자책감에 사로잡혔다. 음주와 폭식에 빠져 있는 유별나고 미숙하면서도 위대한 사명을 꿈꾸는 몽상가를 떠나 런던으로 가기로 했다. 거기라면 화성인들과 우리 인간들에게 어떤 일이 생겼는지 더 잘 알 수 있을 것 같았다. 나는 달이 뜬 늦은 시간에도 여전히 지붕 위에 있었다.

8
죽음의 도시 런던

나는 포병과 헤어진 후 언덕을 내려가 하이스트리트를 지나 다리를 건너 풀럼으로 향했다. 당시에 붉은 잡초는 무성히 자라, 다리 도로까지 점거하고 있었지만 빠르게 퍼진 병 때문에 잎이 군데군데 하얗게 퇴색되고 있었다.

푸트니 브릿지 역으로 통하는 좁은 길 모퉁이에 한 남자가 땅바닥에 누워 있었다. 굴뚝 청소부처럼 새까만 먼지를 뒤집어쓰고 있는 그 사내는 살아있긴 했지만, 말을 할 수 없을 정도로 취해 있었다. 나는 그가 퍼붓는 저주스런 욕설과 성난 공격 말고는 그에게서 아무것도 얻을 수 없었다. 처음에는 그의 곁에 있을까도 생각해봤지만 그의 무지막지한 인상이 그런 생각을 앗아갔다.

그 다리에서 도로를 따라 쭉 검은 먼지가 덮여 있었는데 풀럼은 정도가 심했다. 거리는 무섭도록 조용했다. 나는 한 제과점에서 먹을 것을 찾아냈다. 시고 딱딱하게 굳은데다 곰팡이까지 핀 빵이었지만, 그런 대로 먹을 만했다. 월럼 그린Walham Green으로 향하는 일부 길에는 검은 가루가 전혀 보이지 않았다. 나는 불타고 있는 집의 하얀 테라스를 지나쳤다. 불타는 소리에 도리어 큰 위안을 받았다. 브롬턴으로 향하는 거리로 접어들자 또다시 정적만이 감돌았다.

여기에서 검은 가루가 도로와 시체들을 덮고 있는 것이 보였다. 풀럼의 긴 거리를 지나다 보니 열두 구의 시체가 흩어져 있었다. 그들은 죽은 지 여러 날이 지났기 때문에 나는 성급히 시체들을 피했는데 검은 가루가 그 시체들을 뒤덮고 있어서 분간하기조차 어려울 정도였다. 한두 구의 시체는 이미 개들에게 헤집힌 상태로 보였다.

검은 가루가 없는 곳은 묘하게도 도시의 일요일 분위기였다. 상점의 문은 닫혀 있고 집의 대문은 잠겨 있고 블라인드는 내려져 있었다. 아무도 모르게 유기된 것처럼 보이는 그곳은 적막만이 감돌았다. 몇몇 곳에서는 약탈자들이 식료품 가게나 와인 상점을 털고 간 흔적이 보이긴 했으나 다른 가게들은 거의 그대로인 듯했다. 다른 곳에서는 어느 보석상점의 창문이 깨져 있는 것으로 보아 도둑이 들었던 것이 분명했다. 당시 도둑이 당황했는지, 포장도로 위에는 다양한 금 목걸이와 시계 하나가 흩어져 있었는데 나는 손도 대지 않았다. 좀더 걷다 보니 어느 집 문간에 누더기 옷을 걸친 한 여자가 앉아 있었다. 무릎 위에 얹은 손은 심한 상처를 입었고 손에서 떨어진 핏방울이 그녀의 색 바랜 갈색 드레스를 얼룩으로 물들이고 있었다. 그녀의 앞에 있는 도로에는 깨진 큼지막한 샴페인 병에서 흘러나온 술이 작은 연못을 만들었다. 그녀는 잠든 것처럼 보였으나 죽은 것이 분명했다.

이윽고 런던에 들어섰다. 런던 시내 중심부로 들어갈수록 적막은 깊어갔다. 그것은 죽음보다는 무엇이 일어나리라는 기대와 긴장에서 비롯된 적막감이었다. 이미 런던 시 북쪽 접경 지역과 얼링, 킬번을 강타했던 파괴가 내가 서 있는 이 현장을 또다시 휩쓸고 갈지도 모를 일이다. 그나마 남아 있는 집과 건물에서 화염이 치솟는 모습이 보이는 듯했다. 런던은 저주받고 버림받은 도시였다….

사우스 켄싱턴 거리에서는 시체들과 검은 가루를 전혀 볼 수 없었다. 대신 뭔가 울부짖는 소리가 들려왔다. 사우스 켄싱턴 근처에서 처음 들은 소리였다. 그 소리는 거의 분간하기 힘들 정도로 천천히 슬금슬금 내 감각에 다가왔다. 두 음조가 반복되며 흐느끼는 소리가 한없이 이어졌다. "울라, 울라, 울라, 울라." 북쪽으로 뻗은 거리를 지나가자, 그 소리는 더욱 커졌으나 집과 건물들에 막혀 약해지는가 싶더니 어느 순간에 뚝 끊겼다. 하지만 익지비션 도로에 들어서자 그 소리는 한층 더 크게 들려왔다. 나는 멈춰 서서 멀리서 들려오는 그 이상한 울부짖음을 궁금해하며 켄싱턴 가든 쪽을 바라보았다. 황폐화된 수많은 집들이 공포와 고독에 못 이겨 울부짖고 있는 것 같았다.

"울라, 울라, 울라, 울라." 초인적인 슬픈 음조는 거대한 파도처럼 양편으로 늘어서 있는 높은 건물들 사이로 난, 태양이 내리쬐는 넓은 도로를 휩쓸고 다녔다. 나는 이상한 생각이 들어 하이드 파크 철문 쪽을 향해 북쪽으로 발길을 돌렸다. 공원 안을 둘러보기 위해 국립역사박물관으로 들어가 첨탑 꼭대기로 올라갈까도 생각했다. 그러나 여차하면 몸을 재빨리 숨길 수 있는 거리에 있는 게 낫겠다고 생각하고는 익지비션 도로를 따라 계속 걸어올라갔다. 양쪽 길가의 커다란 저택들은 모두 텅 비어 있었고 고요하기만 했다. 집들 사이에서는 내 발소리만 크게 울렸다. 도로맨 위, 공원 정문 근처에서 이상한 광경을 목격했다. 합승마차가 전복되어 있었고 살점 하나 없이 깨끗한 죽은 말의 해골이 나뒹굴고 있었다. 한동안 어찌된 영문인지 골똘히 생각하다가 서펜타인 호수의 다리로 올라갔다. 공원 북쪽에 있던 집들 위로는 아무것도 보이지 않았으나 그 울부짖음은 점점 커지고 있었다. 북서쪽에서는 엷은 안개 같은 연기가 올라오고 있었다.

"울라, 울라, 울라, 울라." 그 울음소리는 리젠트 공원 부근에서 내게로 다가오는 것 같았다. 처량한 울음소리가 내 마음을 뒤흔들었다. 울음소리를 들은 나 역시 기분이 우울해졌다. 그 울음소리가 내 마음을 사로잡고 만 것이다. 그리고 동시에 극심한 피로가 몰려왔다. 이제 발이 아프고 허기와 갈증이 났다.

어느덧 정오가 지났다. 왜 죽음의 도시를 혼자 배회하고 있는가? 왜 검은 수의를 입고 관 속에 누워 있는 런던 시내에는 나 혼자뿐인가? 참을 수 없는 외로움이 엄습했다. 오랫동안 잊고 있던 옛 친구들의 얼굴이 떠올랐다. 화학약품 상점의 독극물과 와인 상점의 술도 떠올랐다. 이 도시에서 함께 지냈던 절망에 빠진 두 인간도 떠올랐다.

마블 아치를 지나 옥스퍼드 거리로 나왔다. 이곳에서 다시 검은 가루와 여러 구의 시체를 볼 수 있었다. 일부 집들의 지하실 창살문에서 불길하고 역겨운 악취가 풍겨 나왔다. 오랫동안 걷다보니 열기가 나고 갈증이 심해졌다. 아주 고생한 끝에 선술집에 침입해 음식과 음료수를 찾았다. 허기진 배를 채우고 나니 지금까지 쌓이고 쌓였던 피로감이 한꺼번에 몰려왔다. 바 뒤에 있는 거실로 가서 검은 말 털로 장식된 소파에 누워 잠을 청했다.

잠에서 깨어나니, 그 음울한 울부짖음이 계속 귓가에 맴돌았다. "울라, 울라, 울라, 울라." 이미 땅거미가 지고 있었다. 고기를 보관하는 찬장을 발견했지만 남아 있는 고기는 찾아볼 수 없었고 구더기만 득실거렸다. 나는 바에서 비스킷과 치즈를 찾아 주머니에 쑤셔 넣고 밖으로 나왔다. 적막감이 감도는 주택가를 지나 베이커 거리로 향했다. 이곳에서 내가 알고 있는 지역은 포트만 광장뿐이다. 이윽고 리젠트 공원에 도착했다. 베이커 거리의 맨 위에 이르렀을 때 석양빛을 받은 나무들 너머 저 멀리에서 거대한 화성인 전투 병기의 후드가 보였다. 그 울부짖음의 실체가 화성인이었던 것이다. 무섭지 않았다. 아무렇지도 않은 듯이 화성인에게 다가갔다. 그에게 접근해 한참 동안 지켜보았지만 그는 움직이려 하지 않았다. 그는 선 채 비명만 지를 뿐이었다. 나로서는 그 이유를 알 수 없었다.

나는 행동으로 옮길 계획을 세워보기로 했다. 영원히 계속될 것만 같은 "울라, 울라, 울라, 울라" 소리가 내 마음을 혼란스럽게 만들었다. 나는 너무 지친 나머지 무섭다는 감정이 사라져버린 모양이었다. 화성인이라는 실체에 대한 두려움에 앞서 그 괴물이 지루하게 울부짖고 있는 이유를 알고 싶었다. 공원을 비껴갈 작정으로 등을 돌려 파크 도로로 나섰다. 테라스 밑으로 걸어가면서 주위를 둘러보니 세인트 존스 우드 방향에서 꼼짝 않고 울부짖고 있는 화성인의 모습이 보였다. 베이커 거리에서 이백 미터 정도 떨어진 곳까지 오니, 마치 코러스와도 같은 울부짖음이 들려왔다. 입에 썩어가는 시뻘건 고기 한 조각을 문 개 한 마리가 내게 달려왔고 그 뒤로 굶주린 잡종개들이 무리를 지어 쫓았다. 고기 조각을 문 녀석은 내가 자신의 고기를 빼앗지 않을까 두려운 나머지 저 멀리 달아났다. 개들이 짖어대는 소리가 조용한 도로 아래로 멀리 사라지자 "울라, 울라, 울라, 울라" 하는 통곡소리가 또다시 크게 들려왔다.

나는 세인트 존스 우드 역 부근에서 부서진 조정 기계를 볼 수 있었다. 처음에는 도로 위로 집이 무너진 것이라고 생각했다. 폐허 위로 기어올랐을 때 두 눈이 휘둥그레졌다. 삼손과 같은 거대한 기계가 자신이 일으킨 폐허 사이에 쓰러져 있었는데 촉수는 구부러지고 부서지고 뒤틀려 있었다. 앞부분은 완전히 산산조각이 난 상태였다. 집을 향해 맹목적으로 돌진하다가 충돌하여 무너지는 집 더미에 깔린 것 같았다. 조종 기계가 화성인의 지시를 듣지 않아 생긴 일이 아닌가 싶었다. 놈을 보기 위해 폐허 가까이 기어오를 수는 없었다. 이제 땅거미가 너무 짙어졌기에 피로 물든 전투 병기의 의자와 개들에게 뜯어 먹히고 남은 화성인의 연골은 보지 못했다.

나는 내가 목격한 광경에 의아해하며 프림로즈 힐로 향했다. 나무들 사이로 저 멀리 공원에 두 번째 화성인이 좀전의 첫 번째 화성인처럼 꼼짝하지 않고 동물원 쪽을 향해 서 있는 모습이 보였다. 놈은 소리조차 내지 못했다. 부서진 조종 기계 주변의 폐허를 지나쳐 좀더 걷다 보니 붉은 잡초가 또다시 눈에 띄기 시작했다. 리젠트 운하도 검붉은 식물들에 뒤덮여 있었다.

다리를 건너자 "울라, 울라, 울라, 울라" 하는 소리가 사라졌다. 갑자기 소리가 멈춘 것이다. 그러자 우레와 같이 침묵이 찾아왔다.

어두컴컴한 집들이 어렴풋이 서 있었다. 크고 흐릿했다. 공원을 향해 서 있는 나무들도 검은 어둠 속에 파묻히고 있었다. 내 주변에 널려 있는 붉은 잡초들은 폐허를 기어올라, 어둠 속에서 내 위로도 가려고 몸부림치는 듯했다. 공포와 미스터리의 어머니인 밤이 나를 습격했다. 그러나 고독하고 절망적인 그 울음소리는 런던이 아직 살아 있다는 것을 알려주는 듯해 참을 만했다. 오히려 내 주변에서 느껴지는 그 생명의 고동소리는 내게 힘을 주었다. 그런데 갑자기 변화가 느껴졌다. 무엇인지 실체를 알 수 없는 것이 소멸했다. 또다시 적막만이 남았다. 나는 불길한 적막 외에는 무엇도 느낄 수 없었다.

나를 에워싸고 있는 런던이 유령처럼 나를 바라보았다. 희끄무레한 집들의 창문들이 해골의 눈구멍처럼 보였다. 주변에 수천의 적들이 소리 없이 움직이는 듯했다. 극심한 두려움이 나를 사로잡았다. 내 무모함에 대한 공포였다. 내 앞에 놓여 있는 도로는 마치 타르를 칠한 듯 아주 컴컴했다. 그 도로 한복판에는 일그러진 형체가 누워 있었다. 그것에 다가갈 엄두가 나지 않았다. 나는 뒤돌아 세인트 존스 우드 도로를 쭉 달려 참을 수 없는 적막감을 뚫고 킬번으로 향했다. 자정이 훨씬 넘어서야, 해로우 거리에 있는 마부들의 숙소에 도착해 밤과 적막감으로부터 몸을 숨겼다. 날이 밝기 전에 용기를 되찾을 수 있었다. 하늘에 별이 떠 있는 동안 다시 리젠트 공원으로 걸어갔다. 나는 거리에서 잠시 길을 잃었지만, 이른 새벽의 가냘픈 별빛이 반짝일 때, 긴 가로수 길을 내려다보았다. 프림로즈 힐의 윤곽도 보였다. 그리고 그 언덕 위에는 빛을 잃어가는 별들을 향해 우뚝 서 있는 것이 보였다. 그것은 다른 놈들과 마찬가지로 꼼짝하지 않고 서 있는 세 번째 화성인이었다.

순간 제정신으로는 할 수 없는 결심이 나를 사로잡았다. 죽어서 다 끝내리라. 자살의 수고로움도 구제하리라. 나는 무작정 그 거대한 타이탄, 전투 병기에게 다가갔다. 그것에 다가갈수록 날이 점점 밝아왔다. 수없이 많은 검은 새들이 무리지어 후드 주변을 선회하고 있었다. 심장이 마구 뛰었다. 도로를 따라 달리기 시작했다.

나는 세인트 에드먼드 테라스를 가득 메운 붉은 잡초를 헤치며 달려, 해가 뜨기 직전에 초원으로 나올 수 있었다. 상수도관이 터져 물줄기가 급류를 이르며 앨버트 거리로 흐르고 있었다. 나는 가슴 높이까지 차는 물웅덩이를 간신히 건너갔다. 그렇게 힘겹게 오른 언덕 정상에는 거대한 요새로 보이는 엄청난 흙더미들이 쌓여 있었다. 화성인들이 만든 가장 큰 최후의 보루인 듯했다. 그 보루 뒤에서는 하늘을 향해 가느다란 연기가 솟아오르고 있었다. 활력 넘치는 개 한 마리가 뛰쳐나왔다가 지평선 너머로 사라졌다. 마음속에 섬광처럼 떠올랐던 생각이 점점 사실로, 확신으로 변해갔다. 움직이지 못하는 괴물을 향해 언덕으로 뛰어올라가면서 공포가 아닌 원초적이며 전율을 동반한 환희를 느꼈다. 먹이에 굶주린 새들이 전투 병기의 후드에서 빠져나온 갈색의 야윈 살점들을 부리로 찢으며 쪼아대고 있었다.

순식간에 보루 위로 기어올라가 맨 위에 서서 발 아래 보루 속을 들여다보았다. 여기저기 거대한 전투 병기들이 쓰러져 있고 자재들이 높이 쌓여 있었으며 방공호로 보이는 이상하게 생긴 공간이 있을 정도로 상당히 넓었다. 보루 주변을 둘러보니 뒤집어진 전투 병기들, 굳어버린 조종 기계들이 흩어져 있었고, 뻣뻣하게 굳어버린 화성인 열두 명이 일렬로 조용히 누워 있었다. 화성인이 죽은 것이다! 그들은 부패성 박테리아와 질병 박테리아에 저항력이 없었기에 박테리아한테 생명을 빼앗긴 것이다. 그들은 붉은 잡초가 생명을 잃은 것과 똑같이 죽은 것이다. 인간이 만든 그 어떤 것도 그들을 당해낼 수 없었는데, 현명한 신께서 지구상에 창조한 그 비천한 것들에게 당하고 만 것이다.

그와 같은 결과는 공포와 재앙이 우리의 마음을 가리지 않았다면 나를 비롯한 많은 사람이 예견할 수 있는 사실이었다. 그 병균은 인류의 시작과 함께 인간을 희생시켜왔다. 지구상에 생명이 시작된 이래로 그 병균은 수많은 우리 선조들의 목숨을 빼앗아갔다. 그러나 인류는 자연 선택에 의해 저항력을 갖게 되었다. 우리는 어떤 병균에도 투쟁없이 굴복하는 일이 없었다. 결국 많은 병균에 저항력을 갖게 되었다. 예컨대 인간의 몸에 부패 병균에 저항할 수 있는 면역 체계가 형성된 것이다. 그러나 화성에는 박테리아가 없었다. 화성인들이 지구에 침입하자마자 또한 먹고 마시자마자, 우리의 미생물 동맹군은 적의 타도에 나섰다. 나는 화성인들이 이리저리 움직일 때조차도 죽어서 썩는 운명을 피할 수 없었다는 것을 눈으로 확인할 수 있었다. 인류는 유사 이래 십억 명에 달하는 사람들의 죽음을 대가로 지구에서의 생존권을 획득했다. 그러니 지구는 모든 침입자들에 맞선 인류의 것이다. 화성인들의 힘이 열 배나 강하다고 하더라도, 지구는 여전히 인류의 것이다. 어떤 인간도 헛되이 살거나 죽지는 않는 법이다.

화성인들이 쌓아올린 보루 속에는 오십 구에 가까운 시신이 여기저기 흩어져 있었다. 그들은 죽어가면서도 죽음의 원인조차 이해할 수 없었을 것이다. 당시에는 나 또한 그들의 죽음을 이해할 수 없었다. 내가 알았던 것이라곤 살아 움직이던 소름끼치는 괴물이 이제는 죽었다는 것뿐이었다. 잠시 나는 아시리아의 왕 센나케리브의 파괴가 반복되자, 하느님이 유감스럽게 여기고는 한밤중에 죽음의 천사를 보내 그들의 목숨을 거둬간 것이라고 믿었다.

나는 구덩이를 내려다보며 서 있었다. 떠오르는 태양 빛이 세상에 비추자 그 빛이 내 주변에 불을 지핀 듯 내 마음도 기분 좋게 환해졌다. 구덩이는 여전히 어두웠다. 막강하고 불가사의한 힘을 지녔고 정교하고 형체가 섬뜩하게 비틀린 기계 장치들은 그림자에서 벗어나 햇빛에 기괴하고 모호하고 낯선 모습을 드러내기 시작했다. 귀를 기울여보니 수많은 개들이 어두운 구덩이 깊은 곳에 쓰러져 있는 화성인들의 시신을 서로 차지하기 위해 치열하게 싸우고 있었다. 구덩이 가장자리의 넓고 평평하며 기묘하게 생긴 곳에 커다란 비행체가 놓여 있었다. 그 비행 물체는 부패와 죽음이 그들을 사로잡기 시작할 무렵 지구의 밀도 높은 대기에서 시험 비행을 했던 것 같다. 죽음은 하루아침에 난데없이 찾아왔던 것이 아니었다. 까마귀 소리에 머리를 들어 바라보니 프림로즈 힐 정상에 전투 능력을 상실한 거대한 전투 병기가 쓰러져 있었다. 뒤집힌 조종석에서는 너덜너덜해진 살덩어리가 떨어져 내리고 있었다.

나는 언덕의 경사면으로 시선을 돌려 내려다보았다. 어젯밤에 본 두 화성인이 새들에게 둘러싸인 모습이 보였다. 죽음이 그들에게도 닥친 것이다. 화성인은 죽어가면서도 동료들을 향해 그토록 울었을 것이다. 아마도 그 화성인은 기계의 동력이 에너지를 다할 때까지 울부짖으며 최후를 맞이했을 것이다. 살상 능력을 상실한 다리 셋 달린 금속성 탑이 떠오르는 햇빛을 받아 반짝이고 있었다.

구덩이 주변을 둘러보니 영원히 지속될 것 같은 파괴로부터 기적적으로 살아남은 도시들의 대모인 런던이 펼쳐져 있었다. 음울한 연기 구름으로 뒤덮인 런던을 보기만 했던 사람들은 폐허가 된 집들을 지배하는 고요함이 주는, 있는 그대로의 순수함과 아름다움을 느끼지 못할 것이다.

검게 파괴된 앨버트 테라스와 부서진 교회 첨탑 너머 동쪽 하늘은 구름 한 점 없이 맑았다. 그 하늘에는 눈부신 태양이 이글거렸고 그 아래 크게 파손된 지붕들 중에 듬성듬성 멀쩡해 보이는 타일이 햇빛을 받아 새하얀 섬광을 발하고 있었다.

북쪽을 보니 킬번과 햄스테드가 보였다. 푸르렀고, 집들로 빽빽이 들어차 있었다. 대도시 서쪽 방향은 어슴푸레하게 보였다.

화성인들 너머 남쪽으로는 리젠트 공원의 초록빛 물결, 랭엄 호텔, 앨버트 홀의 돔, 왕립 연구소, 브롬턴 거리의 대저택이 떠오른 태양 빛에 선명하게 보였다. 그리고 그 너머로 솟아 있는 부서진 웨스트민스터 대성당의 잔해 더미가 어렴풋이 보였다. 그보다도 먼 서리 힐은 푸르렀고 크리스털 팰리스의 탑들은 두 개의 은 막대처럼 반짝였다. 세인트 폴의 돔은 햇빛을 등지고 있어 어두웠고, 서쪽 부분에는 상처 자국, 입을 벌린 커다란 구멍이 나 있었다.

넓게 둘러보니 적막감이 감도는 버려진 집들과 공장 그리고 교회가 보였다. 수많은 희망과 노력을 생각했고, 그 인간 암초를 건설하기 위해 애쓴 헤아릴 수 없이 많은 사람들의 삶과 그 모든 것을 앗아간 신속하고 무자비한 파괴를 떠올렸다. 나는 그림자가 물러났음을 깨닫고, 거리에 여전히 살아있는 사람들이 있을지도 모른다는 생각과, 사랑스러운 나의 도시, 이 죽음의 거대 도시가 생명력이 넘치고 활력있는 도시로 다시 태어날 수 있을 거라는 생각이 들자, 북받쳐 오르는 감동의 물결이 몰려와 눈물을 흘릴 것만 같았다.

이제 고통은 끝나고 치유의 날이 이미 시작된 것이다. 생존자들은 전국적으로 흩어져 있었다. 지도자도 없고 법도 없고 식량도 없고 목자도 없는 양떼처럼. 그리고 수천 명이 해외로 달아났으나 다시 돌아올 것이다. 더욱 더 강해진 생명의 맥박은 텅 빈 거리에서 다시 고동칠 것이며, 텅 빈 광장으로 흘러 넘칠 것이다. 이미 얼마나 파괴되었든 이제 파괴자의 손은 멈췄다. 햇빛이 내리쬐는 언덕의 초원을 우울하게 바라보고 있는 황량한 잔해들, 검게 그을린 뼈대만 남은 집들에서는 곧 재건을 위한 망치질 소리와 흙손이 벽을 바르는 소리가 들릴 것이다. 이러한 생각을 하며, 나는 하늘을 향해 양 손을 펼치고 하느님께 감사를 드렸다. 일 년 안에, 내 생각으로는 일 년 안에.

가슴 벅찬 감동이 밀려오면서 나 자신과 아내에 대한 생각이, 영원히 사라져버릴 줄 알았던 희망과 인정이 넘쳤던 지난 삶이 떠올랐다.

9
폐허

이제 내 이야기 중에서 가장 이상한 부분만 남았다. 그렇다고 모든 얘기가 이상한 것은 아니다. 프림로즈 힐 정상에 서서 울면서 하느님을 찬양하던 때까지 그날 내가 했던 모든 일을 아주 명확하고 선명하고 생생하게 기억하고 있다. 하지만 그 이후의 일은 전혀 기억나지 않는다.

그 후 사흘 동안 일어난 일을 나는 전혀 모른다. 나중에야 안 일이지만 화성인이 전멸했다는 사실을 최초로 발견한 사람은 내가 아니었다. 이미 내가 목격하기 전날 밤에 나처럼 떠돌아다니던 몇 명이 그 사실을 발견했다. 내가 마부의 숙소에 숨어 있을 무렵 최초로 화성인들의 전멸을 파악한 사람이 세인트 마틴의 르 그랑으로 가 용케도 그 사실을 파리에 전보로 알렸다. 그 후로

이 기쁜 소식은 전광석화처럼 빠르게 전 세계에 알려졌다. 수많은 도시에서 소름끼치는 공포에 떨던 사람들이 이 소식을 접하고 광란의 기쁨에 환호성을 질렀다. 내가 구덩이 주변에 서 있을 때 더블린, 에든버러, 맨체스터, 버밍엄 사람들은 그 소식을 알고 있었다. 들은 바에 따르면 기쁨의 눈물을 흘리며 환호성과 함께 악수를 나누던, 일터에 남아 있던 인부들이 런던행 열차를, 심지어 크루 근방까지 복구하고 있었다. 난데없이 들려온 소식 이후로 이 주일이 넘도록 한 번도 울린 적 없는 교회의 종소리가 영국 전역에서 울려 퍼졌다. 야윈 얼굴에 너저분한 옷을 걸친 남자들이 자전거를 타고 시골길을 누비며 목청껏 외쳐 절망에 빠진 여윈 사람들에게 전혀 예기치 못한 희소식을 전했다. 식량을 위해서! 영국 해협과 아이리시 해안, 대서양을 건너 옥수수, 빵 그리고 육류들이 구호품으로 쏟아져 들어왔다. 전 세계 모든 선박이 영국으로 동원된 것 같았다. 그러나 나는 이 모든 일을 기억하지 못한다. 나는 미친 사람처럼 떠돌고 있었을 뿐이었다. 정신이 들고 보니 어느 친절한 사람의 집에 머물고 있었다. 내가 울면서 미친 듯이 세인트 존스 거리를 배회한 지 사흘째 되던 날 그들이 나를 발견했다. 그들의 말에 따르면 내가 "살아남은 최후의 인간! 만세! 살아남은 최후의 인간!"이라고 미친 듯이 읊조렸다고 한다.

자기들의 일만으로도 벅찰 텐데 잠자리를 주고 보살펴준 그 사람들의 이름을 여기서 밝히지는 않겠지만, 말로 표현할 수 없는 감사의 마음을 전하고 싶다. 그들은 내가 제정신이 아닌 며칠 간 떠들어대는 얘기를 듣곤 내가 겪은 일들 중 일부는 알게 됐을 것이다.

　내가 정신을 되찾자 그들은 조심스럽게 자기들이 아는 레더헤드의 비극적인 사태를 이야기해주었다. 내가 폐허에 파묻힌 지 이틀이 지났을 즈음 한 화성인이 그 마을을 송두리째 파괴해 단 한 명도 살아남지 못했다는 것이다. 마치 한 소년이 까닭없이 힘을 과시하고자 개미굴을 뭉개버리듯이, 화성인은 아무런 저항도 없는 마을을 쓸어버린 것이다.

　그들은 외로운 나를 아주 친절히 대해 주었다. 하지만 나는 고독하고 쓸쓸했다. 그들은 질릴 만도 한데 괴팍하게 구는 나를 잘 참아주었다. 정신을 회복한 후에도 나흘 동안이나 그들의 집에서 머물렀다. 그 동안, 과거의 행복하고 즐거웠던 삶을 조금이라도 다시 보고픈 충동이 차츰 커져가는 것을 느꼈다. 그러나 이 비극적인 상황에서 그러한 기쁨의 순간을 욕망하는 것은 부질없는 짓이었다. 그들의 집을 나서기로 결심하자 그들은 만류했다. 그들은 이 병적인 갈망에서 내 마음을 돌리려 최선을 다했다. 그러나 나는 끓어오르는 충동을 더 이상 거부할 수 없었다. 나는 다시 돌아오겠다는 약속을 남기고 나흘 동안 친구가 되어준 그들과 눈물로 작별을 고했다. 저녁 늦게 텅 빈 거리로 나왔다. 이미 어둠이 깔린 거리는 낯설었다.

거리는 이미 돌아오는 사람들로 붐볐다. 문을 연 상점들도 보였고 식수대에서는 물이 흘러나오고 있었다.

우울한 순례자의 기분으로 워킹에 있는 작은 집으로 돌아오던 때 날이 얼마나 화창했고 거리와 주변 사람들은 얼마나 활기에 넘쳤던지 생각난다. 그것은 마치 나를 조롱하는 듯했다. 어디를 가나 사람들로 붐비고 그 많은 사람들이 자신의 일에 분주한 것을 보니 사람이 많이 죽었다는 것이 믿어지지가 않았다. 그러나 지나치는 사람들을 보면 그들의 피부가 얼마나 누렇게 떴는지, 머리카락이 얼마나 헝클어져 있는지, 그렇지만 크게 뜬 두 눈 만큼은 얼마나 밝게 빛나는지 알 수 있었다. 그런가 하면, 어떤 사람들은 여전히 넝마 같은 더러운 옷을 걸치고 있었다. 그들의 표정은 둘 중 하나였다. 날아갈 듯한 환희와 에너지가 넘치거나 굳은 결의를 보이거나. 사람들의 표정을 제외하면 런던은 부랑자들의 도시 같았다. 교구 위원들은 프랑스 정부가 보내준 빵을 모두에게 골고루 나누어주고 있었다. 간혹 보이는 말들의 갈비뼈는 음산해 보였다. 거리 모퉁이마다 하얀 배지를 단 임시 경찰관들이 여윈 몸으로 서 있었다. 웰링턴 거리에 도착할 때까지 화성인이 불러온 재앙의 흔적은 거의 보이지 않았다. 그 거리에 와서야 워털루 다리 버팀대를 타고 올라온 붉은 잡초를 볼 수 있었다.

다리 모퉁이에서 나는 이 기괴한 시간과 대조를 이루는 평범한 것 하나를 목격했다. 무성한 붉은 잡초 덩굴 사이에 서 있는 막대에 붙어 있는 종이 한 장이 바람에 퍼덕이고 있었다. 신문 《데일리 메일》의 발행을 처음으로 재개했다는 소식을 알리는 플래카드였다. 나는 주머니에서 검게 퇴색한 일 실링 동전을 꺼내 신문 한 부를 샀다. 지면 대부분이 백지였다. 다만 고독한 식자공이 즐거워하며 뒷면에 실었을 그로테스크한 스테레오 사진 광고가 있었다. 아직 신문사가 제대로 가동되지 않은 상태에서 그것이 인쇄되었다는 것만으로도 감동적인 일이었다. 새로운 소식은 거의 찾아볼 수 없었다. 화성인의 기계 구조를 조사한 결과 놀라운 사실을 발견했다는 것만이 내가 모르고 있는 내용이었지만, 그것도 일주일 전의 일이었다. 그 기사에는 당시에 내가 믿지 못했던 "비행의 비밀"이 밝혀졌다고 확언하는 내용도 있었다. 워털루 역에 도착해보니 무임 열차가 피난민들을 고향으로 실어 나르고 있었다. 처음 몰려든 사람들의 운송은 이미 끝난 것처럼 보였다. 그래서 그런지 기차 안에는 사람들이 생각만큼 많지 않았다. 사람들과 잡담을 나눌 기분이 아니라서 객실 하나를 차지하고 앉아 팔짱을 끼고 차창 너머로 스쳐가는, 햇살 아래 황폐화된 풍경을 우울하게 바라보았다. 종착역 근방에 이르자 기차는 임시로 가설된 선로로 들어서 덜커덩거리며 달렸다. 철로 양편으로 보이는 집들은 완전히 검은 폐허로 변해 있었다. 이틀 동안 천둥번개를 동반한 폭우가 내렸지만 런던은 클래펌 정션 역까지는 검은 독가스 가루로 온통 더럽혀진 지저분한 모습이었다. 그리고 그 역에서부터 다시 철로는 끊긴 상태였다. 수백 명의 사무 직원과 점원이 철도 인부들을 도와 급히 철로를 깔아 이었고 내가 탄 기차는 그 철로 위로 덜커덩거리며 달렸다.

철로를 따라 기차가 내달리는 내내 차창 밖 풍경은 황량하고 낯설었다. 특히 윔블던 지역은 피해가 심각했다. 기차가 통과하는 지역 중 월턴에서는 소나무 숲이 불에 타지 않은 것으로 보아 가장 피해를 적게 본 것 같았다. 원들, 몰, 그 지역의 모든 작은 개울에는 붉은 잡초가 푸줏간의 고기와 절인 양배추 사이에 끼어 있는 모양새로 무성히 덩굴져 있었다. 그러나 서리의 소나무 숲은 너무 건조해 붉은 덩굴식물이 뿌리를 내리지 못했다. 시야에 들어온 윔블던 너머의 묘목 밭에는 흙더미가 높게 쌓여 있었는데, 여섯 번째 우주선이 떨어진 지역인 것 같았다. 많은 사람들이 주변에 서 있었고 공병들이 한복판에서 분주하게 움직이고 있었다. 그 흙더미 위에서는 영국 국기 유니언 잭이 아침의 미풍에 경쾌하게 휘날렸다. 묘목 밭은 어디든 잡초 때문에 온통 선홍색 천지였다. 그리고 자줏빛 그림자가 드리워진 곳도 넓게 펼쳐져 있어 눈이 아플 지경이었다. 불에 타버린 잿빛 풍경과 음침한 붉은 전경에서 푸르른 동쪽 언덕의 부드러운 풍경으로 시선을 돌리자 무한한 안도감이 찾아왔다.

워킹 역의 런던 쪽 선로는 여전히 수리 중이었기에 나는 바이플리트 역에서 내려 메이버리 도로를 택했다. 나와 포병이 경기병들과 이야기를 나누던 곳을 지나 화성인이 천둥번개와 폭풍우가 몰아치던 날 모습을 드러냈던 곳에 도착했다. 호기심에 이끌려 옆으로 돌아봤더니, 뒤엉킨 붉은 잡초 덩굴 사이에 뒤틀리고 부서진 이륜마차와 함께 여기저기 흩어져 있는, 갉아 먹힌 말의 하얀 뼈가 보였다. 한동안 서서 그 흔적을 눈여겨보았다.

그러고 나서 목까지 차오른 붉은 잡초를 헤치고 소나무 숲을 지나 스팟티드 도그의 주인을 찾았으나 그는 이미 매장되어 있었다. 나는 암스 대학을 지나 집으로 향했다. 문이 열려 있는 작은 집을 지나칠 때 그 앞에 서 있던 사람이 내 이름을 부르며 인사를 했다.

나의 집이 보였다. 순간 희망이 솟구쳤지만 금세 사라져버렸다. 누군가 강제로 문을 연 모양이었다. 완전히 닫히지 않은 문은 내가 접근하자 천천히 열렸다.

안으로 들어서자 문은 쾅하고 닫혀버렸다. 서재의 커튼은 열려 있는 창문으로 들어온 바람에 너풀거리고 있었다. 포병과 함께 여명을 바라보았던 바로 그 창문이었는데, 그 후로 창문은 닫히지 않은 모양이었다. 뭉개진 작은 관목 숲은 내가 한 달 전에 떠날 때 그대로였다. 나는 비틀거리며 거실로 들어갔다. 집은 텅 빈 것 같았다. 재앙이 있었던 밤에 폭우로 흠뻑 젖은 채 쪼그려 앉아 있었던 계단의 카펫은 주름져 있고 색깔이 바래 있었다. 아래층에서 위층으로 올라가는 계단에는 진흙 묻은 발자국이 여전히 선명하게 남아 있었다.

나는 그 발자국을 따라 서재로 올라갔다. 우주선이 열리던 날 오후에 투명한 석고 문진으로 눌러 놓은 원고가 책상 위에 그대로 있었다. 잠시 선 채로 버림받았던 나의 논쟁적인 주장의 글을 읽었다. 문명의 발달에 따라 도덕적인 사고의 발전도 가능한가 하는 내용을 담은 논문이었다. 마지막 구절은 어떤 예언의 서막과도 같았다. "우리가 예상하길, 이백 년 안에…" 문장은 급히 중단되고 말았다. 나는 그날 아침 아무것도 집중할 수 없었던 일이 기억났다. 한 달도 채 지나지 않았다. 그때 나는 신문팔이 소년에게서 《데일리 크로니클》을 사기 위해 글을 중단했었다. 정원 문으로 뛰어나간 것과 다가오는 소년이 이상한 말을 외치는 걸 들은 게 생각났다. 그것은 "화성인 출몰"이었다.

아래층으로 내려가 식당으로 들어갔다. 식탁 위에는 이미 썩은 양고기와 빵, 넘어진 맥주병이 있었다. 포병과 집을 떠날 때의 모습 그대로였다. 집은 황량했다. 그 순간 오랫동안 간직했던 희미한 희망이 어리석은 소망처럼 느껴졌다. 다음 순간 이상한 일이 일어났다. "이젠 소용 없어. 이 집은 폐허가 돼버렸잖아. 열흘 동안 아무도 보이지 않았잖아. 여기 있으면서 괜히 괴로워할 이유가 없어. 너 빼놓곤 아무도 탈출할 수 없었어." 난데없는 목소리였다.

깜짝 놀랐다. 생각했던 걸 나도 모르게 크게 말했던 것일까? 나는 뒤돌아보았다. 내 뒤에 있는 창문이 열려 있었다. 창가로 한 발짝 다가가 밖을 내다보았다.

순간 나는 놀라움과 두려움으로 그 자리에 서 있었다. 놀랍고 두렵게도 사촌과 아내가 거기 있었다. 하얗게 질린 아내는 눈물조차 보이지 않았다. 그녀는 가냘프게 외쳤다.

"나, 왔어요. 나는 알고 있었어요. 알고 있었다고요…"

그녀는 손으로 목을 감싸며 몸을 떨었다. 나는 그녀에게 다가가 품에 안았다.

10
에필로그

이제 이야기를 끝내려다 보니 여전히 풀지 못한 많은 문제들에 관한 논쟁에 내가 기여한 바가 거의 없다는 사실이 후회스럽다. 어찌 보면 비판받을 일을 자초한 것인지도 모른다. 내 전공은 사변 철학이다. 비교 생리학에 대한 내 지식은 책 한두 권밖에 되지 않는다. 그러나 화성인의 급작스런 죽음의 원인에 대한 카버의 주장은 나에게는 신빙성 있게 받아들여졌다. 그 가정은 이미 본문에서 밝힌 바 있다.

아무튼 전쟁이 끝난 후 화성인의 시신을 부검한 결과, 이미 지구에 존재하는 박테리아 외에는 발견되지 않았다. 죽은 동료의 시체를 땅에 묻지도 않았고 닥치는 대로 살육을 감행한 걸 보면, 화성인은 부패 과정을 전혀 모르는 모양이다. 그러나 이는 추측

일 뿐 입증된 결론은 아니다.

또한 화성인이 살상용으로 사용한 검은 독가스의 성분과 열광선총도 풀리지 않는 수수께끼로 남아 있다. 일링과 사우스 켄싱턴 연구소에서 끔직한 사고가 발생한 이후로 과학자들은 더 이상 열광선총 연구를 하지 않으려 했다. 검은 독가스에서 발생한 검은 가루에 대한 스펙트럼 분석 결과는 녹색을 배경으로 밝게 빛나는 세 개의 줄로 이루어진 하나의 띠를 형성한 미확인 원소로 확인됐다. 그것이 아르곤과 합성되면 혈액의 어떤 성분에 치명적인 영향을 미치는 화합물을 생성할 수 있다. 그러나 증명되지 않는 그러한 가설은 이 책을 읽는 독자들에게 그다지 흥밋거리가 되지 않을 것이다. 셰퍼턴이 파괴된 후 템스강 하류로 떠내려가던 갈색 부유물은 당시에도 조사하지 않았고 지금도 조사할 기미를 보이지 않고 있다.

떠돌던 개들이 먹다 남긴 화성인의 시신들을 부검한 결과는 이미 언급한 바 있다. 이제 모든 사람들은 자연사 박물관에 보관되어 있는 장엄하고, 거의 완벽에 가까운 화성인의 표본과 그것을 보고 그린 수많은 그림에 익숙해져 있다. 그 수준을 뛰어넘는 그들에 대한 생리 기능과 구조에 대한 관심은 순전히 과학적인 것이다.

훨씬 더 중대한 문제이며 보편적인 관심사는 화성인들이 또

다시 침공할 가능성이다. 나는 이 문제에 대한 우리의 관심이 너무 부족하다고 생각한다. 현재 화성은 합(合)* 상태에 있다. 그러나 내가 예측하는 바, 다시 충의 위치로 되돌아올 때면 그들은 다시 모험에 나설지도 모른다. 어느 경우에든 우리는 그런 가능성에 대비해야 한다. 우주선 발사대의 위치를 명확히 확인하고 화성의 그 영역을 지속적으로 감시하면서, 다음 공격 시기를 예상하는 일은 가능할 것으로 보인다.

다시 침공해온다면 화성인들이 밖으로 나올 수 있을 정도로 우주선이 냉각되기 전에 다이너마이트나 대포로 우주선을 파괴시킬 수 있을 것이다. 또한 그들이 문을 돌려 열고 나오는 순간 대포를 발사해 전멸시킬 수도 있을 것이다. 화성인들은 첫 기습의 실패로 자신들이 가진 월등한 우월성을 상실한 것으로 보인다. 아마 우리와 마찬가지로 그 사실을 깨달았을 것이다.

레싱은 화성인들이 이미 금성에 성공적으로 착륙했을 것이라는 가설을 뒷받침하는 합당한 근거를 내놓았다. 지금으로부터 일곱 달 전, 금성과 화성이 태양과 일직선상에 있었다. 다시 말해 금성에서 보았을 때 화성이 충의 위치에 들어서 있었다. 그 후에 금성의 어두운 절반 부분에서 꾸불꾸불한 형태의 특유의 발광 현상이 나타났고 거의 동시에 화성 표면을 찍은 사진에도 꾸불꾸불한 형태의 희미한 검은 자국이 포착되었다. 누구라도 두 사진을 함께 놓고 비교해보면, 두 흔적이 놀랍도록 유사하다는 걸 확인할 수 있다.

아무튼 우리가 또 다른 침략의 가능성을 예측할 수 있든 그렇지 못하든 이 사건들을 고려해 인류의 미래관은 수정되어야 한다. 이제 우리는 지구가 보호막을 갖춘, 인간만이 안전하게 살 수 있는 곳이 아니라는 사실을 깨닫게 되었다. 우주에서 갑자기 우리에게 다가올 수도 있는 보이지 않는 선이나 악을 결코 예측할 수 없다. 그래도 이 거대한 우주 체계 속에서 화성인이 지구를 침입한 사실이 인간에게 오로지 해만 준 것은 아니다. 그 침공은 퇴보의 결정적인 원인인 미래에 대한 지나친 자신감을 빼앗아갔고 인류 과학에 상당한 기여를 했을 뿐만 아니라 인류 복지 개념을 증진하는 데 기여한 바 크다. 화성인들도 광대한 우주를 가로질러 선구자들의 운명을 지켜보고 교훈을 얻었을 것이다. 어쩌면 금성에서 좀더 안전한 정착지를 찾았을지도 모른다. 그렇더라도, 이제 인류는 수년 동안 화성에 대한 철저한 관측을 결코 느슨히 하지 않을 것이며 하늘을 횡단하는 발광체와 유성은 인류의 모든 후손에게 피할 수 없는 두려움을 안겨줄 것이다.

결과적으로 화성인의 지구 침공으로 인간의 시야가 넓어졌다고 해도 결코 과장이 아니다. 화성인의 우주선이 착륙하기 전에는 우리가 사는 작은 지구 외에는 광활한 우주 어디에도 생명체가 존재하지 않는다는 것이 통설이었다. 이제 우리는 더 멀리 보게 되었다. 화성인이 금성에 갈 수 있다면 인간도 그렇게 못하리라는 법이 없다. 태양이 서서히 식어버려 지구에서 더 이상 생존할 수 없게 된다면 이곳 지구에서 시작된 생명의 실은 지구 밖으로 힘 닿는 데까지 뻗어나가 자매 행성을 잡아낼 것이다.

나는 태양계 중에서도 생명의 요람이라 할 수 있는 작은 지구에서 한 줄기 생명체가 아직 생명이 없는 광활한 별들의 우주 저편으로 퍼져나가는 환상을 꿈꿔본다. 그 비전은 어둡지만 경탄할 만하다. 하지만 아직까지는 요원한 몽상에 불과하다. 이것과 대조적으로 화성인의 절멸(絶滅)은 일시적인 후퇴에 불과할지도 모른다. 어쩌면 이는 인간이 아닌 그들에게 정해진 미래일지도 모를 일이다.

그 당시에 나를 따라다닌 긴장과 위험이 내 마음속에 영원히 지울 수 없는 의심과 불안감을 심어주었다는 것을 부인하지는 않겠다. 서재에 앉아 램프 앞에서 글을 쓰다가도 별안간 화마로부터 회복되고 있는 계곡이 다시 날름거리는 불길에 휩싸인 광경이 보이기도 하고, 집과 주변이 공허하고 황량하게 느껴지기도 한다. 나는 바이플리트 거리로 나선다. 마차가 지나가고 짐수레에 탄 푸줏간 아들, 승합마차에 탄 방문객들, 자전거를 탄 노동자, 학교에 가는 아이들이 스쳐 지나간다. 그런데 갑자기 그들이 흐릿해지며 비현실적인 존재로 느껴진다. 나는 또다시 포병과 그 뜨겁고 음울한 침묵을 헤쳐 나가고 있다. 한밤중에 그 적막한 거리를 어둠으로 깔아버린 검은 가루와 그것에 뒤덮인 일그러진 시체들을 본다. 그것들은 너덜너덜한 넝마를 걸치고 개에게 뜯어먹힌 채 다가오고 있다. 그들은 횡설수설 지껄이며 점점 사나워지고 창백해지고 흉측해지고 마침내 광적으로 일그러진 인류의 모습으로 변한다. 그리고 한밤중의 어둠 속에서 식은땀을 흘리며 깨어난다.

런던으로 간다. 플리트 거리와 스트랜드 거리에는 많은 사람들이 분주하게 움직이고 있다. 그들을 바라보고 있노라니 그들이 내가 보았던 적막하고 비참한 거리에 출몰한 과거의 유령에 불과하다는 생각이 문득 든다. 마치 그들은 죽은 도시의 환영처럼 뿌연 몸뚱이로 이리저리 떠돌며 생명을 조롱하고 있는 듯하다. 또한 기이한 일이지만, 나는 이 마지막 장을 쓰기 바로 전날에 프림로즈 힐에 서 있었다. 뿌연 연기와 안개 사이에 흐릿하고 파랗게 보이다가 이윽고 흐릿한 낮은 하늘로 사라져버리는 집들, 큰 주택가를 보기 위해서 언덕의 꽃밭 사이를 거니는 사람들을 보기 위해서, 여전히 거기 서 있는 화성인의 기계 주변을 서성이는 구경꾼들을 보기 위해서, 아이들이 요란하게 뛰어노는 소리를 듣기 위해서, 그리고 마지막 위대한 날의 여명 아래

보았던 밝고 선명하고 무정하고 적막했던 그 모든 것을 떠올리기 위해서.

그리고 가장 기이한 일은 다시 아내의 손을 잡고 있다는 것과, 나는 그녀가 죽었다고 생각했고 그녀 역시 내가 죽었다고 생각했단 사실이다.

★ (옮긴이주) 행성이 지구에서 볼 때 태양과 같은 방향에 있을 때를 합conjunction이라고 하며, 앞서 설명했듯 그 반대편에 있을 땐 충이라고 한다. 내행성은 지구에서 볼 때 태양의 뒤쪽으로 갈 때를 외합, 앞쪽으로 갈 때를 내합이라 한다. 하지만 화성을 포함한 외행성은 지구와 태양 사이로 들어오는 일이 없으므로 태양의 뒤쪽에서만 합이 된다.

비관과 낙관이 교차하는 우주적 유토피아

얼굴 아래를 다 차지하는 믿을 수 없을 정도로 거대한 입

…그것은 아주 기괴했다.

—《투명인간》*

오랫동안 한국 문학의 중심축은 순수 리얼리즘 문학 또는 본격 문학이었다. 이것은 문학의 장에서 지배적인 위치를 차지하고 있는 문학인들의 존재론적 공모 관계와 그로 인해 형성된 문학의 지배적인 가치에 대한 집단적 믿음에 의해 유지되고 강화되어 왔다. 눈에 보이지 않기 때문에 인식할 수 없었을지 모르지만 그것은 "거대한 입"처럼 투명하지만 명백하게 존재해왔다. 그러나 그 중심축의 한 구석에는 벙어리처럼 묵묵히 자리잡은 장르 문학이 있었다. 그들은 추리, 공포, SF라는 이름을 지니며 리얼리즘의 안정적인 위상을 지속적으로 유지하는 데 광인과 같은 타자였다. 이들 중 SF문학은 때때로 어른들의 세계에서 추방되

---

* H. G. Wells, *The Invisible Man*(London, 1959), 29쪽.

어 절름발이 상태로 세상에 나타날 수밖에 없었다.

하지만 얼마 전부터 이러한 문학인들의 공모 관계가 깨지고 있다. 그것은 문학의 장에서 지배적인 위치에 있는 문학인들에 의해서가 아니라 외부에 있는 독자들에 의해서다. 독자는 더 이상 작가나 평론가가 만들어낸 텍스트나 그들이 유포시킨 믿음을 그대로 수용하지 않고 비판하거나 거부한다. 그러한 독자의 태도는 문학적 욕구의 다양성에 근거하는데, 서로 다른 문학적 취향을 가진 독자층도 다양해진 만큼 작가도 독자의 욕구를 무시할 수 없게 되었다.

물론 기존의 순수문학을 고집하는 문학인들은 자신의 지배적인 위치를 빼앗기지 않으려 장르문학에 배타적이지만, 그것은 자신들의 텍스트 뒤에 숨겨진 권력만을 드러낼 뿐이다. 이제 이질적인 다양한 성향을 가진 독자들로 인해 작가는 장르문학 같은 기존 문단에서 배제된 다양한 목소리에 개방적일 수밖에 없게 되었다.

이처럼 문학의 장이 동요하며 타자의 자리를 지키던 장르들도 점차 자신의 목소리를 내기 시작했다. 그리하여 특유의 상상력으로 목소리를 높이는 과학소설도 심심치 않게 만날 수 있게 되었다.

과학소설은 미래, 우주라는 미지의 세계 탐험을 주제로 삼고 있으며 특유의 상상력을 과학적 환상에 의존하고 있다. 그리고 그러한 과학적 환상은 현실성의 관점에서는 상상적인 타자로 인식될 수 있기 때문에 현실에 위협을 가할 전복성을 띤다. 과학소설의 출발점이라 할 수 있는 허버트 조지 웰스H. G. Wells의 세계에서도 상상적 타자로서의 과학적 환상을 찾아볼 수 있다. 물론 그 환상 속에는 당시 빅토리아 왕조의 낡은 전통에 위협을 가할 전복성을 담고 있다.

최근 들어 수준 높은 SF문학에 관심을 갖는 독자들이 늘고 있다. 이런 상황에서 이번에 출간하는《우주전쟁》은 이미 나온 도서들과 비교해 색다른 의미를 지닌다. 국내에 여러 차례 출간되었지만 모두 원작의 많은 부분을 수정한 상태로 소개되었는데, 대부분 아동물로 출간되었기 때문일 것이다. 따라서 웰스의 사상을 정확히 이해하기에는 어려움이 있고, 그의 사상을 오해할 여지가 있다. 그래서 책세상의《우주전쟁》은 웰스 사상의 진면목을 제대로 전달하기 위해 완역은 물론 원작의 분위기를 그대로 살렸다.

1. 사상과 상상력의 해방자 웰스

웰스는 무엇보다 사상과 상상력의 해방자라는 점에서 괄목할 만하다.

—버트런드 러셀Bertrand Russell[*]

…그러므로 아버지의 상점 유리창 안에 서 있던 아틀라스처럼
가끔 전 세계를 두 어깨에 받치고 있다고 상상하는 것처럼
글을 쓰지 않을 수 없었다.

—허버트 조지 웰스[**]

문명비평가이며 SF문학의 아버지라 불리는 웰스는 1866년에 영국에서 태어났다. 당시 영국의 사회구조는 계급의식이 뿌리 깊었기 때문에 하층계급 출신이었던 그는 정규 교육을 받지 못했다. 미드허스트 스쿨에서 6개월간의 교육을 받은 후 포목상의 점원으로 일하면서 자신의 재능을 썩히던 중 미드허스트에서 교생 자리를 얻으면서 고등 교육의 기회를 얻게 된다. 열여덟이 되던 해에 우수한 성적으로 장학금을 받아 런던의 과학사범대학

[*] Bertrand Russell, *Portraits from Memory and other Essays*(A Clarion Book, 1969), 85쪽.

[**] H. G. Wells, *Experiment in Autobiography*(Faber and Faber, 1984), 643쪽.

에 입학한다. 그곳에서 그의 삶에 지대한 영향을 미친 유명한 생물학자 토머스 헨리 헉슬리T. H. Huxley*를 만난다. 웰스는 헉슬리에게서 3년 간 과학을 배우면서 이후 그의 문학과 사상의 토대가 되는 과학적 추론과 상상력, 진화론적이고 예언자적인 지적 사고를 얻게 된다.

웰스는 자신에게 명성을 안겨준 《타임머신The Time Machine》(1895)에서부터 과학과 진화론적인 사상을 받아들였고 상상력의 지평을 먼 미래로 확장한다. 이 소설이 가지는 충격과 매력은 기계라는 과학적인 수단으로 시간여행의 가능성을 예시했다는 것과 노동이 필요 없어진 지배계급과 생산을 담당했던 노동자계급이 각각 엘로이족(무력한 종)과 몰록족(지하 괴물)으로 진화한 모습을 보여준 것이었다.

《타임머신》 이후 출간된 《모로 박사의 섬The Island of Dr. Moreau》

★ 다윈의 친구이기도 했던 헉슬리는 유명한 생물학자로 다윈의 진화론을 보급하는 데 큰 영향을 미쳤다. 또한 다윈이 명확하게 밝히지 못했던 인간의 기원에 대해 진화론을 적용, 인간을 닮은 네안데르탈인의 화석 연구를 기초로 인간이 진화 과정에서 발생했다고 발표했다. 주요 저작으로는 《자연에서의 인간의 위치》가 있다. 웰스는 헉슬리에게 받은 교육을 다음과 같이 말하고 있다. "당시의 동물학 공부는 예리하고 섬세하며 엄밀하고 포괄적인 것으로 무수한 연습의 연속이었다… 헉슬리의 교실에서 보낸 그해는 의심할 여지없이 내 생애에 최고의 교육을 받은 해였다. 그것은 내게 논리적 일관성을 절실히 요구했고 우연적인 가설과 임의적인 진술에는 혐오감을 갖게 했다(H. G. Wells, *Experiment in Autobiography*, 201쪽).

(1896),《투명인간*The Invisible Man*》(1897),《우주전쟁*The War of the Worlds*》(1898) 등의 과학소설은 암울한 비전을 생생하게 전하는 예언가적인 면모와 "사상과 상상력의 해방자"로서의 웰스의 진면목을 보여준다. 또한 후기 빅토리아 시대에 나온 이 모든 소설들은 문명과 테크놀로지, 진보에 대한 맹목적 믿음을 폭로하며, 상상력을 현재와 지구에서 아득한 미래와 우주로 확장하고 있다.

그러나 20세기에 접어들면서 어두운 비관주의에 기초하고 있던 그의 사상과 상상력은 낙관적인 희망으로 변모한다. 쓰러져가는 빅토리아 시대에 낡은 전통적 가치가 소멸되고 새롭게 건설되는 가치와 세계 질서를 예견했던 것이다. 1902년 출간된《예견*Anticipation*》을 시작으로《모던 유토피아*A Modern Utopia*》(1905),《신과 같은 인간*Men Like Gods*》(1923),《다가오는 미래의 초상*The Shape of Things to Come*》(1933) 등에서 웰스는 실현 가능한 유토피아를 설계하고자 한다. 이러한 유토피아 사상에 대한 집념은 페이비언협회와 유토피아적인 사회주의자들과 교류하면서 자신의 상상력을 발전시켜 세계국가라는 이상 세계를 구상하기에 이른다. 그는 자신이 전 세계를 두 어깨에 떠받치고 있는 아틀라스마냥 구원자적이고 선각자적인 자세로 진지하게 낙관적인 미래관을 보여주고자 했다.

그러나 2차세계대전은 이 위대한 진보주의자의 전망을 또 다시 어둠 속으로 몰아넣는다.《사람의 운명 _Fate of Homo Sapiens_》(1939)에서 조금씩 비치던 어두운 비전은 마지막 저작《정신의 한계 _Mind at the End of It's Tether_》(1945)에서는 한평생에 걸쳐 이야기해온 낙관주의의 세계관을 부정한다. 그리고 다음 해인 1946년에 여든의 나이로 평화롭게 생을 마감한다.

2. 우주전쟁

(1) 환상적 사실주의

《암흑의 핵심 _The Heart of Darkness_》으로 유명한 조지프 콘래드 Joseph Conrad는 웰스에게 보낸 편지에서 웰스를 환상적 리얼리스트로 평한다. 빅토리아의 부흥기인 19세기에는 고딕소설이 유행했다. 고딕소설은 공포스런 괴담이나 초자연성 등의 환상적 세계로 물러남으로써 현실의 억압에 저항했다.《우주전쟁》을 비롯한 웰스의 여러 소설도 이와 같은 고딕소설이 지닌 환상적 사실주의라고 할 만한 성격을 공유하고 있었지만, 유일하게 과학적 상상력에 근거했다는 면에서 그의 문학은 독보적이라 할 만하다. 그러한 그의 문학성이 가장 잘 드러난 작품이《타임머신》과《우주전쟁》이다.

《타임머신》이 현재에서 미래로 침입했다면《우주전쟁》은 미래에서 현재로 침입한다. 화성인은 인간의 실현 가능한 미래가 진화한 모습이다. 즉 생물학적으로도 상당히 진화한 모습이나 그처럼 고도로 진화한 생물이 박테리아 때문에 죽는다는 사실은 이미《타임머신》의 미래 세계에서 목격한 바 있다.

이미 백년을 넘어선《우주전쟁》의 스토리는 오늘날 출간되고 있는 과학소설이나 영화의 원형이 되고 있다. 화성이 지구를 가운데 두고 태양과 정반대 방향에 있을 때 화성의 표면에서 강력한 광선이 솟아오른다. 그리고 천문학자 오길비의 눈에 커다란 불기둥이 매우 빠른 속도로 지구를 향해 날아오는 것이 잡힌다. 그것은 호셀과 오터쇼 마을 들판에 떨어진다. 들판에 떨어진 비행물체에서 문어 다리 같은 촉수와 카메라 삼각대 같은 세 개의 긴 다리를 가진 금속성 물체가 나온다. 그리고 그 물체에 올라탄 화성인이 광선총을 쏘아대며 일대를 불바다로 만들어버린다. 화성인의 침공이 시작된 것이다. 비행물체는 계속 지구에 떨어진다. 그리고 그들은 계속 공격을 퍼부어 런던을 폐허로 만든다. 지구가 무력하게 화성인에게 장악되려는 순간 화성인들이 쓰러져 간다. 그들은 지구의 박테리아에 감염되어 죽는다.

마지막 장에서 웰스는 말한다. "이제 우리는 더 멀리 보게 되었다. 화성인이 금성에 갈 수 있다면 인간도 그렇게 못하리라는 법이 없다. 태양이 서서히 식어버려 지구에서 더 이상 생존할 수 없게 된다면 이곳 지구에서 시작된 생명의 실은 지구 밖으로 힘닿는 데까지 뻗어나가 자매 행성을 잡아낼 것이다."

《우주전쟁》에서 드러나듯 웰스의 가공할 상상력은 19세기 말의 현실과는 전혀 어울리지 않는 엉뚱하고 공상적인 얘기로 들릴 수 있다. 하지만 콘래드의 말처럼 웰스가 환상적 사실주의를 성취할 수 있었던 것은 우주적 시각이라는 놀라운 상상력으로 영국의 제국주의를 풍자적으로 그리는 동시에 안정적인 사회 기반에 숨겨진 다양한 위기를 직감한 데 있다. 예를 들어 원통형 물체가 떨어진 구덩이 주변에 모여든 자전거 부대, 정원사, 골프 캐디, 푸줏간 주인과 아들이 의미하는 바는 후기 빅토리아 시대에 영국의 강력한 보호를 받고 있는 다양한 사회계급의 불안정성을 상징적으로 보여주고 있다. 또한 구질서의 일상적인 삶에 매몰된 사람들에게 냉정한 시선을 보내는 것도 "과거 사물의 속박에서 해방되어야 한다"*는 그의 지론을 잘 대변해주고 있다.

이처럼 환상적 사실주의를 성취하기 위해 웰스는 현란한 문

★ 웰스는 1902년 왕립학회의 한 강연에서 다음과 같은 자신의 지론을 피력한 바 있다. "우리는 과거의 제약에 구속받지 않고 자신의 행동의 창조적 노력을 실현해야 한다. 우리는 과거 사물의 속박에서 해방되어야 한다."(H. G. Wells, *Experiment in Autobiography*, 648쪽)

체와 감각적인 스토리로 현혹하기보다는 효과적인 저널리즘에 기반한 내레이터를 통해 힘을 유지하며 독자를 차근차근 설득한다. 그렇기 때문에 그의 소설에는 상투적인 이야기나 억지스런 플롯이 없다.

《우주전쟁》에는 비록 암울한 비전이 담겨 있긴 하지만 웰스는 파괴 속에서 새로운 건설을 꿈꾸었는지도 모른다. 그렇다면 이후에 발표한 그의 유토피아적 전망을《우주전쟁》이라는 디스토피아에서도 엿볼 수 있지 않을까!

(2) 우주적 유토피아를 꿈꾸다

이 지구와 이곳에서 지배하는 모든 비천한 충동을
저 아래 심연에 놓아두고 이제 나는 별들의 천체로 서둘러 올라간다.
―조르다노 브루노[*]

1600년 2월 8일 조르다노 브루노Giordano Bruno는 캄포디피오리에서 입에 재갈이 물린 채 화형을 당한다. 그는 당시 가톨릭의 교리에 위배되는 무한한 우주에 관한 이론과 다양한 세계에

---

[*] 조르다노 브루노,《무한자와 우주와 세계 외》(한길사, 2000), 79쪽.

관한 자신의 주장을 굽히지 않았기 때문이다. 그에 따르면 우주는 무한하고 인격신이라는 것은 존재할 수 없다. 그가 그토록 고집스럽게 주장했던 그의 사상은 지구에 한정된 미시적 세계관에서 우주적 세계관으로 눈을 돌리게 했다. 또한 무한한 우주에 무한한 생명체가 존재할 수 있다는 새로운 인식을 낳았다.

이러한 브루노의 혁신적인 사상이 우리의 인식 영역을 우주로 확장시킨 후로 그의 사상을 맨 먼저 실천적으로 그린 작품이 웰스의 《우주전쟁》이다. 그의 사상은 마치 외계에서 지구를 바라보듯 일상에서 벗어나 시시각각 변화하는 세계, 더 나아가 4차원의 우주로 비상한다. 이러한 우주적인 관점은 화성인이 바라보는 지구, 그들의 침공과 인간과는 전혀 다르게 진화된 형체와 지성, 그리고 내레이터가 꿈꾸는 외계로의 생명 전파 등으로 이어지면서 매우 생생하게 그려진다.

나는 태양계 중에서도 생명의 요람이라 할 수 있는 작은 지구에서 한 줄기 생명체가 아직 생명이 없는 광활한 별들의 우주 저편으로 퍼져나가는 환상을 꿈꿔본다. 그 비전은 어둡지만 경탄할 만하다.

《우주전쟁》에 나타난 우주적 관점은 비관적이지만 그 내면에 보이는 놀라운 상상력은 전 지구적인 차원(세계국가)을 초월해 행성 간의 교류까지 가능한 우주적 차원으로 도약하는 인류의 유토피아를 상상하게 한다. 웰스는 이미 한 세기 전에 발표한 《우주전쟁》의 암울한 비전 속에서도 과학과 테크놀로지가 융합된 거시적 차원의 우주적 유토피아를 꿈꾸었다.

이 책을 번역하는 내내 과학소설의 출발점이라 할 수 있는 백년 전으로 타임머신을 타고 돌아가는 기분이었다. 그 시간여행은 매우 즐거웠다. 기회가 되면 《타임머신》이나 《투명인간》을 옮기면서 웰스가 살았던 세계로 긴 시간여행을 떠나고 싶다. 독자도 그와 함께 즐거운 여행을 즐기길 바란다.

임 종 기